FLORET
READING

小花阅读

我们只写有爱的故事

青春阅读 幸得相见

妖骨

妖骨
YAO GU

晚乔 著

贵州出版集团
贵州人民出版社

晚乔 / 小花阅读签约作家。

热衷于美食、画画和文字，汉服 JK 日常党，永远在刷游戏追新番和 pr 爱豆。
时刻都有奇怪的想法，惯于用意念和人交流。
一直做梦活在武侠世界里，开始以为正常，后来发现好像只有自己是这样，难怪和人讲话永远跑偏跟不上。
伙伴昵称：乔妹、仓鼠
个人作品：《妖骨》
即将上市：《顾盼而歌》

小花阅读

【梦三生】深情古风系列

【梦三生】系列之《妖骨》
晚乔 / 著
标签：忘记身份的少女 / 情深孤高的尊者

内容简介：
阮笙活了十七年，直到遇到一个自称秦萧的人，才终于看清了自己多年的梦。
梦中爱慕的因敛尊者，却因她识魄碎裂，灵窍四散。
阮笙不甘心，为救回他不惜毁天灭地。但没有想到，捏出的诀术会在自己死后失效。
恢复记忆的因敛终于明白了他们的前缘，从天帝那里得到她的元身——已经碎裂的瓷瓶。
耗费千年将它复原，送她进入轮回，并脱去仙籍，陪她转世。
再遇，终于可以实现从前那句诺言。
生前岁岁相伴，死后共葬荒丘。

【梦三生】系列之《盗尽君心》
打伞的蘑菇 / 著

标签：调皮小女贼 / 放浪微服太子 / 深情俊美将军 / 忠犬神偷教主

内容简介：
江北小女贼林隐蹊，本想小偷小盗快意江湖，不料失手偷上微服的太子。
好不容易逃出来，却得知要代姐姐出嫁。
一段江湖事，搅乱风月情。
到底是放浪不羁的微服太子，还是深情缱绻的镇疆将军，又或者是默默守护的神偷教主？
小女贼无意盗尽风月，却串起他们的爱恨情仇，而她想偷的，究竟又是谁的心？

【梦三生】系列之《桃药无双》
果子久 / 著

标签：花痴的解蛊门传人少女 / 傲娇温柔的飞霜门门主

内容简介：
生来能以血解蛊的解蛊门菜鸟传人明没药，眼馋美男符桃的美色下山历练，本想轻松谈场恋爱，却谁知一路遇到离奇事件……
刚下山，就遇上了员外家的妻妾们堵城。
温柔小姐似乎中毒沉睡不醒，郊外遭遇惊险有人被埋。
失足掉入幻境迷城，却引发了暗黑美人城主与柔弱妹妹间的纠葛。
一个宁可背负刻骨仇恨也要囚她入怀，一个宁可灰飞烟灭神形俱散也要了却孽缘……
黑暗的山洞里，白骨森森，痴情的师姐，埋葬了自己的爱情。
能否逃出生天，安慰亡灵，决定没药与符桃，能否走到最后……

【梦三生】系列之《深宅纪事》
姜辜 / 著

标签：身负秘密的绝色神医 / 逗萌执念师爷 / 深宅病公子

内容简介：
他是归来的绝色神医房尉，也是已死的裴家大公子裴琛聿。
三年前，一场平静的毒杀让他命断深宅。
三年后，化身神医的他打入裴宅的内部，逼近那日夜折磨着他的真相和牵挂。
师爷闻人晚为何如此在意三年前那桩被称为"奇案"的毒杀案！
倾国倾城的二夫人为何宁愿自己疼爱的儿子扶苏变成阴暗的病骨！
英俊忠诚的随从杜叶为何会突然失声！
容貌丑陋的婢女桃天为何放弃出府机会！
情丝缠绕，恩怨难绝，红颜不老，滴泪成血……

【梦三生】系列之《彼时花胜雪》
九歌 / 著

标签：腹黑女刺客 / 高冷内敛浊世公子 / 风流放荡的继任者

内容简介：
为保护孪生姐姐，叶蔓接受了公子瑾的诱惑，进入了"桃花杀"，改名蔓珠。
传说每个进入桃花杀的少女都将抛弃自己原本的姓名，以花为名，花名喻此一生。
从天真烂漫少女变作杀伐果断刺客，她是为了复仇不择手段的刽子手，是不动声色的暗桩，是无力自救的弃子……
她以为公子瑾是遥不可及的那个希望，却不想他一直都在自己身边。
世间多少聚散离合，所幸，我们终究等到了再次重逢。

妖骨

目录

- 001 · 【引言】
- 002 · 【第一卷】 朝为红颜，暮成枯骨
- 010 · 【第二卷】 施恩报情，烟幕朝夕
- 025 · 【第三卷】 当世有妖，长居北天
- 037 · 【第四卷】 断情燃灯，唯以烧魂
- 045 · 【第五卷】 四绪梦起，相逢不识
- 060 · 【第六卷】 山木有知，此身非我
- 076 · 【第七卷】 不问何去，不问何来
- 098 · 【第八卷】 传世之言，佐酒而谈
- 118 · 【第九卷】 躯壳为妖，灵识当仙
- 127 · 【第十卷】 镜中前尘，镜外一人
- 144 · 【第十一卷】 星河为引，裂魄作契

妖骨

目录

153 · 【第十二卷】 愿君如月,相随不离
174 · 【第十三卷】 华魄既生,可替日月
185 · 【第十四卷】 悲欢苦舍,原是故人
193 · 【第十五卷】 故梦无垠,生变幽冥
209 · 【第十六卷】 若如初见,死生长约
224 · 【第十七卷】 之子于归,天老情长
235 · 【第十八卷】 六界吞泽,三光将灭
245 · 【第十九卷】 满眼水色,不洒别离
255 · 【尾　　声】 年岁几番,相遇未晚
260 · 【番外一】 仙灵前缘
278 · 【番外二】 尊者大人的追妻事件录

——我一直在找一个人,他最好皮实抗打、性子温良,能解我心意,陪我喝酒。同我生前岁岁相伴,死后共葬荒丘。

【引 言】

在刚刚生出灵窍的时候,我就常听各路仙神八卦,说霜华殿的因敛风姿独一、温疏清和,是最有佛性的一位尊者。

因此,当师父对我说,要派我去因敛尊者身边照顾他时,我先是惊讶,后来期待,却终究只是摸一摸脸,没有回应。

而那时,师父许是看透了我的想法,一口酒下肚,红光满面地拍了我的肩膀,声如洪钟地对我说——

"丫头,别慌!你虽丑,却也不碍事,毕竟他瞎啊!"

我的师父,大抵真是这天界最不晓得说话的一位神仙。

可我竟然真的被这个理由说服了,当天便收拾了自己的东西过来。

然而……

谁能告诉我,这个尊者的性情,为什么和传说中不大一样?!

【第一卷】

朝为红颜,暮成枯骨

1.

夜幕四合,玄云遮月。

听着渐近的脚步声,我努力缩了缩,小心地把自己藏在树后,不让人看见。

"又在这里躲着吓人吗?"

熟悉的声音自身后传来,我一愣,努力站直一些,和树贴得更紧。

身后的人明显地一顿,接着叹了口气:"你再往那儿靠,就要嵌进去了。"

眼见藏不住,我终于认命地走出来,讪讪笑道:"这棵树好像是有些瘦哈。"

对方沉默了一会儿:"你靠着的,是一根竹子。"

"竹子?"我胡摸一阵,"作为一根竹子,这手感不太对啊。"

"你这个样子当真感觉得出什么吗?"

他的话音还没有落,就听见一声脆响,那是我的手骨掉了下去。

我悻悻弯身，想把手捡回来，却不小心又落了一块肋骨。

"别乱动。"他像是有些无奈，"再动就要散了。"

夜色像是浓得化不开的宿墨，墨色里的男子却是清楚干净，这样，难免就叫人觉得，哪怕看不清周围的所有东西，他也一定是个例外。

接过他递来的骨头给自己安上，我感觉有些尴尬："那个，你有没有听过一句话，叫'碎碎平安'的？"

他不答，却是环起手臂望向我："又在跟踪我？不是和你说过，没有月亮的晚上不要出门吗？"

这时候有风吹来，将云吹散了些，月华自云层中洒下。借着淡淡光色，我在他的眼睛里看到了一架骷髅渐渐生出血肉、直至最终化为人形的过程。

在这期间，我的五感越来越清楚，身上原本挂着的几块布也终于被撑回了衣裳形状。

于是，我理直气壮地开始反驳他。

"你方才说什么，哪里没有月亮？"我欢喜着指天，"你看那是什么？"

而他抚额，欲言又止好几番，最终开口："你的手……方才，似乎装反了。"

闻言，我飞快把手收回背后，试着活动了一下。嗯，好像是有些不大对劲。

可还没有来得及多感受一下，眼前的人又要走。

我见状，急急扯住他："你去哪儿？"

好不容易能看清楚了，我却只看见他的背影，等了好一阵子，他也没有回答，只是稍稍侧了个头。我有些不耐烦，于是几步跑到他面前，正对上那双望着我的眼睛。

"你为什么会想同我在一起？"他这么问。

那双眼睛里有许多东西，我看不分明，于是单纯地选择看着里边的自己。生出皮肉之后，这张脸还是挺不错的，我勾了勾唇角，对着整理了一下头发。

然后便看见他的眉头一抽，我歪歪头，伸出手去碰了碰，在他躲开之前开了口："你想问的，其实是为什么我会无缘无故赖着你吧？"

他不言，只是低眼望我。

"不是无缘无故，我一见你就挺喜欢，而你见我这样却不害怕，挺难得的，这种感觉很有意思。"我想了想，又推翻前边的话，"不对，不是挺喜欢，是特别特别喜欢。秦萧，你知道宿命感这种东西吗？我总觉得我们就该是认识的。"

这句话之后，他的眼神变得有些复杂，却终究是没有回应什么。良久，他拿下我摩挲着他眉眼的手，在我眼前晃了一晃。

"先把你的手弄好了再说。"

酝酿许久才准备好的笑就那样僵在脸上，我望着他离去的身影，气得几乎要跳起来："你这个人到底懂不懂风情啊！"

"今晚有风有云，月亮不晓得什么时候又要被遮住。"他的脚步更快了些，"我有些事情要处理，你先回去，别碎在路上，吓着旁人。"

"你……"话音还没落下，我便看见他提步跃起，几个起落点在枝上，消失在暗色里。

秦萧这个人总是神神秘秘，谁也不知道他是做什么的。只晓得，两个月前，一个落星如雨的晚上，他忽然便来到了这里。

而要说起我们的相识，也就是在那个时候。

2.

我在一个小山村长大，自幼便生得机灵，或者，不谦虚地说，当是万中无一。毕竟嘛，这副容貌是我自己选的，当然是往好看了选。咳咳，虽说在这之前，要加个条件——前一天晚上晒饱了月亮。

而除却改变长相，我还会许多事情，也是生来就会的。现在想想，也许什么都是有条件的，我生来便带异能，所以，生来才也要带着这诡异的身子。

偶尔我也会做一个梦。梦里边，我跟在谁的身侧，那虚妄梦境中的万年时光，除了容貌之外，事事都好。可不晓得为什么，我像是潜意识不愿记得它，而好奇心总打不过潜意识。

没有月亮的晚上，我会变成白骨模样。村子里的人私下里都叫我作"骷髅怪"，虽然他们并不知道那骷髅就是我。

白日里，有熟识的人和我说起这桩"诡事"，我都会一边笑着应和，一边在心里吐槽：呵，就算诡异，但哪有这样貌美的骷髅怪？像我这般，哪怕只剩一架白骨也是骨骼清奇的。

也许是平时被他们那些夸大的话气着了，于是从前尽量不夜出的我生出一个爱好——

在没有月亮的晚上多多出门，吓人玩。

虽说骨化的时候，我的五感都会退化，但这倒是不妨碍。毕竟没有谁不是一见着我便跑的，偶尔有那么一两个，也不是胆大，多是晕过去了。

他却是个例外。

记得那天的路实在坎坷，我摸着都走不清，刚刚从树后跳到他身前，还没来得及鬼叫几声吓唬他，便就直直摔散了，头骨落在他的脚边。

我当时是真的怕他跑了或晕过去，却还是抱着一丝丝希望，欲哭无泪地问他："这位公子，能麻烦你帮我拼一拼骨头吗？"

而那厮当时的反应，我大概这辈子都记得。

他极缓地蹲下身子,食指和中指插进我的眼窝里,就这样把我的头骨提起来。

"你……是什么?"

这个人……这个人还有没有点礼貌了?哪有这样和人说话的?就算要捡起我的头骨也不能这样提着啊,他分明应当捧着我的!

——你怎么不捧着我了?

从前梦过的一个场景,在那一刻直直钻入我的脑子里……

这种感觉很奇怪,毕竟,那个时候,我是没有脑子的。

当时被他提在手上,我其实有些委屈和难堪,却还是小心开口。

"我,我是个人哇,我没有恶意的。"这句话,连我自己都觉得没说服力,于是急急补充,"公子信我,你看,我捽一下就散了,这样没有能耐,做得了什么坏事?这……这件事情说来话长,不如你先把我拼回去我再同你说?"

也许是被我的诚恳打动了,接着,他放下我的头骨,一个扬手间,我便恢复了形状。

清理了一下嵌在腹中的泥,我抬头,忽然对他生出几分兴趣。毕竟,这十多年来,我第一次遇见不怕我且也像是有异能的人。

于是,兴致勃勃跑到他的面前,我问:"你叫什么?"

本以为他不会回答的,却没想到,他只是愣了一下就回了我。

"秦萧。"

"秦萧?"

念着他的名字,我踮起脚骨打量他,忽然觉得我们真是有缘。不止因为第一次见面就坦白到了骨子里,也不只是因为这个名字,更重要的,是感觉。

便如我对他说的那样，虽只一面，但我觉得我们就该是认识的。

"哪，秦萧，你猜我叫什么？"毕竟五感不全，又加上当时兴奋，于是我对着他旁边那棵树笑得欢欢喜喜，"我叫阮笙，阮琴的阮，笙箫的笙。"

接着就被一个力道扯得几乎断了手臂，是他把我转过来。

"你说，你叫什么？"

果然，他也是觉得很巧的吧？于是我笑着又重复了一遍，而再接下来，就是他明显地一愣，愣完之后急急开口问了我许多事情，甚至还露了一手，为我拨开层云，等我恢复人形。

说起来，后来我有稍稍问过，晓得他似乎是来找人的。也知道，他找的那个人还与我同名。可是，同名不同貌啊。

所以，那个时候，在看到我的模样之后，他的眼中才会瞬间带上几分疑惑吧。

"你是阮笙？怎么长得这样好看？这张脸，真是你的？"

月光替我通了灵窍，我终于可以好好思考事情。可是，在他这句话开口之后，我的第一反应不是这个人到底会不会说话，而是他怎么知道这张脸不是我的？

但不论如何，我当然不能承认。暗夜化骨这件事情已经足够奇怪，若要再加上别的，那我就真的不像是人了。

于是，我当机立断地否认："我打出生起就长这样，怎么了？"

他低眼垂头，像是遇见什么失望的事情，半晌才抬起来。

也不知道是不是错觉，记得，在他抬起眼帘的时候，恍惚间，我余光扫见他指尖的白光微闪，直直闪到我的脑子里，游过我周身经脉，最后散在了眼睛，搅得人一阵眼花。眼花时候，我看见他眸中一闪而过的悲妄，正想问他怎么回事，他就先开了口，语调寻常："打出生起就长这样？那你……也是生得挺着急的。"

自那夜，我就缠上了他。

说是缠上，其实也算不上，毕竟他从未说过什么拒绝不喜的话，之后甚至还在我的墙院隔壁，买下一间院子住下。

我有时候也会在意，是不是他把我当成他要找的那个人了？不然，该怎么解释那些我看不懂的眼神呢？可这种想不通的事情，我时常想着想着就不去想了。懒得费脑子。

房间里，我望着天窗外边直直映进来的月光，一边努力晒均匀，一边扒着被子听门外的动静。可秦萧那边一直没有声响。我迷迷糊糊地想，也许，他今天晚上不会回来了。

眼皮一下磕一下，等了不知多久，在隔壁有了声音之后，我终于安心睡去，进入另一个世界。

3.

周围景象由白茫茫的虚无中生出来，窝在谁的手心里，我望着来来往往、比平时大了一圈的人，整个人都有些凌乱，尤其在看见自己那双茸茸的猫爪的时候，更是几乎一头栽下去。

这种感觉很难形容，我清楚地知道这是个梦，可梦里边那种羞愤的感觉也实在真实，真实到让人忽略不去。

便就是这个时候，头顶上传来忍笑的声音："莫要闹，否则摔着怎么办？"

我仰起头，愤然开口："喵呜——"

在这一声出口的时候，我看清楚那人的脸。是秦萧。可梦里的他没有头发，而我满是郁悒，在心底骂的名字是"因敛"。

"因敛？"

这两个字一出口，我的背脊处便是一麻。

太熟悉了，这个名字，像是唤过许多次一样……可我，我分明是第一次听到啊。

"嗯？怎么，不是你要求的吗？要我捧着你。现在却不乐意了？"

我还没来得及开口，陡然有强光袭来，当是时，我被抽离神思，成了站在一侧的旁观者，眼睁睁看着因敛手中的猫……啊不，手中猫样的我，化作了一只瓶子。

白光撕天裂地，刺得人眼睛生疼，疼得眼泪都要掉出来。

接着，我不过伸手挡了一挡，耳畔便传来一声闷哼。刚想抬头来着，我却就这么从谁的怀里落下去，瓷器碎裂的声音像是响在脑子里，扎得慌。

霎时间眼前模糊一片，我失去了五识，只能隐约感觉到一双手在拾我的碎片，嘴里念叨着一个名字。那不是我的名字，虽然听不清楚，但我能够确定，他叫的不是阮笙。

床榻上，我的神思恢复了一瞬，迷迷糊糊看见今夜的月光颜色似乎不大对劲，带着点诡异的青，照在身上，甚至有些疼。

于是翻个身，拉好了被子。

"今天的梦，也很戏剧性啊。"

接着再次陷入那场次错乱的戏里，走马观花似的过了许多场。而次日醒来时候，一如既往地将一切都忘得干净，如同之前重复过的许多次一样，半点差错都没有。

【第二卷】

施恩报情,烟幕朝夕

楔子:

"不愧是霜华殿啊,连一个杂扫的丫头都这般厉害!晓得怎样移形换影瞬间出现!"

对着眸如灿星的少年,从楼上摔下来的女子忍住痛呼,沉默一阵之后呵呵笑出来。

"那是那是,这些都小意思嘛,不是问题,不是问题!"女子摆摆手,"这位仙僚是来找因敛尊者的吧?他现下不在,不如仙僚进去坐一会儿?"

少年红了脸:"好,好的,谢谢。对了,我唤陆离,你可以这般叫我。"

这是千把年前的两个神仙,他们第一次相见的情形。陆离是仙桃园里唯一的枇杷树,也是整个水果界最好看的神仙,修为却实在低,谁也不知道他是怎么化成的实体。

彼时他初开灵窍,第一个见到的人就是她。

而后来……

私下人界，万丈软红的颜色让他目不暇接，可他始终记得，第一天和她在人界吃的那串糖葫芦，酸甜酸甜，真是美味。于是，陆离认真地对她说出自己的仙生理想——

回天界之后，他要摆个糖葫芦摊。

可她听了，却毫不留情地打击他，说他就这点想法，真是没出息。

他像是有些恼，闷了好一会儿才侧回头去："又不是只有糖葫芦，我还会加上糖苹果的！"

而后来呢？

后来，她独领天罚。其实那尊神哪里用得着她护？可她偏生决绝，就那么跳下了菩提台。

也是那个时候，他才终于发现，原来自己最喜欢的，并不是糖葫芦。

1.

长街上乱乱逛着发呆，我觉得有些奇怪。昨夜分明听见隔壁传来了声音，可今个一早起来，我想去寻他，却发现那儿竟是无人的。

莫非是他回来一小会儿又走了吗？但我并没有听见他离开的声音啊。

果然，秦萧这个人，神秘得很。我摸了摸下巴。每个人都是有好奇心的，或许便是因为这般，所以我才会对他感兴趣？嗯，一定是这样。

我才不是在关心他。

可是……

可是他到底是谁、在干什么、为什么会这样行踪不定呢？我好想知道。

"啊……好想知道……"

是在不自觉喃喃出声的时候才终于回神。说起来，当我听见自己的声音，还有那么一瞬间的不敢相信。那里边夹杂着的幽怨是哪儿混进来的？！

便是这个时候，身后忽然一阵熟悉的气息，我回头，看见的却是一张陌生的脸。

"姑娘，要不要来一串糖葫芦？"

怎么说呢，这真的是一个生得有些过于精致的男子，眉眼间带着几分笑意，那轻轻一弯，就像是能勾到人的心里。这个人，长得这样好……

他怎么就跑来卖糖葫芦了呢？怪浪费的。

"姑娘挺想来一串的，只是，没带钱。"望着他笑笑的模样，我顺便打量了一下他的穿着，"你看起来不像是缺钱的人，怎么跑这街上来卖糖葫芦？"

"我的确不是缺钱的人，所以，如果姑娘想吃，就随便拿几串吧。"

还没来得及考虑这样好不好，我的手便先了神思一步挨着了架子上最饱满的一串，顺便几连声道了谢。这样诚实的身体反应，其实叫我有些不好意思，于是偷偷掐了自己一把——

倘若待会儿人家再客气，你可一定要记得拒绝哇！千万别顺着人家的客气再应下了！

这时候，他凑近我："味道怎么样？"

而我在自己方才的自我催眠下，下意识开口："不怎么样！"

话音落下，我僵在原地，半晌缓缓转头望他。

我想和他解释，本准备说"其实这个很好吃，这是我吃过最好吃的糖葫芦，说来，你人这般好，还免费送我，当不会计较我的口误"之类的，却不料着急之下，话便说岔了。

　　迎着他微皱的眉头，我开口，模样诚恳："其实这个很好吃，毕竟它是免费的，你便不要计较我的……口，口误……咳咳咳……"

　　也许是那糖葫芦都看不过去了，一颗籽直直卡在我的喉咙口，吞不进去咳不出来的，弄得我眼泪都几乎要出来，好不狼狈。

　　"看起来真的不大合你胃口。"他想了想，从我的手上把剩下的接走，"下次重新做，改一改糖浆的配方再给你试，这里的就别吃了。"

　　我有些尴尬，却碍于今儿个口舌不顺，不好再说话，只摆着手和他打哈哈。

　　这期间，有小童攥着铜板过来买糖葫芦，却被他叹出的一句"今天的不好吃，下次来吧"给哄了回去。

　　见状，我有些愧疚，觉得怪对不起那些糖葫芦的。

　　可这份心情还没持续多久，便被不远处酒楼里的说书先生一声惊堂木响打断，我随意投去一眼，却竟就此愣住，再生不出其他反应。

2.
　　或许因为昨晚上晒饱了月亮，所以今天的五感格外灵敏一些，哪怕隔了这样远的距离，我也听得清、看得见那个说书先生的声音动作。

　　他今日讲的，是一桩传说。

　　他说，在有人界之前就有了这个传说，那是关于一个叫"既生魄"的东西……

　　霎时间，无数不属于我的记忆如浪波滚滚涌进我的脑海，挤得不行。

——你的原形吗？虽然我也不大清楚，但你是画仙弟子，或许是画具化成的……而要说对瓷感觉熟悉的话，我记得，他原来似乎有一口洗笔的缸。

你才像口缸呢，你看得见吗就敢说我是缸！我在心底咆哮着，面上却只干笑几声，不知在和谁说话，满心的憋屈，还得夸他风趣。

——我掐指一算，你像是明天就要死了，今日且过得开心些。

怎么会有这样的师父？连话都不会说……亏我还和因敛讲，整个天界，师父最疼我。

——阮笙，你不要想不通，虽然这样对你会有牵累，可弑神之罪亦是不小……你可千万别一时冲动，把因敛尊者推下去啊！

谁要推因敛了？我是这样的人吗？姑奶奶我那样喜欢他，我是准备自己跳下去的！

无数的画面和独白闪闪现现，我始终站在最中心那个位置，不知自己下一刻会接收到些什么，只隐约有些害怕，慌得很，不想看。

这时，背后有人轻轻拍我，微凉的气息顺着那一拍灌入我的灵识，那阵气息所到之处，画面顿时如烟尘四碎，散了个干净。而我松开捏得连指节都微微发白的手，生出一个寒噤。

"你方才在看什么？"

被眼前的人问得怔了一怔，我一愣，低下头开始回忆……

我方才，在看什么来着？

想了好一会儿都想不起，最终，我胡乱指了指："只是在看那酒楼，喏，你看，那门前的柱子都雕了花，弄得还挺雅致的。"

男子"哦"了一声，语带笑意。

"我原先也开过一家酒楼。"

我在对面人的脸上和他手中举着的糖葫芦靶子之间来回扫了几眼，有些似信非信。

"酒楼？你这么厉害吗……"

"嗯。"他点头，"但是倒闭了。"

我的几分崇拜还没有收回去就木在了脸上。

"呃……"

"后来，我开了一家客栈，三层楼。"他想了想，"还有一个很大的马厩。"

"真的假的？"

"真的。"他接着补充，"但是也倒闭了。"

我："……"

像是完全不在乎我的反应，他低了低头，继续说着："最后我发现，我还是想卖糖葫芦。就像以前和她说的，在街边摆个摊子，串好裹糖，几文钱几文钱地收。也许回头做自己最开始想做的事情，就能寻回那个最开始便遇见、却丢了很久的人呢？"

他说这些话的时候，有浅浅天光映在他的身上，看起来通透而又干净，似乎连带着说出来的话也让人信服……

可我还是有些不懂："这两者之间，有什么联系吗？"

"有。"他笑笑，"今天是我卖糖葫芦的第三天，我找到了那个人。"

他说这句话的时候，眼睛一眨不眨地盯着我，盯得我一阵心慌。

"你，你说的那个人……你不会以为是我吧？"我摸着面颊，有些惶恐。

他笑笑，不答，半晌抬头看我。

"我唤陆离，阮……不对，你现在的名字叫什么？"

这个陆离问出来的问题，叫我听了有些蒙。毕竟，我从没有见过的这样表达方式。什么叫你现在的名字叫什么，他莫不是也认错人了？

若果真如此，那也是挺好玩的。

要说秦萧寻的那个人，是与我撞了名字，那陆离找的这个，便该是直接同我撞了脸？

再这样下去，哪天我白骨化的时候，有谁过来说什么"姑娘，你这架子很像我家从前丢失的那具骨头啊"之类的话，恐怕我也只会呵呵笑笑，回一句"是吗，挺巧的，挺巧"。

"陆离。"我随口唤了声，意外地看见他眼帘一颤，于是原本的问句在喉头转了个圈，换了一句，"我叫阮笙，初次见面，那个，谢谢你的糖葫芦。"

他顿了顿，好一会儿才开口："不客气。"

不知怎的，我望着他的模样，总觉得他想说的不是这句话。

也许他还是把我错认成了另一个人，我想解释来着，只是，还没等我说些什么，他却忽然皱起眉头，往我身后看去。

而我下意识随他回头，这一眼，正巧对上停下步子的秦萧。

3.

"你怎么在这里？"

他的目光落在我身上，却不像是在和我说话，于是，我和他确认了一下。

"你是在问我吗？"我站起来，比了比身后的陆离，"还是，你俩认识？"

在秦萧沉默的时候，陆离轻笑一声。

"你的朋友？看起来不大爱说话啊。"

"他有些怕生。"我随口一说，转向秦萧，"所以你方才在问我？我随便逛到这儿的。说起来，你昨晚上有回去吗？我好像听见你的院子里有动静，如果不是你，恐怕便是贼了。"

秦萧的眉头皱得有些紧，好一阵子都没说话，倒是陆离见状笑了笑。

"你这位朋友，看起来，果真是有些怕生。"

那个声音里带着几分戏谑，叫我听着不大开心。

虽然"怕生"什么的是我说的，但并不代表别人也可以拿这个来调侃秦萧。毕竟难得遇到一个与我"坦诚相见"还能处得下来的人，我这个人，咳咳，也是有几分护短的。

"他和你不熟悉，自然不爱同你说话，有几个没见过的人能聊得来的？"我皱了皱眉，之前因糖葫芦而对陆离生出的好感霎时消了一半，"看这天色也不早了，到了该吃晚饭的时候，我们便先回去了，有缘再会。"

却没想到刚刚转身就被扯住了胳膊，我回头，正对上陆离的眼睛。

"你同他什么时候变得这样熟的？你们，住得很近？"

望着抓住我胳膊的那只手，我不禁生出几分不快。虽说萍水相逢是缘，之前我们也聊过一阵，但像他管得这么宽就有些过了。我刚想说些什么，陆离却先开了口。

说的，却是奇怪的话。

"从前你因他枉顾自己碎了魂魄，而今又因为他成了这副样子，不人不鬼……就算是这样，还是喜欢他吗？那你呢，阮笙，你把自己放在哪里？"

这几句话如同雷击一般，落在我的耳朵里，劈得我愣在原地。

这个人，这个人……

他该不是傻的吧？

毕竟初次见面，在彼此互不了解的时候，说这些话，真是莫名其妙得很。

虽说无月便要骨化、不人不鬼是真的，但他怎么可能知道？我又是什么时候容貌半毁了？事实上，在我选中这张脸之前，我连自己是什么样子都看不清楚。

这时候，有道白光在我脑海中快速闪现，那是我或许想过、却一直在刻意忽视的一个问题——

为什么从前的我会看不清楚自己的模样，便是如今，也只能借化别人的皮囊呢？而且，陆离那几句话，听起来，他像是认识秦萧的。这又是怎么一回事？

电光石火间，我仿佛福至心灵，忽然便生出一个大胆的想法来。

会不会，他们本就相识，要找的人也是同一个？

而若是这样，那他们都找上了我，这是不是说明……

说明话本里说的都是真的，这个世界上，还真的存在另一个我哈？

这么认为着，我并没有在意陆离的话。虽说我也觉得自己的情况离奇了些，但毕竟自出生到现在的十七年，我每一天都是自己活过来的，也有自信未曾忘记过任何东西。

既然没有忘记过，当然，我也便知道自己从前是真的不认识他们。

"阮笙，我的意思，我的意思是……"

兴许是我发呆的样子太过明显，不过一会儿，陆离松开抓住我的手，看起来有些无措，说话也结结巴巴的。

拍了下因为想不清事情而越来越疼的头，没有用，我又甩了甩，不想再多烦扰。

说实话，从小到大，我一直很乱，每天每天都要担心晚上多云下雨、没有月亮，要担心村中人发现我的异常，要小心翼翼掩饰，哪有那么多闲工夫来思考这些不怎么打紧的东西。

更何况，这些问题想不出来不说，还把自己弄得怪心烦的，真是不好。

想通之后，我朝着陆离随意摆一摆手，而一直默然不说话的秦萧，忽然握住我的手腕。

"天快黑了，她饿得早，告辞。"

说罢便拽着我径直离去，而我之前在想的所有事情，都像是被落在了原地忘了带走，什么都不记得，甚至忘记在离开之前看一眼陆离的反应。

4.

也许那句话当真不假，但这却是我很久以后才听说的——

倘若对方是你心里的那个人，不论他说什么、做什么，什么都是好的。甚至，哪怕他什么都不说、什么都不做，也比得过任何人。

便如秦萧之于我。

他不过随手将我这么一牵,我便什么都不再晓得了。跟在他的身后,彼时的我满心只有一个想法——

这样头也不回地直接离开,看起来真是潇洒帅气,就算他不牵我,或许,我也会忍不住想和他走呢?

只是,现如今,我什么都不知道。不知道他是谁、自己是谁,也并不知道这就是喜欢。

小院里,双手撑在桌子上,我托着脸,对着不远处在摘菜的秦萧发呆。

如今和他的相处方式,我总觉得有些奇怪。那奇怪的地方,不在于不大喜欢与人交道的我竟能和他熟得这样快,而在于,潜意识里,我总以为我们已经这样在一起很久了。

可是为什么会生出这样的错觉?我捶了捶头,没想分明,却捶出个呵欠。

大抵是这几天没休息好,梦得有些累,累得我总没有精神。以至于现在不过稍微想想事情,就觉得头疼。我闭上眼睛,将注意力从秦萧那儿移到了饭菜上边,果然好了许多。

可下一刻,额头上落下的一敲又把我的神思拉了回来。

我捂住额头不看他:"敲我做什么?震得脑仁疼。"

"脑子那种东西。"秦萧似笑非笑望我,"你什么时候长出来的?"

站在原地"你"了半天,我终于因为不知道该说些什么而坐下来。往日里,我虽不算是能说会道,倒也不至于半天说不出话,但每每对着他,总会变得笨口拙舌。

"你昨夜如何?"

吸吸鼻子，我顺着这个台阶走下来。

"挺好的。"刚停了停，我又想起一桩事情，"所以你昨晚上到底有没有回来？如果你没有回来，那你家院子可能真的就遭了贼了，你要不要先回去看看？"

把后半截的"然后再来给我做吃的"咽进了肚子里，我偷偷为自己的机智和反应庆幸了一下，还好没有出现今儿个和陆离的那种口误，不然也真是丢人。

只是，等了很久也没有等来那人的回答。

我戳了戳他："你有没有听见我的话？"

"听了。"秦萧敛下微皱的眉头，"我……我昨晚上回来过，你不必担心。但说起贼人，你也还是记得晚上把门窗掩好，毕竟世道不太平，当小心才是。"

小心？

我弯了弯嘴角，有些得意。

若是有贼人进来我家，姑娘我不吓死他都不算完的！任是胆子再大的人，要在没有防备的时候看见一具挂着血肉晒月亮的骷髅，那心脏也未必能够承担得住吧？

这么想着，我不觉笑出声来，几乎打算晚上干脆打开房门等着贼人光顾了，却最终在秦萧奇怪的眼神下收敛了几分。

"放心吧，我才不是那样没本事的人，虽说夜间我行动不便，但基本的能耐还是有的。小小贼人，我还不放在眼里。"

说着，我一挥衣袖，感觉自己简直像是话本里帅气逼人的侠女，却没想到秦萧顺着望向我扬起的手，声音淡淡道："手还没装回去吗？正好，待会儿天黑了我帮你取下来重新安一下，省得看着别扭。"

什么叫取下来重新安一下？什么叫看着别扭？

我的牙忽然有些痒，于是狠狠地磨了磨。

这个人是把我的手骨当成什么了？说得那样轻松！

"喂，你是觉得我这样子很好玩吗？"

原本背对着我的男子顿了顿，真的在想似的。

"哦？你不问的话，我倒还没注意。"说着，他轻笑出声，"取下来装上去，还能任意组合，是挺好玩的。对了，你有没有试过，把腿骨安在手上？想想似乎不错。"

这世上怎么会有这样的人？

"无聊至极。"

我鼓着脸颊，不想搭理他。

而对面的人盛出碗菜来，笑意清俊："多谢夸奖。"

赌气低头，我闷闷扒了口菜，往他那儿望一眼。正巧他抬起头来，油灯在桌边明明灭灭，闪烁在他的眼底，竟比天上星子还亮几分。

"怎么不吃？"

拨着碗里的青菜，我有些下不去筷子……

就算他做菜再好吃，我再怎么喜欢黏着他，找各种机会和他在一起，可这连着两个月一点荤腥都不沾的，也实在叫人有些难过。

于是拧了眉头，我嘟囔着："想吃肉。"

他煞有介事般思索了一阵，抬头时候却只看我一眼，接着再低下去。

"喂，你刚刚在想什么？有没有听见我的话？"

"听见了，也想过了。"他夹一口菜，冲我笑得温雅，"但是你想吃肉，关我什么事？"

"那你方才在想什么？！"我原本的期许被他呛了回去，"还有，你为什么不给我做？我想吃什么，你就该给我做才对。"

他抬头，语气有些怪："哦？"

我正要开口，却是欲言又止。也是这时候，才反应过来不对。对着这个人，我很容易觉得一些事情理所应当，可仔细想一想，实在半点道理也没有……有些奇怪。

正在这个时候，他放下碗来，一挥手，屋顶的天窗被打开。我一顿，随即仰起头来眯了眯眼。月光照在身上的感觉，真是让人安心。

"对了。"他递来一样东西，有意无意望了眼天边月轮，"你这样情况该是魄不全、魂却盛，这个你带在身上，可护你形体不变。而这月亮……明天之后，你就不要晒了。"

他递来的是一个尾指大小、玉箫似的饰物。在接过它的时候，一阵暖意顺着我的手汇入筋脉，原本白骨微露的手背也生回皮肉，看起来倒是个好东西。

"不要晒？为什么？"

秦萧想了想，凝重道："光太毒，容易晒黑。"

我眉尾微抽，低下头把玩着手中良玉。这玉上带着淡淡灵气，那份气泽让人很是安心……也莫名让人觉得熟悉。

"这个哪儿来的？"

晃了晃拴着玉箫的绳子，相比起他说的不要晒月亮，我对这个更加好奇。

"捡来的。"他夹一口菜，"顺手灌了我的一魄进去，对你还算有些用，好生收着。"

闻言，我一个手抖，差点把那东西甩出去。什么叫灌进去了他的一魄？秦萧这人，他当魂魄这种东西是白菜吗，可以随便拆散拿走的？！

"做什么这样看着我？"

对面的人动作极慢地继续吃着东西,说话也是轻描淡写的,似乎这根本不是回事。望着他,我稍作平复,许久才缓和下来。

"掺了一魄的玉,也是挺难得。"我紧了紧手上事物,"但既然你给我,我就收下了。以后若你有什么需要我帮忙的地方,尽管说便是,能不能帮得上我都一定会去,绝不食言。"

对面的人放下碗筷,唇角微勾。

"好。"

好什么好?二傻子。魄去人病、散则人亡,你亏大了知不知道。

这时候,他开始收拾桌子,灯花"噼啪"一声在他脸侧迸开,火星溅在他的脸上,竟灼出一个小洞,却是瞬间复原。我的眼睛不受控制地虚了虚。

"我明日要出去,这几天可能都不会在了,你自己多留心。尤其记得,不要晒月亮。"

佯装无意伸个懒腰,我的指尖直直地穿过他的手肘处,见状,我的脑子里像是有什么东西一下炸开,多了许多想问他的话。可是话到嘴边,却全部散在他一声轻笑之下。

我看见对面的人收着碗筷,轻轻抬头:"怎么了?"

于是我收回手,想了想,只是笑。

"那你还回来吗?"

他想了想:"回来。"

"好,那我等你。"

【第三卷】

当世有妖，长居北天

楔子：

北天海域上边，有一处漂浮着的大陆，凌空而建，无路可入。传说，那里囚禁着曾经的万妖尊主——沈戈。

因妖族内战而被夺去所有，如今的他早已不复当初意气，要说唯一还剩下了些什么，那也就是一点执念罢了。借助月魄养魂，从奄奄一息到如今灵力恢复，沈戈早可以逃离这里，报仇雪恨。

可他不愿离开，他答应过，要等他回来。

即便那只与他留下承诺的妖，早就死了。

1.

那晚后的第二天，秦萧就不见了，虽说他也讲了要离开，可我还是觉得突然。仔细想想，也许是因为他没有告诉过我什么时候回来。

踩在自家院里的板凳上往墙那边望，我随手拨开旁边的木枝，无聊地发起呆来。从初遇想到最近，越想越觉得秦萧不是个简单的人，又或者，他可能都不是人。

想到这里，冷风吹过，我无端生出个寒噤。

"如果不是人，那好像有些可怕哪。"我喃喃道，但不一会儿又笑出声，"左右我也不是什么正常人，两个都有问题，也刚好。"

远处的林叶被风吹得簌簌而落，我手边这盏油灯却是火焰笔直，连波动都没有。

伸手虚虚往外一碰，手上没有感觉，眼前却晃出浅如烟雾的水波纹状，但那也只一瞬便过，若是不加留心，根本注意不到。这道屏障像是秦萧留下的，只是不晓得，有什么用。

我叹一口气，一个反身就坐上了墙头，接着抬起脸来，正好看见天边苍青色的月亮。

分明是诡谲至极的异象，却好像只我一人能看见。

也是怪无聊的。

有一下没一下地晃着腿，我拿出那尾指玉箫来，左想右想也还是想不通。这个世上真会有这么大方的人吗？随手就可以给出去自己的一魄，还是给一个认识不过月余的人。

我摇摇头，手中玉物忽地便生出光色，白光在我的手中渐渐变强，意外的是，并不刺眼。而迫得我不得不遮住眼睛的那道光，它来自天上。

我透过指缝望一眼天边弦月，只见苍青渐浓，生出的光却是暗红的，它慢慢汇聚成一束，朝着这处打来，带着毁天灭地的气魄和威慑。我下意识便要伸手去防，可还不等我抬起手，那支玉箫径自升起，白光灼灼，加护在了笼着小院的那层障上，将血色挡在外边。

坐在墙头，我着实是有些惊讶和后怕。

如果秦萧没把这个给我……

恐怕，现在的我，已经死了吧？

红光和白芒对在一起，僵持不下，我看得心急，闪过几分思虑，猛地一拍脑袋——

姑娘我也是有些灵力的，虽然从前都只拿这个做些无聊的事情，但也不是什么都不会，怎么就光知道站在这儿干着急呢？就算没有做过，但现下情况危急，试了再说！

定了定心，我站起身，凝神，尝试着将散在身体里的气聚起来，合在掌中，随后猛地朝着白光一推——

等等！我是想让你融进白光助它防守的，你打它做什么？！

霎时，小院的屏障破了，玉箫跌落，而我被那红光一冲，直直从墙头上摔下来，边摔边便感觉到自己的血肉褪去。刹那间，我神思涣散，而最后一眼，我看见自己这几日都没机会重新安好的手骨。它掉在我的脸上，两块骨头碰出一声脆响，打得我有些疼。

失去意识之前，我觉得心里有些苦，只是说不出。

想的不是倘若这次不小心死了，进入地府之后有没有脸同别的鬼说起自己的死因，而是觉得有些对不住秦萧。也不晓得经过方才一击，他那一魄还在不在，是否完好。

毕竟，坑自己是一回事，但要坑上本想帮我的人，那就是另一回事了。

尤其，那个人还是秦萧。

失去意识之后，我坠入一场不醒的梦，很长很久，处在一个离奇的世界，当了十七年人的我从来没有想过的离奇世界。陌生得紧，却也意外熟悉。

这直接导致，醒来的时候，我有那么一瞬错觉自己还在梦里。

我费了很大力气才让眼睛睁开一条缝，只见身侧有火木，触目是灰岩。这里，像是个山洞。可又有些说不好，毕竟我从未见过装修得这样奢华的山洞。

"醒了？"

身侧传来一个声音，飘飘忽忽的，辨不清楚远近，但听这音色有些低宛华丽，想必，它的主人也不是一个普通人。

我其实对这声音的主人是有些好奇的，可眼皮实在有些重，费力地眨了几下，依然睁不开，于是便顺从本心地又闭上了。

"怎么又睡过去了，这阵子没睡饱吗？"那个声音的主人像是不满，"不行，没睡饱也得起来，快点睁开眼睛，看看我新做的玩具。"

那个声音带着些些兴奋，极具感染力，可对我没用。

随后，我听见他嘟囔了几句，接着是渐近的脚步声。他停在我的身侧，之后就是一双搭上我眼皮的手，那力道大得几乎把我眼珠抠出来……

"噗唧——"

就在那想法生出来的下一刻，我看见五根手指头立在眼前，随后便是一张笑得羞涩、像是有些过意不去的脸。

"哎呀，不好意思，我本来只是想扒开你眼皮来着。"他说着，把我的眼球送回眼眶里，"我其实不是这样的，平时不经过人家同意，我是不会乱动别人东西的，尤其是眼珠子。"

睡意霎时消退，我睁大眼睛望他，干笑几声。

"呵呵，我信，我信。"

说着，我抬手，想把眼珠好好安一安，却是在抬起来的时候才发现——

"我的手呢？"

惊悚之下，我几乎一弹就要从榻上坐起来，却是怎么也动弹不了，于是低头……

"我的腿哪儿去了？"

旁边的人笑得乐乐呵呵，拍了拍我身上唯一还有肉的地方，脸。

"这个不重要，有没有都不打紧，来来来，你看看我新做的玩具。"他从身后抽出来一架木偶模样的东西，满脸等夸奖的表情，"喏，如何？是不是感觉特别灵巧？"

在瞟到那架东西的时候，我不耐烦的言语就这样卡在喉间，半晌说不出话来。

不远处的等身铜镜映出榻边景象，那儿一站一卧，有两个"人"。一个是除却脸部完好之外、周身皆散的骷髅，而另一个……

另一个，不过小鬼头罢了，要说特殊，也只在于他有一副成年男子的嗓子。

我眼前这孩子，看着不过八九岁的年纪，穿着却是极好，云纹的绸子、及膝的长发，粉粉的一团，很是可爱。

只是，看在我的眼里，却有些恼人。

"那个，我们能商量一下吗？"我尽量笑得温柔，至少不泄露出自己的咬牙切齿，"你拼玩具的那些架子，啊不，那些骨头，能先还我一会儿吗?"

"嗯?"他宝贝似的把"玩具"抱回怀里,"你要做什么?我可拼了很久,好不容易才从一堆里找出这些用得上的。"摸了摸那些骨头,他像是委屈,"擦干净这堆东西花了我好长时间呢,嗯,说起来,既然擦干净了,剩下的也不能浪费……"

我惊得连眼珠子都掉出来,落在地上滚了一滚:"你说什么不能浪费?"

"剩下的啊,那些有点大,不能直接用,我打算磨一磨,做个九连环。"他眨眨眼,很是无辜,"哥哥说,九连环很锻炼思维,可我出不去,不能买,只能让他给我做了。"

闻言,我差点两眼一翻晕过去,可事实上,就算我真这么做了,闭着眼睛,但落在地上的那一颗还是能看得见,甚至是看得极清楚。

我的佛祖啊……

虽然我在晕过去之前祈祷不想死,但也不是这么个不死法吧?您这当真不是在玩我?

"你不是真不打算把骨头还我了吧?"

那孩子不说话,只是笑笑,语尾微微上扬,悠扬于耳。

我说这么一个死孩子声音这么好听做什么?他就算笑得再怎么乖巧可爱,我也还是想打他好吗!虽然就算想打,我现在也动不了来着。

在心底炸了很多次,我不死心地又问一遍:"不然这样,你把它们还我,姐姐带你去寻些更好的,拼一个更大的玩具好不好?"

"哦?"

听到回应,我的心底一个咯噔,暗道有戏。

可也就是这个时候，那孩子笑着望我，眉眼盈盈，美得慑人。虽然容貌未变，可他同方才却分明不一样了。

"你说，自己是谁姐姐？"那孩子开口，声音极缓。

而随着他这句话说出来，身量也瞬间拔高不少，不过须臾，便长成一个青年男子的模样。也是此时，那张脸和那副声音，看起来才终于像原配。

"倘若没有记错，歌儿只有一个哥哥，那便是我。"

我两只眼睛分别在不同的地方望着他，这个人生得也是挺统一的，每一个角度，都让人觉得可怕。尤其是笑起来的时候，我总担心，下一刻他就要踩爆他脚边上的那颗我的眼珠子。

这么想着，我的心底霎时生出一阵冷意，还好骷髅没法儿发抖，不然此刻的我，一定是抖如筛糠的。

"初次见面，我是沈戈，长兵勾刃用作杀戮的戈。"

2.
闻言，我蒙了一蒙。

这是什么自我介绍？又是长兵又是杀戮的……这样不吉利，用在自己身上真的好吗？

"吉利？"沈戈冷冷笑开，"倒是有趣。我见过许多的人，只有你的反应，最慢。"

反应慢？我有些困惑。

的确，我不是个机灵的人，但也不至于反应很慢吧？

"说你反应慢，是因为你竟不懂得害怕。"他说着，一顿，仿佛想到了什么，"也是，你如今神识不全，难免不灵敏。如此，我便送你个见面礼吧。"

我还没有回过神来，便看见他一挥衣袖，甩出原先抱在怀中的那个"玩具"。凌空顿住，我的骨骼四散，在落下之前完整好了形状，无一缺漏。

然后他又一挥手，便闻得顶上轰隆一震，山壁移开，月光顺着那块空缺流淌进来，淌到我的身上，慢慢充盈我的五感和神识。

而待到身子完好、可以行动之后，不等他说话，我的第一件事就是捡起眼珠给自己装进去。本以为要费一番工夫，却没想到很是顺利。

顺利到我还没有来得及按，那眼珠就自己飞进了我的眼眶。

而我一怔，抬头，正巧望见他微扬落下的衣袖。

"谢谢。"

他挑眉："我原以为你的反应慢是因为识感差漏，现在看来，却大抵是你真的没有脑子。"

被这句话呛了一下，我低下头来，不欲与他争辩。

其实，该想该怕该惊讶的，我之前就已经在脑子里过了一遍，尤其连番的惊吓下来，实在很容易让人麻木啊。更何况，一瞬长大、一身两魂有什么打紧，我因生来携带的异灵，从小到大也没少见过异事和幺蛾子，别的不说，就说我自己吧。

走着走着摔一跤就散了，也不就这么回事吗？还不是拼拼就好，都不过小事而已。

"不过小事？心态倒是好。但再怎么轻描淡写、不去在意，你不还是有放不下的一桩吗？"

我一愣，抬头，头一次觉得危险。

没错，我自幼见得比别人都多，所以，看得也就比谁都要更淡。

可就算所有的事情都是轻的,我也还是有一桩在乎的事情。不是之前的苍青月轮血色红光,也不是担心他将我带来这里所为何事,而是……

那尾指玉箫。

"你把它放哪儿去了?"

"它?我不知你在说些什么。"

我虚了虚眼:"就算我是未指明,就算谁都听不出,但你不是可以看透人心吗?你会不晓得我在说什么?"

沈戈抬手,幽色光晕在他的掌中升起,如冥火灼灼,燃明却冷。

"不过是一个玉块而已,怎么瞬间变了个人似的,真是无趣。有执念的人,大多无趣。"

随后,那玉箫自火光中出现,依然是我熟悉的颜色和模样,也还带着那熟悉的气泽和灵气。我终于松了口气,看样子,他那一魄还在,没有被我累及消散。真好。

心情松懈下来之后,我的语气也跟着软了几分。

"那个,沈戈是吗?这个名字真是十分大气,特别好听。所以,我是直接称呼您的名字吗?还是需要加些敬称什么的?"

眼见着身前男子眉头一抽,手中的光色跟着颤了几颤,却不过霎时又恢复了冷艳模样,只是好像懒得再看我。

"这里是虚妄海上,北天之陆,我曾是……呵,罢了,如今我不过是个禁犯,哪里够得上什么敬称。"他侧过身去,眉眼被幽色映出几分落寞,"你便直接唤我沈戈就是。"

语毕,他随手一扬,那玉箫就这么稳稳落在我的手上。我接住之后宝贝似的赶紧把它揣进怀里,差点没控制住笑出声来,却终于还是拾回一些理智。

"那个,我看你挺厉害的,不像个禁犯啊,是谁困住了你?"

"你不晓得,我很好困,因为我是族里弱点最为明显的一只妖。"他回身,声色如笑意一般危险,"而你之所以会觉得我厉害,那不过是因为时候到了。在这之前,我弱得很。"

"时候?"

他的眼里陡然生出无尽华光,透过我的眸子直直烧到了我的魂识深处。

恍惚间,我一阵眩晕,那个声音却是低沉婉转,绕在耳朵旁边——

"这么多年了,我终于等到……既生魄的能量再次爆发。"

接着,我眼前一黑,恍入幽境。

3.

虚空暗处,四周除却萤火点点之外,再无光色。而在我面前,有一条小径,很短,路的尽头是一扇门。那门很是油腻,上边有荆棘四布,还缠着些不知名的虫子,看得我一阵反胃。

如果可以选择,哪怕是盘腿坐下都好,我一定不会往那边走,然而……

天边划过惊雷阵阵,其中一道落在我身后不远处,地面自那儿开始破裂,同时,有石块从天上砸下来,我四处躲闪,无意间撞着了身侧石碑。

抬眼,慌乱中我看见两行字,上边写着:

"北天虚境,有灯长明。燃烛为情,妄阻其行。"

这是什么东西？和现在的处境完全无关好吗！亏得我还以为是路牌呢！

震感渐强，裂缝蔓至脚边，我提步一跃，落在不远处，还没来得及感叹自己的灵活便看见石碑从裂缝里直直掉落下去。是这时候我才发现，地面之下不是土，而是风起浪涌的深海，带着无尽焰色，一波一波燃起在洪流里，将跌入的一切都吞噬干净。

我眼见着那块巨大石碑落下去，连个声响都没有就不见了，刚刚心惊完，转眼便看见天边一块巨石落下，上边刻着的，正是我方才在石碑上看见的那句话——

所以说，这脚下地面和头顶苍天是连在一起的？这到底是个什么世界啊？

左顾右盼寻不见出口的我几乎哭出声来，满心只有一个想法，那就是我一定不能掉进这裂缝里去……

能摔死淹死都算好，但要这样从地下天上落来落去的，处境也忒惨了些吧？！

侧身躲开落下的石块，脚边上没有一处完好的地面，终于到了避无可避的时候，我心下一定，一咬牙，朝着那扇门跑去，却在推开它的时候落下无尽深渊——

在坠落的时候，我满脸郁闷，早知道都是要掉的，还不如不跑了。

霎时间，周围生起火光猎猎，刺得人眼睛生疼，它们像是在烧我。可是，为什么不会觉得不适呢？

怔忪之中，我隐约瞥见有东西从我的身体里钻出来，白乎乎的几团，四处乱窜，最后却都融入了焰光里，助它们烧得更盛。

迷迷糊糊的时候，我想数一数跑出来的白色东西有几个来着，却怎么都数不清楚。怎么我现在变得这样不济了？连数都不会数。

带着最后一份疑惑，我坠到火色底部，透过灼灼强光，我隐约看见一个人朝着这边在跑，从来没有波澜的脸上带着几分急切和关心……真是难得。

用着最后的力气，我摸出那尾指玉箫，却无法再抬手递给他，甚至连想唤他一声名字都叫不出来。哪，这可不是我在逗你，我是真的动弹不得。

我强撑着，想等他的，可耐不住眼皮越来越沉，终于合上。

秦萧，反正你都快到了，这一魄，你自己来拿吧。

好生收着，别再拆开，随便送人。

【第四卷】

断情燃灯,唯以烧魂

楔子:

无需实物便可生火,且自上古以来,经久不相灭,冉冉灼灼直至如今。这世上真的有那么一盏灯,也是六界之中唯一的一盏。

这盏灯名曰"四绪",据说为北天妖君所有,里边烧的,是世间各类生灵的感情。要说无情,唯有太上圣人道,可人神妖魔都不是圣人,谁都有情,谁也都会消亡。

消亡之后,人的魂魄会被冥界领走,神魔妖则会散去,而那个情,却会受此灯吸引,穿过天陆海域,来到这里,等待着被它烧毁。

这是世人都知道的,但这盏灯的另外一个功能,却是鲜有人知——烧魂。

四绪灯火非实火,自然也不会烧实体。可一旦有人在灯内情断的时候进入灯门里,便会立刻被吸入烛心,坠入虚空世界。

他们会沉在四绪编造出来虚假的故事和记忆里,被激发出所有感情,而四绪灯火便趁机将其一点点吞噬,最后,那人会被逼得灵识渐弱,乃至最后散尽魂魄,供作燃料。

一旦魂魄灵识被烧完，这个人便是活着，也算死了。

1.

原以为自己就那么过去了，却不想半梦半醒之间，我的意识随着秦萧的到来，竟分出了一半。这一半虚乎乎地飘在空气里，我的神思因此松散得不像话，但意志却是坚定的——

坚定地始终站在他的身侧。

然后，我看见总是带着清浅笑意的秦萧，此时，面对负手而立、眸光冷彻的沈戈，他却是祭出周身灵压。强压之下，连空气都凝滞成不透风的密壁，叫人窒息。

然而沈戈是谁？窒息就窒息，左右他是只妖，想来，也不用呼吸，于是扬袖回首，状似若无其事。

"北天之境荒芜许久，数千年了，终于迎来一位贵客，却不知……"他抬眼，笑意薄凉，"因敛尊者此番到来，有何要事？"

因敛尊者？那是谁？他在同谁说话？我皱眉，一阵疑惑，这个名字像是有些熟悉。

秦萧也不多话，只是那么盯着他。

"把她放了。"

"哦？"沈戈眼睛微虚，"能劳烦尊者亲自跑一趟的绝非凡人，而若非寻常，我也没有那个本事把人困住。既是如此，谈何放人？"

话音刚落，连我这么一个谁都看不见的虚魂，都明显地感觉到空气中的能量场又强了几分，空气中仿佛有千钧重压落在身上，沉得人几乎直不起腰来。

我扶着腰撑着秦萧，如果可以，我真想晃着他的肩膀骂出声来——

你们不管怎么样，至少看起来都是轻松自如能挺住的，难受的只有我！这是为什么？你说啊，这到底是为什么！

没想到，就在我的灵魂靠近他的时候，秦萧伸手一揽将我护住，压强瞬间减弱，我松了口气，有些小庆幸——

还好虚形没有腿，不然我可能就要这么滑到地上。

然后就看见他低眼望我，模样轻柔："别怕。"

他竟能看见我？

我一愣，直到沈戈开口才找回自己的神识。

"你在说什么？"

"妖君真是好记性，方才，我们不是在谈放人的问题吗？"秦萧眉目凛然，"你不愿意？"

随着他这句话出口，我便瞧见沈戈的脸色又白了几分。

"什么愿不愿的……尊者从现身到现在，也没有说，要我放什么人哪。"

沈戈低眼，轻拂衣摆，似在强忍着什么。

在听见他话里退意的时候，秦萧一顿，撤去威压。

却也就是这个时候，沈戈眼神一暗，聚起一团灵力，直直地向秦萧袭来——

手起掌落，秦萧的身子一震裂开，却是迸出无数碎木似的渣滓。而在这具身躯碎散的同时，沈戈身后，有雾气自黑暗中聚起，最终化作人形实体。

事情发生得太快，来不及反应，我便听见秦萧冷哼一声："你想对我动手？"

沈戈一愣之后，立刻反应过来。可反应再快又如何？身后男子的真元雾气般散出，落下时候却有雷钧之势，直直砸在他的身上，余下的更是波及周围，震起一片烟尘。

沈戈来不及躲闪，唯一能做的就是侧身护住心口。我看着他的反应，觉得有些奇怪，并不知道，原来那个地方，存着沈歌的魂。

转瞬间面沉如水，沈戈祭出全部灵力与秦萧相抗，出手之际，眼似寒冰。而我在这一瞬间莫名读到他心底的话——

原来，沈戈的弟弟早没了形体，而今，秦萧那一击又差点伤到他的灵识……

看来秦萧是真的激怒了沈戈。沈戈这厮，他现在连心底思绪都随着怒意外散了哪！

灵力化作利剑直直劈砍下来，对着的是秦萧的命门。沈戈出手极快，从凝气到出招，像是动作还没出来便已完成。

从来没有人可以接住这一剑，北天妖君杀意最浓的一招，带着无尽的暗焰热浪，如熔岩涌来，顷刻枯了草木、裂了山石，微风成热浪灼人心肺，无谁可挡！

我下意识地伸手护在眼前。

剑意凌厉，转瞬而至，秦萧却没有动。

事实上，他只是微一眨眼，四周便静了下来。

幽蓝霜色顺着剑尖而上，火光化成阵阵冰凉，而沈戈保持着出招的模样，动弹不得。

秦萧缓步踱到他的面前，浅笑："承让。"

我知道秦萧很多种模样，却是第一次看见他这样理直气壮地耍流氓。扒在他耳朵旁边，我这么说，没想到他竟虚虚抚过我的头，一个声音直直传到我的脑海里——

"别闹。"

我哪里闹了?心底愤愤,转瞬想到如今的他奈何不了我,又整个环上他的肩膀。秦萧身子一僵,看似没有反应,手指却微颤。

接着,我就被他直接掀了下来……

这个人到底懂不懂得怜香惜玉了!

随后,沈戈开口,笑得有些冷:"却不知外人口中温和清疏的因敛尊者,竟有如此雷霆手段。"

因敛,怎么又是因敛?

秦萧面色不变,低眉说道:"你在与我拖延时间?我知道,你想烧了她的魂识,夺她躯壳拿到那份能量,可即便如此,要让你弟弟复生也还是难。比较起来,找回他原先的躯壳、移魂塑神更安全些。"

沈戈明显地一愣:"歌儿的躯壳早在北天一战……"

"沈歌的躯壳未损,因缘之下,有一缕仙魄寄居在了里边,气息全改,所以你找不见。"秦萧走近他几步,"你想不想知道,沈歌的身体在哪里?"

沈戈张了张嘴,欲言又止,半晌突兀地笑出声来,表情看起来有些阴狠:"你拿小歌的事来骗我?"

"我从不打诳语。"秦萧淡然,"也没有骗你的必要。"

怔在原地,沈戈的面色瞬间变得迷茫,却是不一会儿又恢复了清醒,连带着对身体的控制力也回来了。

沉吟半晌,沈戈抬头。

"要么等到魂识燃烧殆尽,要么现在把人带离虚境。可进去这灯里的人,没有一个是在散魂之前能出得来的。"沈戈开口,声音沉沉。

要用四绪灯，需要把原本燃着的情抽离干净，灯烛无依，才能燃魂。可要开始容易，停止却难，即便是作为四绪灯的主人，也没有办法在中途把情祭回去，把魂放出来。

"小歌当真……"

秦萧颔首皱眉，模样认真："你若想早日寻见他，现在开始，少废话。"

沈戈沉了口气，飞快抬手挥袖。他的袖内有绯色灵雾朝着四绪灯直直飞去，刹那间火光像是被凝住了，停在原处，再无摇曳。

"我从未试过放人出来，所能做的，最多不过暂时稳住四绪不再继续。可我能让灯烛不再燃烧，不代表就能保住她的魂魄不散。"

秦萧微愣："什么？"

"就算你能改变虚境原本的设定，助她保住甚至重生魂魄，但她如今所有的意识都被掌握在了灯里……若有意外，保不准四绪会为了对抗你而自毁重建虚境。甚至，将你一并困住。"

"这样说来，哪怕四绪不燃，她也还是有危险？"

转头望我，秦萧的眼神有些复杂，而我条件反射般连连摆手："你能看到的，我就在这儿，他是在危言耸听……"

可他不听我说的，只是不停地在与沈戈确认。

"可以这么说。"沈戈难得正色，"还有，我不确定自己能撑多久，尤其那个世界里，现在她的情魄几乎被烧干净。你若要救她，便需进入四绪给她造出的梦里，让她重生情魄。可你知道该怎么做吗？"

"怎么做？"

"我从来只负责烧，不负责复生。"沈戈扭头，"但是如何让人生情，你不知道？"

沉默片刻，秦萧点头，不过瞬间便做好了决定。

"好，开始吧。"

他应得干脆，沈戈听了一顿，像是有些意外，而我比他更加意外。

四绪灯里是一个极不稳定的世界，稍有差池便要燃魂灭魄，可他却一句都不多问就要进去……这是为什么？

"等到她的情魄重生完全，我便把会你们带出虚境。但若出现个什么意外，例如四绪灯重燃……哪怕是尊者你，怕也是出不来的。"沈戈饶有兴味，"所以，真的想清楚了？她是你什么人，这么做划算吗？"

"你耽误的，全都是你能与沈歌相见的时间。"

沈戈脸色一变，霎时间兴致全无似的……可我仍感兴趣哇！于是转头，我殷殷望他，可秦萧却侧了过去，还顺手一指，将我定在了原地。

接着，沈戈伸手，虚虚对上秦萧的额头，只那么一抓，便抓出来一团白色雾气。

"你若信我，便将魂识交我处理，躯壳先找个地方躺着吧。四绪虚境，实体是进不去的。"

话音落下，那几团白雾立刻安静下来，温顺地伏在沈戈手上，秦萧的肉身却僵直着走向我曾躺过的那张石榻。

接着，最后一团从秦萧的身体里冒了出来，与其他一起聚在了沈戈手上。

抓着它们，沈戈重重一叹。

我不晓得此时的他在想什么，只隐约听见他在说什么冒险、什么不值。我不自觉皱了眉头，也许，真的不值。

即便被救的是我，但看上去这样危险，我也是真的替他不值。

四绪灯前，沈戈凝神。

盘腿落座，聚气风起。

雾团化作点点光色，自沈戈掌中升起，慢慢移向四绪灯门，一点点向下，最后停在了那个沉睡中的女子——也就是我的躯壳身侧，慢慢淡化不见。

过程中，沈戈面色苍白，双眼紧闭，像是在强撑着什么，而我的意识也随着他念出的诀术渐渐模糊，想来，是要坠入他们口中那个什么四绪虚境。

也就是这个时候，角落里有个盒子耀出绯色光晕，明显一闪。

那是沈戈用来代替四绪收集万物之情的容器，他之前从灯里取出的，也一并封存在那里。万灵之情相聚一处，稍有损毁便可惊震天地……

一个出不得半点意外的盒子。

可彼时的我们，谁也没有发现这处异常。我不知道他们是如何，只晓得自己的情况。

穿过层层虚雾，一个劲地下坠、下坠。最后，我落到一片土地上，却并没有摔疼。我不是死了吧？毕竟，只有死人才是摔不疼的。

过往的记忆在我的脑海中慢慢地浮现，一帧一帧闪出，又一帧一帧被洗掉。

陌生的记忆和情绪被强行灌进我的脑海。我努力抵抗，想抓住原来的，恐惧自己要变成另一个人，却最后连那份着急都失去了……

终于，混乱的画面戛然而止，我被留在一片黑暗里，再不记得自己是谁。

【第五卷】

四绪梦起,相逢不识

楔子:

上古神器多存天界,唯有两件不在,一件是曾被某只鸾鸟盗走的太虚神甲,另一件,便是这妖族历代相传的四绪灯。

这盏灯之所以唤作四绪,与燃情燃魂都无关,而是因为它能够控制所有坠入烛心的生灵的情绪,甚至为了阻止进入者离开,建造出一个个虚幻梦境,将人困住,直到魂魄散尽为止。

梦境一共四层,没有人能够完整着魂魄逃离出去。

更没有人,能够在虚境之内、被吞噬了情魄的情况下,让其重生。

1.

时间和空间被扭曲成无数的线条,不停扭动、相互交缠着前进……最后,它们消失在一个光点里,万物俱寂,而等到某一刻,时候恰好,又从另一个光点生出来。

暮秋之初，偏郊野林。

月黑风高夜，夜幕暗得像是倒扣下来的锅盖，既沉且闷。

矮树林里散落着鬼火点点，布在我的身侧，惹得人一阵心悸。

自睁眼到现在，我在这个陌生的小村里度过了九十七个日夜。村里的人大多有病，排外得很，也不肯听人说话解释，是以，每秒钟我都是挨着过来的，挨得我每天都想打人。

揉揉脸上那块淤青，我倒吸口冷气，几乎叫出声来。

和大家不一样就活该被排挤欺负了？还是因为我是外地来的、在这儿没有认识的人？这都是些什么人哪，欺软怕硬的。

虽然现在打不过，但等到我能打过的那一天……呵，奶奶我一定灭了这个村！

蹲在树丛里，我屏息虚眼分辨着泥地上的爪印，这时，肚子里传来很响的一声，我急忙捂住它……叫什么叫！我撇撇嘴，对上刚从窝里钻出身子的山鼠。

拍拍肚子警示它不要再闹。很快，我就能给你弄来吃的了，乖。这么想着，握着钢刀的手向前挥去，我听见自己划破夜风的声音，然而……刀却落得偏了。

那山鼠受了惊，就那么钻回洞穴。我咬咬牙，伸手不住地往洞穴里掏。可那鼠子真是藏得深哇！怎么掏都掏不出来。

半响，我有些没了耐心，随手捡来一根木枝往里边桶，嘿，这还真比我用手有用得多。

望着枝上串起来的山鼠，我笑笑，刚准备往嘴里送，却不想身后忽然传来一阵脚步声。我回头，正看见那个拨开矮树丛的人，他举着火把在望我。

　　无聊，我这么想着，咬了那鼠子一口……

　　啧，有些难得咬烂呢。

　　火堆里的木枝噼啪一声，迸开的火花亮在他微怔的眼睛里。

　　"吱吱吱——"

　　窝里又探出一只鼠子，我不晓得它们是不是来找我手上这只的，但那些和我没有干系。我舔舔嘴唇，伸手就想把它们都抓出来。

　　"阮笙？"

　　那人一声带着轻微颤意的声音打断了我，我不认识这个人，我也不叫这个名字，或者说，我似乎没有名字。可我确定他在唤我。

　　毕竟这附近除了他就只有我一个人，他如果不是在叫我，那就是在叫鬼了。

　　于是我回过头，亮出一口带着血色的牙齿："怎么，没见过人吃饭吗？看完了还不滚？"

　　那人的眼睛很清很亮，我在里边看见半脸血色的自己，干瘦苍白，厉鬼一样，手里还抓着一只血肉模糊的鼠。

　　"阮笙……"

　　又是这么一句，听着，我不耐烦得连白眼都要翻出来。喊，原来是个有病的。

　　"阮你大爷！"

　　我落下这么一句，抓上鼠子，转身就跑，专挑岔口多的地方，不多时就将人甩了个干净。

2.

星月的光色从破了的屋顶上泄下来,正正照在缩在旧蒲团上的我身上。

被夜里的冷意一激,我打出个喷嚏,揉着鼻子,忽然便想起今晚遇见的那个谁。那人,看起来像是外边来的,真是难得,这里竟又出现一个外乡人。

城郊的破庙里,我闪身躲开屋顶掉下的瓦片,随手抹了一把脸上的灰,不觉有些好笑。

来到这里便走不出去了,这小村有鬼打墙,谁都走不出去。估摸着,那个人早晚也要落得和我一样。不,也许他比我还要更不济些,至少我有落脚的地方,他能找到什么?

我伸个懒腰,一阵困意袭来。

果然是吃饱了就想睡啊,相比起前几天咕噜着肚子缩在这儿的情形,今晚也真是幸运,捡了好几块肉,还摘到好些果子。如果每天都能这样,那该多好。

抱着这么一份期待,我沉沉睡去。梦里,我看见有人进了这破庙,原想起身把他赶出去的,却在一件外披落在身上的时候不自觉蹭了蹭,伴着这份暖意再度熟睡。

次日醒来,我瞧见昨晚那个外乡人坐在我的身侧,而我身上披着的,是他的外衣。

如果我的身上有毛,也许这一刻,它们已经炸了。但是没有。于是我就代替了那些毛儿直接炸了。

将那件衣服甩过去,我腾地跳起来,指着他问:"你怎么在这儿？！"

而那人模样淡定，拢着一簇火，火上架着的是一些草状东西，但烤起来还挺香。

"我到这个地方，就是来找你的，既是如此，自然也该跟着你。"

那人的语气不像玩笑，我望着他，有些瞠目结舌。原来这个世上真有这种人，能把莫名其妙到让人蒙圈儿的一句话，说得这么理直气壮，和真的似的。

"找我？你找我做什么？"

"你真想知道？"

我点头。

他顿了一会儿，继续认真道："让你重生情魄。"

"……"

许是看出了我的惊讶，他于是细细补充："现下你的魂识有残缺，出不去这个地方，除非重新生出来，否则困在这儿，久了，你我都得死。"

我干笑两声。

这个人，大概是有病。

"不懂？也罢，我只是不想骗你。"他说着，将架子递过来，"这是我在外边挖到的野菜，以后别吃山鼠了。"

野菜？这种绿油油的东西看起来就很难吃。

我接过，抱着"只要能填饱肚子管它是什么味道"的心态咬了一口……

天哪，怎么会做得这么好吃？叫人恨不得把架子都吞进去，简直幸福得哭出声来！

"怎么样？"

我抹抹嘴巴，随手将吃完的架子丢回去："一般。"

"味道可能不太好，但胜在量多管饱。"

我慢悠悠地接过他递来的一串，努力做出一副嫌弃的表情，边吃边看着他欲言又止。

顿了许久，那个人才补充着开口："以后就算要吃那些东西，也至少处理一下。直接生吞撕开，太过残忍。"

一口野菜呛在喉咙里，我差点就这么厥过气去。这个人说得一本正经的，我还以为他是关心我吃不下那些血肉皮毛呢，不料却是在关心老鼠。

"你也是挺善良的。"

"其实，更多的是在担心你，那样吃，很容易得病。"

得病？听到这句话，我嘴角一抽，几乎要笑出来。

随手将烤野菜的架子丢在地上，我拍了拍他的肩膀，顺便将手上的脏东西往他的衣服上擦了擦："看在你一大早给我弄吃的这份上，奶奶便告诉你一件事情。"我勾唇，凑近他，放低了声音，"我是不会得病的，带血肉的东西，才更适合我……你知道为什么吗？"

在他的眼里，我看见自己满是灰土的脸上浮出鬼魅般的表情，莫名就开心起来。于是，我一把推开他，放声大笑，笑得整个人仰得几乎背过气去——

"因为姑奶奶我不是人哇！我是妖怪，被那个小村驱逐、人人喊打的妖怪。"我冲着他扬了扬下巴，"怎么，不信？呵，你运气好，我今个模样正常，等到这皮肉褪去，吓不死你。"

说完，我抹一把脸，转向那人。可是，在看见他平淡无波的脸色时候，我有些不满。

"喂，你是不是聋的，怎么没有反应？"

却见他从怀里掏出一个油纸包："我今早上去小村里买了些糕点，现在还是热的，你吃些吧，再等可能就要凉了。"

"村里买的？"我的脑子空了一下，"他们，让你进去？"

也许是我这反应叫他意外，于是他一滞，有些疑惑似的："怎么了？"

怎么了？没怎么啊。我吸吸鼻子，转过头去。

想来，那小村的人，也许不是排外，只是排我。一个不定时会变成骷髅鬼的怪物，怎么叫人不厌恶呢？可是，可是我也从没想过害人，很多时候，我也只是想进去走动一下……

毕竟这荒郊野岭待久了，没个人气、没个人声，就算我耐得住也不害怕，偶尔，也还是会想到人群中待一待的。

"他们不让你进去？"

对面的人开口，是猜测的语气，却如一把尖刺，直直扎进我心里。

"对啊。"我强自扬起下垂的嘴角，笑得肆意，"早说过了，我不是人，人家一堆正常人住的地方为什么要让我进去？按说你也不应该待在这里，你该去和他们待在一起啊！别看我现在没什么，等到……"

"等到什么时候我都不会怕，我知道那是你，怎么样都是你。"那人叹一口气，截断我的话，"阮笙，你且信我。"

喊，奶奶我才不叫什么阮笙。还有，这样的话，在事情没有发生的时候，谁都会说，在亲眼看见之前，谁也都无所谓。可等到真正遇见的时候，一切便都难说了。

接过那包糕点，我坐在一旁吃起来。

清香软糯，带着淡淡酥脆的口感十分不错。自睁眼到现在，这是第一次，我不是为了果腹吃东西，可是，却吃得十分不称意。

这个人，我说的他不信，他说的我不信，而且，他行为奇怪，毫无缘由就缠上了我……

这样想下来，怎么忽然觉得有些危险呢？虽然我也知道，自己身上没什么可图的。

瞟一眼他那张脸，是极为清俊的模样，可大抵是我先入为主，越看越觉得他似乎没安好心，连带着这包糕点都像是有问题。

脑子飞速转了几转，也许，我该想个办法摆脱他。

兴许是想得太入神，口中的糕点还没咽下便是一块接一块又塞进去，等到想说话的时候，它们便极为自然地堵在一起，卡在我的喉咙里，吞不下去吐不出来的，憋得我眼睛一酸。

"咳咳，水……"

那人看见，一愣之后立刻起身。

"呛着了？等我，我很快回来！"

我一边狠狠点头，一边给自己顺着气，在他离开之后，又飞快地边咳边扶着墙从庙后绕小路离开。

的确，比起危险，我更不喜欢自己一个人。闷了这么许久，我也很希望身边会有另一个，就算话不投机两相生厌都好，我很希望，身边有那样一个人。

可今日见着他，才发现，一个异类和一个正常的人，待在一起，就算相处融洽也会心烦。哪怕看起来没有不妥，但天地知、虫鸟知、村人知，还有我，我自己总是知道的。

不是一个世界的人就不要待在一起，待也待不久。

我一直在走，不知道走了多远，但大抵是一段不近的路。我绕着村子，走到了从没见过的它的另外一面。

蹲下身来，我感觉脚有些疼。大抵是真疼得厉害了，不过那么一个动作，我就坐在了原地。舒出口气，我靠在断壁上，想着，既然累了，干脆就在这儿歇一歇。

虽然这里看起来离村子有些近，但这样偏的地方，应该没人走吧？没有人从这里走，也就不会有人赶我，我也就可以不必躲着人了。

又或者……也许他们忽然想通了，知道我不是什么坏人，更不是什么怪物，然后，我就不必躲了呢？

沉浸在这样的自我安慰里，我背靠残损矮墙，慢慢睡过去。

梦里一片安宁，什么都没有，如果现实也能同梦里一样，该有多好……

可惜，老天从不听别人的祷告。

胳膊上像是被什么东西抽着了，疼得发辣，我自梦中惊醒，刚刚睁开眼就看见身前握着扫帚和木棍的村人。带头的那几个我都认识他们，每一次，都是他们打我最惨。

3.

我捂着手臂站起来，仔仔细细检查着自己的身体，明明没有一个地方露出白骨，明明他们也让那个人进村买东西，为什么就是我要被排挤?

"你个怪物,还敢来这里!"

"看样子是上次打得不够,还没让她长记性哩!"

"说这么多做什么?大家一起上啊!"

人声哄闹,他们彼此推搡,火光里映出无数张脸,每一张上边都带着厌恶。

他们敢聚在这里,就说明他们不怕我,就说明他们知道我没有什么本事反抗。作为这样一个连还手都无力的存在,我不能害人,只是和他们不一样,为什么要遭到这样的对待?

愈想,愈觉得心口有一处地方,沉得发慌发紧,堵着堵着,几乎要漫出来。

那里像是有一堆火,是靠近山口处的,浓烟滚滚,随着人声渐大而越发沸腾,下一刻就要喷发出来——

"啊——"

我再也忍受不住,眼前生出一片猩红,血色之中,我隐约看见身体里有团白乎乎的雾气飘远,然后,消失在了一个微亮的地方。那个亮光摇摇曳曳,烛心一般。

一声嘶吼过后,我的腿脚一软,失了力气,"扑通"一声就这么跪下来。而那些村人大概是被我吓着了,一时间失了声音,只是盯着我。

第一次在这么多人面前失皮去肉,露出骨头。我勾唇。想想,还有些紧张呢。

强撑着站起身来,我抬起眼睛,惨兮兮地对他们一笑。

这个笑还挺管用,一眼过后,困住我的包围圈立刻大了一圈。

可这样的趋势，还是走不了啊！我一边难过，一边绝望，一边着急。

以前虽说打不过，至少还能还个手，不至于平白站着挨打。但现在这副样子，我半点力气都没有，连抬手都怕抬不起，谈什么还呢？

"你们，动手啊。"我用尽全部的力气站直身子，朝着对面勾勾手指头，刻意笑得阴冷，"不是想打我吗？怎么，见着我这般模样，不敢了……嗯？"

夜色极好地掩饰住了我发颤的手指。虽然我在赌，可我也很怕，我怕他们仗着人多不上当，怕他们真被我挑衅着，过来打我。

可还好，我吓住了他们。

嘴角的弧度勾得更加明显，我试着拖动步子朝前走两步，然后，满意地看见那些人连连后退，满眼看到怪物的表情。

我有些开心，可也就是这个时候，脚下一跄，差点就要摔倒……

我好像有些撑不住了。

我咬紧嘴唇，弯下身，捡起一块砖头掂了掂，然后抬起头，对着他们露出一个灿烂得吓人的笑："不是说，要打吗？那便来吧！"

我冷着声音一字一顿，话音落下，立刻举着砖头朝他们跑去——

也许我是真的吓人，只见身前原本举着火把木棍的村民，被我这一个动作惊得四散逃窜，手里的东西纷纷应声落地。而我就这样跑着，不敢停下，生怕他们看出我是虚张声势。

终于，所有的人都散了个干净，一个不剩。

我跌在地上，大口喘着气，砖头砸在了自己脚上也不想管，就那么坐着。

本来是想休息一下赶紧离开，可坐着坐着，我忽然有些委屈，鼻子眼睛都酸涩得厉害,怎么都压不回去。

于是,在这夜下,借着没人的工夫,我放声大哭,哭得嗓子都开始痒,痒得不停在咳。这声音,连我自己听着,都觉得委实惨了一些。

可我也知道,只有我会觉得自己惨,若是这儿有旁人,肯定觉得吓人都来不及。

一个劲地抽泣着,我没有注意有人过来,会发现身前的人,那是因为他出了声音。

"你在哭,你哭什么?"

什么叫"你哭什么"?不会说话就不要说话,不该出现就别站在这儿。闻言,我抬起头来,泪鼻涕挂了满脸,却还是龇牙向他。

我攒了一口气,就那么吼出来:"老子心里不痛快,却连哭都不能哭了?你大爷的谁啊?!没事别瞎管,老子就算是在这个时候杀个人又关你的事!"

明明该是歇斯底里极带气势喊出来的一句话,却因为哑了声音变得极低,尤其是那鼻音,严重削弱了我的霸气,取而代之,夹杂了满满的不甘和委屈。

透过满眼掺了灰土的泪,我模模糊糊看见他蹲下身子,与我平视。

也不知道是夜里冷色重还是怎的,眼前的这个人,我觉得他的脸色好像比早上白了几分,眼底也泛起淡淡青色。不过这么几个时辰的工夫,就憔悴了不少。

可他的什么事都不关我的事,现在的我,只想自己待一会儿,谁都不想见。

于是,我继续吼着,吼得声嘶力竭:"你怎么还在这儿?为什不走？倒是滚啊！"

我伸手推他，却因为没有力气，那一推没推动，反而自己摔在了地上，磕得屁股生疼，疼得我更委屈了。那人一愣，站起身子，却没走，反而绕到我的身后为我披上外衣。

我看着他步子缓缓回来我面前蹲下，接着递过一块手帕。

"夜间寒气重，蹲在这儿容易受凉，把眼泪擦擦，跟我走吧。"

望着那块帕子许久，久到我几乎都想把它接过来，然而余光瞟到自己手上的白骨，心下一震，到头也只是"嗤"一声。

"我不怕寒气，也不会受凉。你看不出吗？我不是人，是怪物，我和所有人都不一样。你也别假惺惺的，其实，看见我，你腿肚子都打战了吧？"

"是不是因为今晚没有月亮？"那人抬头望天，"我知道，你不是这样的。"

其实是有些触动的，但那又如何？这样的人啊，胆子大又觉得新鲜才会过来逗一逗我，逗完了，早晚要走。对着他的眼睛，我一把打落他手上的帕子，极慢地说出句话来："少恶心。"

说完就要走，我转头，费了好大力气才让自己的动作干脆些，却被人一把拉住手腕。回头，我有些不耐，想直接将人甩开，却没甩得开。

"外乡人，我劝你少管闲事，别到时候连自己怎么死的都不知道！"

可那人不为所动，始终只是那一句："阮笙，跟我走吧。"

又是这个名字，这到底是谁的名字？听了真让人烦心。

"有病。"我低头，盯着自己的手，因怕被扯断而不再挣扎，"放开。"

那人许是想了想，觉得这么攥着一把骨头也不太好，于是依言照办，却在松手之前，由指尖飘忽出一缕光线，化作细绳，缠住我的手腕。

这什么鬼东西？！

我见了，忽然便有些狂躁："我说你这人是不是脑子有问题？遇见个谁就让别人和你走，不应就给人家拴这种狗绳……"

"它不是狗绳。"对面的男子一顿，"你不同我走，我便只能跟着你，如果不这样，我怕跟丢。"

自顾着和腕上细绳对抗半响，我半句话都没有听得进去，最后才终于发现，那是真的解不下来。于是抬眼，我一阵怒意，直直一拳挥过去，带上了全部力道，极为生猛凶狠。

拳头破风，砸在他的肚子上，击出很闷的一声。眼见着那人疼得弯下腰，我觉得有些爽："把它解开。"

我听见自己开口，带出一个满是戾气的声音，当真不负他们口中怪物的称呼。

可眼前的人却在这个时候直起身子："不可能。"

哟，还挺倔的？我啐出口唾沫，直勾勾烦地盯着他，接着捡起块砖头用力向他掷去——

却不想对方伸手截住，手指一紧，砖块便碎成了粉尘四散。

他走近我几步："你再打，我就还手了。"

月色从云后流泻出来，经他身后，淌在我的面上。四周的暗处被光色填满，我的眼泪早干了，此时便换作一片清明，看他看得很是清楚。

"哦？"

月光的出现填充了原本缺少的皮肉,我笑笑,手指抚过他的眉眼,接着落到自己手腕上,细细摩挲。顿了顿,我忽然想到什么,于是抬起手腕凑近嘴边,我用了十足的力道,猛地咬住绳子一拽——

"啪!"

细绳断裂,化作白雾散开,对面的人猛地捂住胸口后退几步,冷汗湿了一身。

可我却终于满意了,拍了拍自己的手腕,我留下一声不屑的笑。

"见过没脑子的,但你这么蠢的,奶奶我还是第一次看见。"我活动了一下手腕,接着转身快步,只留下一句话,"还手?嗤,再跟着我,试试看。"

其实是嘴硬说的,我没什么本事,只会吓唬人,但好像有点用。至少,他没再追上来。

我忙着离开,没有注意,夜色里有一道极淡的光线自虚无中出现,缠在了我的手腕上,水纹般漾开,之后消失不见。

也没有想到,顺着清风飘忽到我耳边的那句"试试吗?好"什么的,不是幻听。

【第六卷】
YAO GU

山木有知，此身非我

1.

村子的北边有个小山坡，因为难得走，很少人上来，风景却好。

我是在一次躲村人棍棒的时候发现的，后来得了空，便时时跑过来，吹吹风、逗逗鸟，没有余人，感觉也是挺舒服。

爬到树枝上，我垂下一条腿来，闲闲晃着。现在坐着的这个地方，正巧可以看见村门口摆着的糕点摊，也不知道，那个人前几天是不是就在这里买的，味道还不错。

舔舔嘴唇，正想着，我忽然就看见一个熟悉的身影停在了那个摊子前边，一时不觉有些蒙："不是这么邪门吧？说什么看见什么……"

不过还好，距离这么远，我在山坡上的树冠里，而他在那边的村门口，隔着这么多的弯弯绕绕，左右看不见，也不必多想。

打了个呵欠，我一瞥过去，正巧他买完糕点朝着外边走。却不知怎的，那人走着走着忽然停下，抬起头来，朝着我所在的地方扬起手中油纸包微微一笑。

我被他笑出一身鸡皮疙瘩……这这这，这骗人的吧，这么远怎么看得见？！

被那个笑激得心里发慌，我急忙坐起身子，手脚并用就要爬下树去。可这双腿实在是不随我心意，越到关键时刻越掉链子，于是我一脚蹬空，就这么直直摔下树去……

"砰！"

很闷的一声，却不疼，我仰躺在地上，刚睁开眼睛，就看见身前站着的人。

"摔着了？"

"地上草厚，这么软，哪里摔得着。"我暗自平复了一下心情，"更何况，我是鬼，是妖怪，怎么会怕疼。"

"哦？"他皱皱眉，手指一动，我猝不及防间又掉了下去。

揉了揉摔着的地方，我没来得及觉得他无聊来着，就被一个发现惊呆了……原来，方才我一直是凌空飘着的吗？再抬头，看他的时候便也觉得奇怪。

他之前不是在村门口吗？怎的一转眼就到了这个地方？而且，而且他总能找到我，不管我在哪里。这个人，他像是会术法的。

脑子里攒了许多疑惑，几乎漫出来，我望着他，不自觉开口："你是什么，这么厉害？"

他却不答，只是递过来那个油纸包。

"从早上发呆到现在，想你该是饿了，吃点东西吧。"

"你怎么知道我没吃东西？"我不自觉带上些防备，"你想做什么？"

对面的人不说话，有些沉默，只是站着。而我对上他的眼睛，有那么一瞬间的怔忪。

山坡上有微风阵阵,带着清秋特有的凉意,这时候,他的声音顺着风传到我的脑海里。他在问我,你一点也不记得我了吗?

可对面的人分明没有开过口。

"刚才是你在说话?"我退后两步,"你……"

风力骤强,扬起他的衣袖,那一瞬间,也把我所有想说的话都堵在了喉咙里边。当他的袖子被风吹起、搭在手臂上的时候,我看见他手腕下边接着的粼粼白骨。

这个人……他,他难道也……

"你说,你是怪物,是鬼,是异类。"他的眸光清和,声音很轻很缓,"如果真是这样,那我和你一样。"

在听见这句话的同时,我也明显听见自己的心脏狠狠地跳了一下,我讷讷的,仿佛一下子失去了语言的能力,开了口也不知道能说什么,只是下意识抚上手臂,然后被自己捏得生疼。

这个世界上,原来真有和我一样的人吗?我从前虽然这么猜过,但总不敢多想,因为潜意识觉得这是不可能的事情。而那桩不可能,现在竟真的实现了。

"你,这句话之前说的,是什么意思?你认识我?"

"终于肯好好听我说话了?"他像是安慰,"我认识你,你叫阮笙,而我是秦萧。我们认识很久了,这一次来这里,我也是专门来找你。阮笙,和我走吧。"

2.

从前推拒的理由不再成立,取而代之的,是我心底渐渐升起的希望和期待。有的时候，意外是一个不好的词，但就于此刻，我实在觉得它好，好得不能更好。

真的有人和我一样，是一个世界的。

当天晚上，我们离开了小村附近，没有再碰见什么鬼打墙，走着走着，就那么出了去，顺利得我几乎以为原本一再被困住的那些时候，都是幻觉。

转头，望了眼身侧的人。秦萧。他好像很厉害，也很神秘，叫人看不透。

可是，偏又让人感到安全。

走着走着，我眼前一黑，脑袋忽然有些晕乎，下意识伸手扯住他的衣袖，在扶额时候，我余光看见一团白雾自身前飘走……

嗯，怎么又是一团白雾？

没来得及疑惑太久，我便看见秦萧一惊，很是着急似的伸手想要捞回白雾。可那盏天边不知何时出现的星烛，它像是有着特殊的引力，直直将白雾吸附过去，任秦萧怎么动作也弄不回来它。

"那个是你掉的？"我扶着头，"我上次也看见一团来着，不知道为什么，每看见它一次我就晕一次。想来，我大概看不得白乎乎的东西。但看你这副模样，它很重要？"

秦萧侧过身来望我，嘴唇几乎抿成一条直线，看起来有些严肃。

"为什么这样看我？"

"没什么。"他垂下眼睛，忽然握住我的手，"走吧。"

我一愣，本打算甩开，可是夜里太凉，他的手上却有阵阵暖意传来，不过就握了这么一小会儿，我便散去了一身寒气，甚至连头都不晕了。

然而,握个手就能治头晕这件事情,说出去怕是没人信的。

这里地处偏僻,没有灯火,只要月亮不出来就没有光,前后左右,我什么都看不见,再加上大概是我眼神不好,若非秦萧一直在给我指路,我很难知道眼前有什么,而一旦走过,身后的黑暗便和身前的未知融在一起,凝成坚固的板块。

这种感觉,就好像泼墨画上走着,我和秦萧就是破开浓墨的水,除却走过的地方稍稍能看清楚,其余便都是虚空一片。仿佛这条路,只有在我脚下踏着的一小块土地是真实的。

"我们这是要去哪里?你真的认得清路吗?"

秦萧的声音听起来很轻松,轻松到甚至还能开出个玩笑来,完全不像我,走在这片地方,心里紧张得很。

他一本正经说着莫名其妙的话,像是真的似的:"原来的虚境该是塌了,现在不是我在给你领路,是这条路在带着我们走,我也不晓得接下来会去到哪里。但只要还在这里边,总不会是什么好地方。"

我在心底翻个白眼,后边一点震感都没有,好好的村子,哪里会说塌就塌?还有,什么叫这条路在带着我们走?不认路就不认路吧,说得这么高深做什么。

"你怎么知道,前边不是什么好地方的?"

"我猜的。"他顿了顿,言语里忽然生出几分不安,"你摸摸自己的手腕,上边有没有一根细绳?"

我依言摸了摸:"呀,没有。"

秦萧一顿,声音里透出几分无力:"另一只手。"

"有。"我确认完毕,连忙又抓上他的手,"怎么了?"

这时候，他的声音不知道哪个地方传来，虚虚实实，里边承着满满的焦急和担心，却是越来越远，远得让我心慌。模模糊糊，似是在说什么不要摘下它，等他来找我。

可此时的我完全没有心思理会他那句话，寒意由我的手指处直直传来，激得我的脑子都变得混沌，双手双脚颤个不停。

如果说秦萧随着那个声音渐渐远去，那我牵着的这个人，他又是谁？

3.

抱着这样说不出的惊恐，我甩开那人的手，却不及防被他一推，就这么跌下身后不知何时出现的万丈高崖。

冷风如刀在我的脸上割开无数道口子，我坠入无边的黑暗。有枯萎的星子从我身侧掠过，星尾拉出的长线映在我的眼睛里，光色极强，闪过时候，留下烧灼般的疼痛，我忍不住闭紧了眼睛，痛呼出声："啊——"

伴着这声惊叫，我从哪里一下坐起身子，冷汗湿了衣衫，额发贴在脸上，手指紧紧揪着心口处的衣领，闷得几乎喘不过气。

等到好不容易平复下来，我睁开眼睛，这才发现周遭的不对劲。

大抵是刚刚醒来，眼睛昏花，看不清楚，可就算这样，也足够我认清周遭景象。这不是哪个悬崖下边，也不是什么荒郊野外。

这是一间房内，虽然有些破旧，但比起我曾经栖身的破庙，实在是好太多了。

可是，没有人会因为这样奇怪的事情而高兴起来，即便可以被说成大难不死。我虚着眼睛打量四周，拳头攥得死紧，随时准备应对什么突发状况。

等等,我和秦萧该是一起遇上的意外,那么,他呢?对了,还有……手绳!

我一惊,摸摸手腕,上边的绳子散出很淡的温度,让人安心。虽然不知道是什么时候又出现在手上的,可那人不在,我也没办法问他,只是为着这个松一口气。

掀开被子下了床,我的脚下一片冰冷,是这时候,我才发现,地上满是水渍。但我低眼,却依然什么也看不清。

怎么会这样?!

我有些慌,将下嘴唇咬得死紧,摸索着走到门前,打开,入眼唯有一片刺目白光,而外边世界全都只剩下隐约的轮廓影子,深深浅浅一片,半点也不鲜明。

"我的眼睛,我不过是睡了一觉,为什么……"

恰时,转角处有动作迟缓的老人走来,她的动作很慢,嘴里却不停对着我在念叨。

"哎哟,你怎么下地了?乖乖,来,回房歇息……"

避开她伸出扶我的手,我警惕着努力想看清楚她:"你是谁?"

老人家明显地一愣,随后一巴掌拍上我的脑袋,瞬间就把我拍蒙了。如果打我这一巴掌的是原来小村里的任何一个人,我一定都会毫不犹豫还回去,可偏偏不是。

于是我只能傻着眼站在原地……

这,这个老人家,当真是老当益壮,白首不让须眉。

"你这瓜娃子，睡傻了还是怎么的？我是谁？我是你姥姥！"

虽然不便和老人家还嘴，但我心底始终是疑惑的："姥姥？"

老人家秒速转变回之前和蔼的模样，满脸关切："哎，乖孙女儿，赶紧回去休息。你说你，平时放羊赶驴都好好的，怎么就昨个晚上出了事哟？"

虽然心底不解，对着这处境我也有些反应不及，但现下我没有更好的办法。我的头很疼，眼睛看不清，这又是个陌生的地方，我便是想走也走不出去。

"我出了事？"虽然别扭，也还是任着老人家扶上我的胳膊。

快速地做出些思虑，我决定，索性就待在这儿等秦萧来寻我了，左右他也说过要我等他，说过，他一定会来找我。

"你还敢提！"听了我的疑问，老人家一下子又切换成了暴怒模式，"脑袋被驴揣出那么一大个疙瘩，还出那么老多的血！差点没吓死你祖宗！我差点就给你买棺材了你知道不！"

被这一通吼之后，我明显地脑子不够用了，原来伸出打算摸头的手半路转成揉耳朵。

难道，我真是因为被驴踢了，才头疼的？

"哎哟你是不知道，当时可吓坏姥姥了，姥姥只有你这么一个孙女，你可不能死得这么早，让姥姥白发人送黑发人啊……"

我僵硬着脖子转向旁边，正巧看见姥姥抬着手在抹眼泪。

一时间，有一种我是不是还没醒的感觉。

面上带着浅笑安慰着老人家，在心里，我却已经被吓得蒙圈儿了。

好、好奇怪的地方……

秦萧，你怎么还不来找我？！

姥姥扶着我在房间门前停下，嘱咐了许多，语气里都带着满满的慈爱。

"乖孙女儿，你快去休息吧，多睡睡，姥姥就不进去了，等吃饭时候再来叫你。"

虽然也有在心里吐槽，虽然知道，她不是我姥姥，但至少这一刻，我是真的觉得有些暖。想起曾经被村民追打至头破血流，再比起这位老人家，连我头上被踢出一个包都觉得心疼……莫名地，我就想哭。

甚至比秦萧对我说什么"我和你一样"的时候，更加想哭。

"姥姥不进来吗？"

"不。"老人家嫌弃似的往地上一瞥，"你瞎啊？没看见灶房漏水漏到了这个房间吗？地上湿哒哒的，还有油……啧啧，但是反正你的脚都湿了，还是赶紧进去，别瞎磨叽。"

"……"

我方才，是因为什么觉得温暖来着?

4.

但不论如何，我就这么在这儿住下了，也慢慢接受了自己有这么一个酷爱"变脸"的姥姥。接受之后，觉得也还好，至少当下，有人真心疼我。

我也曾为此疑惑，好好地，怎么忽然就落入另一个世界似的？也因自己身体的异常而担心，时刻害怕，哪个时候就要变回骷髅，惹人厌憎。也会想，他是不是不会来找我了。

可是，想不通的东西，想得再多也没有用，而那些我所担心的，也暂时没有出现。那么，即便这一切本都不属于我，至少这一刻，就这么过吧。

总好过日后要因为自己多心、时刻不曾闲适而后悔。

只是……

摘着菜,我坐在板凳上,想起昨晚上梦到的东西,觉得奇怪。

于是一边摩挲着手绳,一边不自觉念出个名字。

"因敛……"

梦里的人,我看不清楚他的长相,但除此之外,什么都记得分明。我梦见自己是个神仙,在一处大殿待了上万年,只为照顾一尊不能视物、地位却很高的神仙。我好像喜欢他来着。

这时候,手腕处似有幽光微闪,我低头,却只看到手边木盆里粼粼漾起的水波。

啊,今天的太阳果然很大,连这盆里的水反射的光都能晃人眼睛。

"还没摘完?"

姥姥从门后探过身子,吓得我摘着的菜一下掉进水里,溅了我一身。

"这丫头怎么越来越笨手笨脚的了。"姥姥走过来,生生把我从小板凳上挤开,"算了算了,这里用不着你。家里的笤帚坏了,赶紧去市上买一个,晚了就要关了。"

"好。"我擦擦手上的水,正准备出门,却忽然想起件事,"姥姥,钱在哪里?"

没想到姥姥飞快站起身子,扬起手就是一掌,我条件反射地闪身躲开,姥姥见状一愣,还不等我说话就拍了拍我的肩膀。

那一拍,拍得我寒毛都要立起来,却没想到她满是欣慰地对我说:

"孩子长大了，反应也灵敏起来了，真是好啊……"

"哈？"我木在原地，"姥姥，您是不是……"

"熊孩子，有这么和姥姥说话的吗？"

我被从后面来的一掌给呼得差点栽下去，整个人都晕乎了……方才那句话，"不正常"这三个字我不是还没说出来吗？

"算了，不闹了。"满脸惊悚地望着温柔抚摸我头的姥姥，然后，我看见她笑出仅剩的两颗牙，"乖孙女儿，快去买笤帚。"

"那钱……"

"要什么钱！抢了赶紧跑哇！"

我听得一愣……

姥姥这话，是认真的吗？

"逗你呢。"姥姥笑着掏出个荷包递给我，脸忽然又拉下去，"蠢货。"

握着荷包走出家门，刚刚踏出门槛，我便被不知何处刮来的风弄得一阵凌乱。啊，我是不是一直忘记和姥姥说，这双眼睛现在不大好用来着？

可好不好用都不打紧，因为，不过刚刚走过街角，我便遇上了一个人。

那个人，我一直在等他。

秦萧。

"快和我走！"

不过刚刚见面，我还没来得及和他感叹一下自己遇见的神奇事情，还没来得及告诉他我白捡了个姥姥，他忽然便扯住我，丢下这么一句话就要拉我离开。

可我眼前一片模糊,什么都看不清,脚下一个趔趄就往他身上摔去:"等等……"

"等不及了!"他撑住我的肩膀,架起我的手,看这架势,几乎是要将我扛走,"这儿危险,现在来不及说什么别的,先走再说!"

眼前的人,哪怕只能隐约看见轮廓,我也可以确定他是秦萧。从他说自己和我一样的那一刻,我就牢牢记住了他的模样,不会错。可此时此刻,对着他,我却生出些陌生的感觉,甚至比见他第一面的时候更加陌生。

于是,我下意识地后退拖延,挪动着脚步:"至少,至少让我和姥姥道个别……"

不料他眸光一凛,手上非但没有放松,反而抓得更紧。

"那不是你姥姥,阮笙,这不是真实的世界。还记得我说的吗?你被困住了。不走,难道你想在这儿被困到死不成?"

又是这样奇怪的话,可是,讲着奇怪,但联系起之前意外的景象想想,我又有些动摇。

许是见我不安,他叹一声,软了语气:"之前是我心急,没有考虑你的感受。但我不会害你,你且信我,和我走,好不好?"

这句话一出口,我仿佛又回到那个小山坡上,又看见那个模样认真的秦萧。

我抬起眼睛,虚虚望他,受了蛊惑一样:"好。"

却不想,正是这个时候,生出些意外。

是他微微勾唇,伸手又要来牵我,而我迷迷糊糊递出手去,他抓住我手腕，却在一瞬后甩开，像是被烫着了。

"你怎么了？"我急忙凑近他。

"无，无碍。"他背着手不给我看，语气有些不自然，"你的手腕上，那是什么？"

嗯，有什么吗？我抬起手来，细细看着。可那个地方，除却挂了一条他留给我的手绳之外，什么能刺到人的东西都没有。

"没有东西啊……怎么了吗？"

"没什么，不过是手抽筋了。"他笑了笑，"走吧，再不离开就要晚了。"

我虚虚应着，一阵凉意顺着腕间筋脉流过全身，原本混沌的脑子里忽的一阵清明，越想越觉得现下不对劲。摩挲着手绳，我跟在他的身后，忽然出声唤他："秦萧！"

"嗯？"

趁他回头时候，我举着手绳贴上他的面颊，然后便看到他颊边生出暗色烟气，冒出一阵蜡烛熄灭的味道，随之，一声惨叫刺痛我的耳朵。

"你不是秦萧，你是谁？想带我去哪儿？"

"乖乖和我走不好吗？非要自找苦吃！"眼前的人一瞬变得狰狞，眉眼蜡泪一样化成一片，"既然如此，就不要怪我……"

我一惊，捂住手腕，转身就要跑。可还没等我动个脚步，他突然就化成了一片烟雾扑来，拢在我的身边，我待在一片迷迷蒙蒙的雾气里，往哪儿走都脱不开。

大睁着眼睛，我努力想看清楚周遭一切，却始终是昏暗一片，我不知道是自己看不见还是它隔绝了我和这个世界，也没有心力再去多想这些。此时的我，只剩下恐惧。

5.

待得烟雾散去,我已经回到了房间里,却不像上回安静。我睁眼,看得清晰,可还没来得及开心一下,就看见周围聚着的很多人,他们在对我指指点点,骂我是野孩子、没有心。

我想皱眉来着,却不能皱眉,想回应也不能回应。

心下一惊,我试着抬手,却是这个时候听见了自己的声音:"都聚在这里做什么!那个老太婆死了是我愿意的吗?"

意识虽然清醒,身体却全然不受控制——

我像是被囚禁在了这具躯壳里,无力挣扎,无力摆脱,不能反抗。

"都给我滚出去!滚!"

我站起身来掀了桌子,指着他们放声大骂,没有人能看得出来我心底的慌乱和无措。

人群中有人站出来:"你姥姥收留你这么多年,现在死了,你就这样把她放在板车上丢出去,这是人做的事吗?"

姥姥……死了?

这是什么时候的事情?

"在下冒昧问姑娘一句。"一个书生模样的人厉目站出来,"常言滴水之恩涌泉以报,可这位老人家收留你这么久,你却……"

"却什么却?"思绪被自己的声音打断,我走到那书生面前,狠狠推了他一把,"知道冒昧还问,你这是没教养还是想挑事儿?"

一个大汉扶住书生:"我看想挑事的是你吧?还教养,你也知道这种东西?"

"那东西我没有,姑奶奶我本来就没人教没人养,但知道还是知道的。怎的？"

　　一言一语中，我听出来他们争执的始末。

　　姥姥死了，像是被我害的，而今，"我"还不让她的尸体进门……

　　虽说我一直在嫌弃姥姥手劲儿大还爱打人，虽说我们只相处了这短短十几日，但我却是真把她当成姥姥了。如今听见她不在的消息，我多想去看她一眼，甚至恨不得抽自己一顿。

　　可是办不到，如今的我，连按自己的心意迈一步腿都办不到。

　　听着大家骂我，我第一次不感到生气，甚至和他们一起在心底骂起了自己。

　　"别提什么其他的，像这种人……"一个大爷拄着拐敲地面，被气得连连咳嗽，"她能听懂人话都算难得了！"

　　我转身，给自己倒一杯茶，很是闲适的样子。

　　"姑奶奶不只能听懂人话，甚至还能听懂你说的话。"

　　这句话实在是太过了。我心底有些气，如果能分散成两个人，我恨不得一巴掌抽死说这句话的"自己"。但更多的还是无措。

　　我很害怕，如果没有办法掌控自己的身体，以后的我是不是都要这样过下去？

　　"打，狠狠打！乡亲们上啊——"

　　不晓得是谁带的头，所有的人蜂拥一般涌向我。而我只能坐着，眼看着拳拳脚脚交替落在我的身上，我很疼，眼睛被血迷住，偏生发不出声音。

　　过了许久，我才能张开嘴，有血顺着舌头滴在衣服上，而我只掸了掸。

"一群饭桶,就这点儿能耐吗?"我摇摇晃晃站起来,面向已经停手的那群人,"你们怎么不打死我?怎么,一个个怂样儿……呵呵,害怕偿命?"

说完之后,我拿起一个杯子朝着人群甩去,瓷器碎裂的声音响在寂静下来的小屋里,号令一样,引出又一轮的拳脚。

可这一次我没有痛苦多久,印象里,刚挨到几下,我便看见同前几次一样的白雾,它自我眼前飘走渐远,接着,我便开始晕乎,直至两眼一黑,失去意识。

昏迷中像是有人把我抱了出去,我只想睡,眼皮却不由自主地掀开,由此,我看见身边掠过的白云和下边缩得很小的长街人影。唯独没有看清楚的,是抱着我的那个人,他是谁。

【第七卷】

不问何去，不问何来

楔子：

同今时极为相似、却是一个早就过去的夜里，也是这样一条长街，容貌半毁的她，跟在一个模样俊朗却没有头发的男子身后。不久，男子停下，微叹。

"怎么净惹事，在天界惹了还不够，还要来凡间惹。"

她死死扯住他的袖子，偏生还要嘴硬："你谁啊？我没见过你，你凭什么说我。再说我惹事又没惹你，干你什么事情？"

男子笑意清和，仍是那温文的模样，带着些些纵容："莫要闹。"

短短三个字，激得她眼睛一红，抽抽几下，拐了把鼻涕就往他衣袖上拍。

"这样久没见了，你就只有这么一句话吗？"

"这样久没有见，一见面，就给我添麻烦。"

当时的她闷哼一声，赌气般扭过头去，没有反驳。却是后来才回过神。

她在人界觉得时间过得久，是真的过了这么多天，而且还加上了想他。可他在天界，这些日子于他而言，便不过须臾片刻，快得很，怎会久。

接下来的那一刻，时间被无限拉长，在她耳朵里，是他认命似的声音——

"也罢，麻烦就麻烦吧。总归是你，躲不掉了。"

1.
眼前是片深浅不一的湖光颜色，有水寒凉刺骨，浸透我的五识，猛兽一样将我的魂魄撕碎扯开，抽离我的身体。

我沉在水底，抬头就瞧见他在水面之外，焦急的面容随着波纹晃成一副鬼脸，看得人有些好笑。可我却笑不出来。

自打我决定跳下菩提台，就没打算再活下去，就没打算再见到他。可既然见到了，哪怕是出于礼貌，也还是告个别吧。

于是，无妄川里，我忍着魂魄撕裂的痛，挥着手吐着泡泡朝他笑："因敛……"

本来是没什么事的，可这一声唤出来，我的鼻子忽然就有点酸，一时没忍住，我"哇"的一声就哭出来。这尊神仙，我看了他近万年，以后再看不见了。

周遭景象和那份心情随着我的眼泪一起流出来，蕴在眼睛里，模糊成一片水色。

我哽咽着，抽个不停，弄得喉咙一阵发痒，咳得胃里翻来翻去。

"呕，呕……"

我眯着眼睛一个劲干呕着，也不知道想吐出来什么，只是周围有风吹过,想来,我是上了岸,要吐水。

"不舒服吗?"

有人把我放在了什么地上,随后开始拍我的背,力道很轻,声音也轻,轻得让人想打瞌睡。我睁开一条缝,看见自己趴在河岸边上。

只是奇怪,我眼前的这条河有些干,没什么水,水草稍微长长就能出来了,根本不足以让人沉下去,而我的身上,也是干爽的。

一时间有些傻,我抬头,看见秦萧脸上挂着的几分担心,开口,我下意识想唤"因敛"。可事实上,我真正讲出口的,却是——

"滚开。"

我很累,全身都是疼的,脑子也因为那个半忘没忘的梦有些乏,可这身子却一点也不体恤我,硬撑着要站起来。

"你又不记得我了?"

我当然记得,怎么会不记得。毕竟,我一直都在等你。

背过身去抹了把脸,我被那力道蹭得直想叫,尤其是在看见自己手背上鲜红一片的时候。甩甩手,我看见自己随意地将血擦在了衣服上,迈开步子就要走。

"等等。"

正在我心底焦急的时候,秦萧沉着声音喊住我,可我的脚步没停,甚至还更快了些。

"你不是阮笙。"他从身后单手扳过我,眼神有些凌厉,看得人一阵发冷,"你是谁,怎么会在她的身体里?"

他发现了!我激动得几乎想跳一跳,眼珠却自顾着一转。回头,走近,我在他眼里瞧见自己那副鼻青脸肿的样子,带着几分难过表情,心底不觉咯噔一下。这身体,它想做什么?

伴着这份惊愕，我忽然感觉膝盖一软，若不是秦萧反应快，伸手扶住我，我恐怕就要跌下去。可也就是这个时候，我的双臂软软抬了起来，极其自然地环住他的脖子，在他耳朵旁边吐气，那温热的气息熏得我自己都有些热……

"你说，我不是她，那你为什么把我救出来？嗯？"

秦萧推了我一把，奈何这双手抱得太紧，他没推开。

眼见着自己的血滴下来，滴在他的衣裳上，染出一片红色，我心底的羞耻感一个劲往上冒，压都压不住……

占着我身体的到底是个怎样的东西哇！你就算要调戏人家，能不能也先照照镜……

我心里那阵火燃得极高，几乎要透过自己弯着的眼睛里冒出来，却在下一刻，又熄灭在了他惊诧的眼神下边。

对于这么一个总是喜怒不形于色的人，能够清楚看见他眼底的情绪，大概在这件事过于意外之外，还有一个原因——

我们真的凑得太近了。

也不知道他是不是被这突如其来的一下吓傻了，我感觉不到他的鼻息，只觉得唇上一阵温软，而我就这么贴着他，启唇："你说，我不是阮笙，又会是谁呢？"

那种酥痒的感觉自唇瓣直直激到我的背上，却没有办法自由地打寒噤。

接着，我感觉到自己轻笑着舔了他一下，而他被烫着似的将我一把推开。瞥见他脸上沾着的我的血，我心底的恼意腾地烧到了头发尖尖，喉咙里却发出一声压低的笑。

"这反应也忒大了。"我遗憾似的叹一声,歪头望他,"至于吗?"

"你自己离开,或者,我打散你的精魄让你离开,选一个吧。"

秦萧像是真的生气了,散发出与以往截然不同的气场。

而我往身后缩了缩,瘪着嘴:"你又不是没看见,我这一身的伤,无故被打成这样,心里委屈,我就逗你一逗稍作发泄,你怎么就要赶我走了?"

"这不是你的身体,你心里清楚。"

我低下头,像是在细细思索,却也就是这个时候,趁他不备,我的指尖聚起一团苍色雾气直直打向他去——

没能看到秦萧的反应,我转身提气跃到了河岸的另一边,飞檐上几个起落间已经走了很远。我一边着急想停下,一边却被这双腿带到很远的地方,心焦得厉害。

忽的,腰间一紧,我刚刚低头就被闪着了眼睛,那是道流光编成的绳索,它紧紧拴住我,而绳索的另外一头,被他稳稳握在手上。

我望着立在枝上单手持绳的秦萧,还没来得及高兴,便感觉到腰间绳索越勒越紧,几乎要嵌进我的皮肉里去。可是很奇怪,一点儿也不疼。

惨叫声由我口中发出,震走了附近一片的鸟儿,而他毫不留情,手腕一动,那绳子便慢慢地收了回去,连带着被捆住的我也离他越来越近。

停在他的身前,我怔忪地看着他眼中痛苦得蜷缩起来的自己。

而他像是不忍,稍微侧了侧眼,手上一个动作,绳索瞬间断裂,化作流光点点散在我们周围,而随它一同散去的,还有我身体里冒出来的苍色烟雾。身子一虚,无力感阵阵泛上来,我瘫在他的怀里,听见他的声音,带着些些温柔:"没事了,睡吧。"

我试着动动指头,已经没有了障碍,终于放下心来。

于是脑子里一直紧绷着的那根弦就这么松开,我往他身上蹭了蹭,带着自己都没察觉的依赖:"你可别让我摔下去。"

他笑,胸膛处闷闷地震:"好。"

不过一个单字,偏偏就让人感到安心可信。我不自觉弯了弯眼睛,在他的怀里找了一个舒服的位置靠上……

好像已经很久没有睡一个好觉了。

2.

有光自一双眼中迸发,世间所有的颜色在这一刻融汇在一起,混乱一片,搅了许久,又由那最后落下的一点中分离出来,拼出一轴轴长卷,混乱地展开。

霜华殿、菩提台、无妄川、师父、因敛……

坠入黑暗只一刻,接下来,便是无数的画面交错,没有时间顺序,碎片似的扎进我的脑子里,也不管我看不看得清、能不能接受。站在旁观者的角度,我被动地接收着那些过往,遥远陌生得像是属于一个和我完全无关的人。

——哪,秦萧,你猜我叫什么?我叫阮笙,阮琴的阮,笙箫的笙。

最后,停在了这一帧。

不管他为什么会用秦萧这个化名,我很喜欢,比之从前日日念在心里、谁都晓得的无双尊者那个名字,我更喜欢秦萧。

接着画面一转,我看见沈戈。

北天虚境,有灯长明。燃烛为情,妄阻其行。

像是第一次经历这个场景,我一阵心惊。

四绪、取情、燃魂……

从没有人自愿进来过这个地方,也没有人知道进来这里会发生什么。因为,进来的,不管你有多大本事、不管你是什么身份,没人走得了。

可他为我进了这四绪虚境,只是为了我。

如此,也不枉我喜欢他许多年,甚至为他跳下无妄川,撕魂裂魄,便是得了师父相护转世今生,也连个实体都保不全。

"醒了?"

耳边传来几声鸟叫,周身的疼痛散去,如洌洌泉水流过。往昔的画面也就在这一刻停止闪现。我隐约觉得自己还有什么没记起来,那些过往虽然细碎,却没有一点是不重要的,而今我只笼统地拣到其中几块较大的记忆碎片,没拣全,我有些不甘心。

但是,也够了。

虚虚咳了几声,我分明是知道的,只要一睁眼就能看到他,可当真的再次看见他,不知怎的,我竟生出一种恍若隔世的感觉。

"做什么一直盯着我?"

他眉眼温和,微带笑意,我却只顾盯着他的唇瓣,一动一动的,单是看上去就觉得温软,接着,我不禁想到什么,蒸得我面颊一阵发烫。

"阮笙?"

他的声色清和,此时语调又温柔,这时候,我仿佛与当年喜欢因敛的阮笙重合起来,再见他,便激动得脑子一抽——

"你是谁来着?"

说完,我同他皆是一怔,他怔的,大抵是我的反应……而我怔的也是这个。

我怎么冒出这样一句话来着的？一遇到无措的情况就把自己埋进沙子里，还装什么失忆？阮笙哇……你长了这么多年，怕真的是白长了，脑子呢？

羞愤之下我怕暴露出什么东西，于是立马转了身子背对他，咬着被角满心纠结。

而纠结半晌，我得出的结果便是——

不管了，话说出口不能收，他本就爱嫌我笨，这样反复一阵，那就显得更蠢了。在心底用力点几个头肯定自己，我想着，左右在这四绪虚境，几乎每一层境里，我都不记得他，他或许也习惯了。

"又不记得了吗？"

我定了定神，回头，避开他的目光："记得什么？"

他欲言又止，最后只是无奈地笑一笑。

"没什么，我是秦萧，而你叫阮笙。前些日子出了意外，你大概伤了脑袋，忘了一些事情，在这里，你可以信我。"他顿了顿，补充，"除了我，最好不要相信旁人。"

我闻言一愣，干咳几声，想起初入虚境里我打他骂他那一桩，忽然就有些心虚，却是勉强掩饰着。

"你说，我可以信你，也只能信你……"没话找话地说出这句之后，我的脑子一转，一份期待便冲出口来，"这是为什么？我们是什么关系？"

眼前的人明显怔了怔，低眼想了好一会儿，然后抚上我的头，看起来很是认真严肃。

"虽说自幼将你带大，听到这句话难免痛心，但徒儿毕竟是出了意外，不记得为师，倒也无妨，总归是能好起来的。"他正色对我说，眼底却有点光一闪而过，随即抬起袖子抹了把脸，那张脸一下子就老了十几岁，"唉，徒儿莫慌……"

我木在原地。

这个发展，好像有哪里不对？

可眼前的人一本正经还带着略微痛心的表情，实在真切……我看着看着，赞叹之外，差点没忍住翻出个白眼。

如果此时，我真是失忆，处于刚刚醒来神思松散的状况，可能真的就信了。

还好是假的。

因敛这个人啊，果然一点都没变，还以为变成秦萧以后不那么无聊了，然而……对了，是不是有一个词叫作本性难移来着？用在他身上真是再适合不过。

"那个……"

"嗯？"秦萧抬眼，一副沉在悲伤的回忆里忽然被打断的模样，"徒儿怎么了？可是哪里不适？"

我低着脸，咬咬牙，酝酿了半天才终于准备好表情望他。

"如果我真的是你徒弟，自幼随你一同长大，为什么会有人叫我野丫头？"扶着头，我做出痛苦却隐忍的表情，"方才我零零碎碎记起一些事情，好像是我过往来着。我看见，小山村里，有人追着我打，可你不在。"

哼，演戏谁不会？来战啊，来啊来啊，看谁演得过谁！

"你为什么不在，你不是我师父吗？我是不是真的是野丫头？"

满意地看见呆滞住的秦萧，我在心底不住偷笑，接着藏在被子里边的手狠狠掐了一下大腿根，逼出一包眼泪。

然后,我疼得声音都打颤,却也不忘继续演:"师父?"

他顿了顿,俯身,环住我的肩膀,话里满是坚定。而我就这么靠在他的肩上,眼睛不受控制地睁大。

"以后不会了。"

在这句话落下的时候,我原本悬在眼眶里、被自己掐出来的眼泪,就那么掉了下来。不知道他是不是感觉到了,于是环住我的手又稍稍紧了些。

他重复一遍:"以后不会了。"

这,这……这是哪一招?有没有什么方法能解它来着?我想了许久都想不到,到了最后,也只是回抱住他,才发现他的腰身劲瘦,挺好抱的。

把脸埋在他的肩膀上,我本该窃喜骗过了他,却忽地鼻子一酸。但因为在这种情况下痛哭流涕实在是莫名其妙,于是我吸吸鼻子,忍住了。

现下清寒,而他的怀抱很暖,这是他第一次抱我。虽说,我的喜欢和这个拥抱之间,隔着近万年的距离,但比起许多……

"你方才……"他一顿,"是不是把鼻涕蹭在为师肩膀上了?"

"……"

我沉默了阵,原本感伤的情绪乱乱飞散,心底一声咆哮——

这个人啊!为什么永远都在破坏气氛!

你就不能不说话吗!

3.

接下来,在我"失忆与记起"反反复复不稳定的这段日子里,秦萧最爱做的,就是问我偶尔想起的所谓过去。一遍一遍,直到问到我编不下去，假装头疼的时候，他才停下。

好一度，我都怀疑，他是不是看出来了什么，想在我露出马脚的时候拆穿我。

可后来却发现，他只是想确定这一次的虚境给我灌输的是怎么样的记忆，他是在关心我，在每一个稍可能的机会里，他都在想办法，为了我被四绪夺走的情魄。

只是，他想的方法实在幼稚得很……

谁会因为放个风筝钓个鱼就能重新生出什么情魄啊？蠢货！

于是日子就在我默默的吐槽声中度过，他全然不知。也不知道，现在的我，其实几乎什么都知道了。

前夜星月分明，他说，次日的天气一定很好，早早就约好我出来逛逛。我不知道自己的情魄到底怎么了，分明现在的我也不是没有情绪的。

记得沈戈说，需要我生情。难道还不够吗？我知道啊，我喜欢他，一直喜欢。

摘下一叶长草，甩着手走在堤坝上，身后跟着的，就是那个我喜欢的人。虽然他为了占我便宜，让我叫他师父，把自己弄老了这么多，可到底是传说中那个风华无二的尊者，即便是这个样子也很好看。

"喂，你为什么每天找理由要我出来晃？"我话刚出口就立刻停住，担心自己露馅，于是怯怯补上一句，"师父？"

而他从思索中回过神来，没回答我，却是继续上一次我没答完的"所谓过去"接着发问。

"他们为什么打你？"

我转回身来，一边无奈地翻着白眼，一边装作楚楚可怜，细着声音回答他。

"不是说了吗?在那儿我是外乡人,没人管没人爱的。"都是说过的话,我有些编不下去,于是随手指向不远处,"喏,其实我就是这儿的人,可他们看不起这个地方,说这里生活的都是野蛮人,我自然也就是没人要的野孩子。"

他听了,一阵沉默之后,轻叹出声:"原是这样。"

"就是这样。"

那段不全的回忆里,我记得在霜华殿的时候,时常被他气得没话回,那种感觉实在憋屈。所以,现在他信了我编出来的谎,我便有些报复的小快感。

正捂嘴偷笑,却不想他忽然走到我的身侧,声音平淡却正经。

"我从前来过这儿,那时候,这里还是个繁荣的地方。"

"啊?"

对上我疑惑的脸,他却是一派正色,一点一点,编出这个地方的过往。而我就静静听他说,"从前"这里的千家灯火、万人空巷。

随着他的描述,我仿佛真的看见了这个地方曾经是如何的繁华热闹……

只是,轻一眨眼,那些景象又从眼前消失了去。

他、他为什么会编这些话说给我听?

我不解,却不好问,只是干笑几声:"你什么时候来的这里?"

"千百年前吧。"

千百年前?你是不是忘记了,自己现在的身份只是个凡人?

"你看。"秦萧指向不远处一座高桥,而我顺着他手指的方向看去,"你看那出桥洞,那样高,可知从前能够通过多大的货船。"

他顿了一会儿。

"所以,阮笙,我说的都是真的。"我的影子被映在他的眼睛里,而他声音温柔,"你不是小地方出来的野丫头,这样说你的人,是他们没有见识。"

明明是那么拙劣的谎话,模样却是莫名可靠。不管是因敛还是秦萧,他总是这样,可以一本正经地把瞎话带出来,说得和真的似的。

可就是那一刻,我望着他的侧脸,从眉骨到鼻尖再到下颌线,轮廓分明。

心里哪一处,有阵温热凭空生出来,流遍我周身脉络,充盈我破损的魂魄。才发现,之前的我,原来一直是冷的。

也是这个时候,我听见脑海深处有一个声音在念,就是他了。

可这不是早就确定的一件事吗?

"师父是在安慰我吗?"我低头,掩住眸中情绪,"感动得我都想以身相许了。"

"你想得美。"

他哼一声,一句话便将方才涌上来的暖流尽数击退,弄得我僵在原地。

呵呵,这个人果然还是不要说话比较好呢。

4.

也不晓得是不是因为我的那句"以身相许",即便后来我和他说那不过是句玩笑,但他也还是与我疏远了些。虽然不明显,我却很清楚,他在忌惮。

天界盛传,因敛是当今佛祖座下最具佛性的一位尊者,身无沾系,不偏不私，谈道论法皆玄妙，有着难得的悟性。

只有我知道，当初他虽被佛祖所救，后借佛光为障，修复魂魄，却并未真正被佛祖收入过座下。因敛虽被称为尊者，但事实上，他从未真正入过佛门。

只是佛祖从来微笑不言，三千弟子不喜妄舌，而他在佛界一待就是近万年，才有了这样的误会。久了，甚至连他都忘记这回事，习惯了心存戒律、待人慈悲如一。

可我记得清楚，记得曾经听见的那句，说他的慧根佛心敌不过尘缘未尽，如今他全心皈依，是因为始终有东西不曾记起。所以，也就不能放下。

佛祖还说，倘若有朝一日，他能够了了全部尘缘，度化自己，自可成佛。

思及至此，抬起手来拍了拍自己的脸，我几番感慨过后，忽然发现一件事情……

这衣服，莫不是洗着洗着就变大了？早上穿它时候就发现有些不对，只是没有多想，但现在看着这袖子竟也长出一截，实在奇怪。

正在我扯着袖子端详的时候，秦萧从树下经过，抬头的第一句话就是——

"我怎么感觉你这几天越来越年轻了？"

所以……

"我原来很老吗？"

拽着袖子从上树上跳下来，一下子落到他的面前，动作特别干脆利落。只是，我还没来得及被自己的身手帅到，就发现好像有哪里不对。

我从自己的头顶直直划过去，比到他身上，竟只到他的胸口。来回几次之后，我有些愕然："你是不是长高了？"

秦萧不语，只低着头看我，莫名冒出一句话，有些严肃。

"我原以为我们还在虚境的第三层里，没想到，已经到了第四层。"

心底一个咯噔，我有些慌。

着急之下，我开口，刚准备问清楚来着，可一下子又记起自己现在是"没有记忆"的，于是一堆问题又憋了回去。是了，沈戈说过，四绪虚境有四层幻梦，每一层都是为了把人留住，在灌入记忆之后给那人编故事，激出散魄。

可一路走来，直至现在，我从没有想过，为什么我会突然恢复记忆，甚至连同许久以前的东西一并记起⋯⋯

原是因为，到了最末一层吗？

"师父在说什么？"把衣袖当水袖晃来晃去，我试探着问他，"什么第四层？是发生了什么事吗？师父会长高，是因为你说的那个东西？"

"我不信你没发现。"他环臂俯视我，望得我一阵紧张，生怕他发现了什么。然而他再度开口，说的却是，"不是我长高，是你变矮了。"

他说得没错，是我变矮了。或者，更准确地说，是我在变小。

一天等于一年，一岁岁地缩，直至回归婴儿状。只是，类似于回光返照，在最后一刻之前，我会有一小段的时间，变回原本模样。倘若在那时候，我仍没有生得出情魄，出不去这虚境，我们就会被葬在这里边，魂魄归于烛火。

夜里，我偷摸着缩在秦萧的房门口，本是来找他商量买新衣服的事情，毕竟这样拖拖沓沓实在不方便，却意外在那里听见沈戈的声音，还有，他说出来的那一些话。

我蹲在门口消化着这些内容，可就是消化不下去，消息如鱼刺一样死死哽在我的喉咙里，让人难受得紧。

原以为他们已经说完了，深吸一口气，我刚想离开，一个人静静，却不想沈戈再度开口。

"为了维系四绪不燃，我的灵力用得有些快。不如尊者先告诉我小歌的消息，这样，也好让我更有动力撑住啊。"

沈戈的声音还是那样好听，华丽且有辨识度。可我却只有听见特定那个人，才会心底发紧。也许，喜欢的人，什么都是最好的，是那种可以忽略客观性质的好。

"呵，说是这么说……事实上，只要我一告诉你，你便会立刻撒手离开，不是吗？"

"那倒是。"沈戈毫不避讳便承认了，"说起来，倘若你们在前面三层，我随时可以将你们带出来，但如今这最末一层，我却是管不到了。如果这次真的栽在里边，尊者可后悔？"

屏住呼吸，我忽略掉酸麻的脚，蹲在门口等着他的答案。其实我自己也不知道在期待什么，就算他说不后悔，谁又能说那不是譬如佛祖"割肉喂鹰"的大爱呢？

"当然会。"

可他这么回答。

我嘴角一抽……秦萧也是很实诚啊。

"倘若能再做一次选择，我可能不会进来了。"

接着，他笑笑。

"是可能，不是一定，但一定没有如果。"

我一愣，在这一瞬间，心底迸出几点不知哪儿来的火星子。

这个人总是喜欢说绕口的话,绕得人心底发紧,只能似懂非懂听着受着,一句都接不上。所以,他就算说着后悔,但事实上,他是不是想说那是他愿意来着?

次日再见到他,我的袖子已经可以垂到小腿附近,衣服也松松挂着。早晨对着镜子照了照,如今的我,不过是个十一二岁孩童的模样,看起来软糯好欺负得很,让我有些不大开心。

可是,在看到他那副惊诧得几乎怔在原地的表情时候,我又稍微恢复了些心情。这个人,他可能要被我连累死了,可我没办法和他道歉,也不知道该怎么告诉他,其实我一直喜欢他。

随着他的脸渐渐凑近,我的脑子也越来越乱,最后不晓得哪根弦一瞬崩断,于是我就这么朝着蹲下身子的他伸出手去——

"师父,抱!"

隐约听见什么碎掉的声音,我想,也许那是我的底线。

"你……"

"你不是我师父吗?"

既然碎了,索性让它碎得其所,不要浪费。

眨眨眼睛,我厚着脸皮走近他,扯着他的手好一阵晃,晃得我自己都掉下一身鸡皮疙瘩。

说完,我眼瞧着秦萧满身不自在似的动了几下,似乎真的在考虑这件事情。而我意识到这桩之后,有些惊悚,但在惊悚之余又莫名有点小期待。

良久,他不自在地转过身子。

"等你,咳,等你再小一些,出门再不便一些,师父便抱着你。"

从前长于言辞到能把人气死的人,他也有说话结结巴巴的一天,还是因为我。在临死之前能看到这样的场景,也是挺值的……

只是,他却有些不值得。

5.

接下来的几天,果不其然,我一日日变小,且这种变化一日较之一日更为明显。几乎是被原本的衣服包裹住的,我咬着松软的糕点,窝在他的怀里,心想,其实变成孩童也不是没有好处的,至少能让他像这样抱着我。

只是不知道,如果他知道了怀里孩子带着的是成年心智,会生出多精彩的表情。但我是绝不会让他知道的,毕竟这种要死也要装傻充愣占便宜的做法,说出来,连我自己都没耳听。

夜里,秦萧把我放在石桌上,自己坐在一边,一脸清闲地在看风景,半点不着急。虽然,对着这么一个奶娃娃,要想着情魄这样的事情的确是困难了些,可他就这样放弃了悠闲等死,势头也实在是不对啊。

"师父,你从来都是这样的吗?看起来对什么都不着紧似的?"那个带着奶气黏黏糊糊的口水音有些奇怪,偏偏是我自己发出来的,都不能好好嫌弃,"你就没有什么着急和在乎的事情吗?"

"当然不是。"他放下茶盏,望我一眼,原本凝肃的面色瞬间被笑意冲破,但很快又忍住,"这已经是第四层虚境,而你的情魄还没有生回来,我其实很在乎。"

哦,我真是看出了你很在乎呢。

"大抵是命吧……可既然我选择了进来,后果便只能自己承担。

只是可惜,我原以为至少能把你救出去,现在看来,我是高估了自己。"

我一愣,接着就被他捏住脸蛋。

"但下来一次,看见你这副模样,还挺值的。出家人讲究因果,你为我跳一次菩提台,我为你入一次四绪灯,这样也算扯平,以后,便再无挂碍了。"

在这虚境里边,我过得并不好,却只有两次是真的觉得难受。第一次,是在我知道自己可能要把他连累得死的时候,另一次,就是当我听见他的这句"再无挂碍"。

原来你会入这虚境,甚至前边几次那般为我,都只是觉得欠我而已么?可我那么做,要的并不是你的愧疚,从来都不是……

我的心情,你是不是从来感觉不到的?

沉入这样的思绪里,我有些难过。

难过得没有发现星月相逢,慢慢聚成一道浅浅光柱,投在我的身上。

可他却似是惊讶,眼睛里边,映着我变化的过程。先是轮廓慢慢长开,随之身形稍稍越大,渐渐地,我不再是婴孩模样,那衣裳终于也不再只是包着我。

"我变回来了?"开心没多久,我忽然想到什么。

啊,变回来了的话,是不是就说明,我要死了?

他看我的眼神带着满满的担心,眉头也死死皱着,虽然我抚上去的时候,他不躲开,但也还是抚不平。

"怎么,你是不是遗憾我变回来了?你就那么喜欢小孩子?"我笑笑望他,"如果你真那么喜欢,不如我们生一个吧。"

他叹一声,没什么心情说话似的:"别闹。"

"才没有闹。"我耸耸肩，做出一派轻松，"今夜月光正好，我们出去走走怎么样？"

秦萧深深望我，良久，才轻一点头。

而我笑得满足，就那样站在他的身侧，跟着他往外走，难得一次安静地并肩同行。

6.

路上，看见流萤点点，他不说话；遇到一片花圃，他不说话；溪流淙淙，鸟儿停在我的指尖，我举给他看，他还是不说话。

秦萧虽然嘴巴坏，但从来都是笑着的，因敛也是，虽然总是带着些疏离，但也是真的心无挂碍。对着他们看得太习惯，我便难免有些不习惯此时的他。

不过，也许今晚之后，我连不习惯的他都看不到了。

思及至此，我的心绪反复，忽地生出一个想法……

我提气跃起，落在枝上，足下是氲着月色的溪涧，身后是闪烁流华的幕空。

然后微微仰头，眼睛却低着，也许现下的我看起来是一副倨傲模样吧，可我手脚背脊都是僵硬着的，如果不这样，我实在不知道该怎么掩饰自己的紧张。

"秦萧，我不是在开玩笑，这些话我想了许久，一直想要同你说。我总在找一个机会，可是哪一次都阴错阳差说不成，今次却正好。那么，我便说了。"

紧了紧手指，我深吸口气，朗声向他："星辰为烛，流水做酒，天地当高堂，日月可为鉴，而这枫林绵延百里，勉强算个霞帔。"

从前对着他，我面上不显，心底却总是小心翼翼的，导致留下许多遗憾，心底记得最深的那一桩，不是没有告别，而是没有告白。

我定了一定，转向他："秦萧，今日我把自己许给你了。我数三声便跳下来，你若愿意，就接住我，若不愿意就不要管我。若你不愿意，正好我跳到河里清醒清醒。然后，我今日说的，你便只当没有听见就是。"

树下站着的那个人，他低着头，我看不见他的反应，甚至看不清楚他的模样。在这一瞬间，其实我有些后悔，但如果能回到方才那一刻，我还是会这么说。

彼时天界，我总以为时间很长，于是肆意蹉跎，却不成想，到了最后，我竟连和他说句话的时间都没有。

是啊，时间的确是没有尽头的，我却不可能与天地同寿。这些曾经存在心里的话，它已经随我死过一次。我很担心，现在不说，就再也没有机会了。

我数着数，等他的回应，可他始终不回应。也许，不回应就是他的回应。

"三。"

闭上眼睛，我觉得鼻子酸得发疼，正准备跳下去，却不想，那个人脚尖一点跃上高树，抱着我直直栽入树冠里。

我睁眼，有些错愕，眼见着自己从枝上跌进茂密的绿色里边，林叶纷纷擦过他的脸颊，划开一道口子，血珠滴下来落在我的脸上，有些烫。

"你……"

一句担心的话还没问得出来，他揽住我的手骤然收紧，我一愣，回抱过去。

没有人知道此时此刻的我有多害怕，我很怕他的答案是拒绝，很怕他冲上来，只是因为不愿意让我为他落水，引得他愧疚。
　　陷入自己的思绪里，我很难过，却不得故作轻松地拍拍他的肩膀："其实你不用这样，还特意上来，我淹不死的。"
　　话音刚落，就感觉到他搭在我身上的手僵了一僵，然后耳边传来一个低沉的声音。
　　"好。"
　　我有些反应不及："什么好？"
　　"星辰为烛，流水做酒，高堂霞帔，日月为鉴。我娶你。"

　　酸涩的感觉从心底生出来，直直涌出了眼睛。
　　我愣愣回抱住他，无论如何都反应不过来。
　　那些很久以前的过往，它们争抢着浮现在我眼前，连出一卷不完整的过去。
　　我不晓得自己忘了哪些地方，也不晓得拼出来的那一些，占整个曾经多大比重。可我知道，从见他第一面，我就将这尊神仙刻进了眼睛，继而入心。
　　我也知道，其实他一心修佛，不懂情爱。
　　"这一声好，你知不知道，它对我而言，有什么样的意义？"
　　于是不自觉便开了口，我清楚地听到自己声音里的颤意。
　　"你这句话，是为了哄我重生情魄说的，还是出自真心呢……"睫毛轻颤，我一阵眼花，有水珠顺着落下去，"因敛？"
　　他一僵，接着，有无限光华自那颗泪里生出，笼罩住天地，吞噬了一切。

【第八卷】
YAO GU

传世之言，佐酒而谈

楔子：

从上古燃起，直至如今，作为世间所有感情最后的归处，四绪灯从未断过。灵魄灭去，情怨归烛，这几乎成了常识，是一个定律。

没有人想过，如果有朝一日，四绪灯灭，那些散不去的情，该怎么办。也没有人知道，四绪灯火一旦熄灭，会发生些什么。

说起来好像很可怕，可事实上，当这一天真的到来，却好像没什么大不了。只是，天地之间，除了既生魄这种异能外，又多了一个不容于六界的存在。

传言，四绪灯坏之后，世间众情相聚不散，有魅灵自其而生，随着日子一天天过去，她将原本供给四绪的万物之情尽数吸收，渐成形状。可是奇怪，分明那只魅灵极为厉害，没有人奈何得了她，不知怎的，她之后竟一个想不开，又跳回灯里当了烛心……

后来，晓得这件事的人，在谈及她的时候，做过很多猜论，却没有一个定数。

于是只能枉顾事实，将她上升到一定高度，赞叹道：

"一介魅灵也能这么为天下苍生考虑，牺牲自己重修四绪，真是伟大啊。这天下众道，真该好好学学。"

那只魅灵，唤作山吹。

1.
当神思再度恢复清明，我早已经不在四绪灯内了。躺在石榻上，我望着周围的凹壁灰岩，认出，这里是沈戈的小山洞。

"你们……竟真安全出来了。"

一个好听的声音，低沉华丽，却没有了之前的气势，取而代之，是满满的虚弱感。

接着，松了口气一样，声音的主人问："小歌在哪儿？"

我转过头就看见苍白着面色、模样落魄的沈戈。说实话，当时真是吓了我一跳，哪怕是当初被秦萧困在灵压下边也能应对自如的沈戈，他如今，怎么变成了这样？

下榻朝他走去，他们一道看了我一眼，我不晓得该说些什么，愣了半晌，终于憋出一句："早上好啊！"

秦萧明显地一愣，眼神里透出些无奈。而我摸摸鼻子，站在他的身侧，不再说话。

偏过头去，秦萧望向沈戈，面色如常，气息平顺，好像并没有受到虚境影响。

"沈歌的躯壳如今已和那缕仙魂融合在一起，也是因此才能完好地保存下来。你若硬要分离他们，难保那躯壳承受不住，要化灰散去。"

这句话之后，沈戈的眼睛骤然睁大，猩红了眸色，嘴唇几下颤动，接着,便是失去理智一般朝着秦萧猛扑上来——

"你骗……"

"我本就只答应告诉你他的下落,如今更是好心提醒,哪里骗了你?"

秦萧只一抬手,沈戈便被定在原处。我怎么给忘了呢?他是那样厉害的一尊神仙。收回下意识护住他的手,有些后怕,我悻悻缩了缩脖子,被他揽在身后。

"沈歌的身体里早就没了灵魄,他剩下那几缕魂也是养在你的体内才没有散去,人可以轮回,可妖死了就是死了,你其实明白得很。"

有些东西,知道是一回事,被说穿又是另一回事。揉一揉方才被沈戈划伤的手,我不晓得秦萧话里的怒意是哪里来的,只觉得,对于沈戈而言,这几句话实在太重了些。

有那么一刻的呆愣,很快,沈戈的眼睛更红了几分:"小歌是我的弟弟,他死没死我最清楚,用不着旁人多口舌。"

"你冷静点。"我瞧见他疯了似的想挣扎,却始终动弹不得,有些可怜,"说是说妖死不能复生,但你弟弟的魂不是还在吗?正所谓留得青山……"

"你说得对,小歌的魂还在……没有躯壳有什么关系……只有,只要有既生魄……"

我的话非但没有安慰到他,反而激得沈戈更不正常了些似的,直勾勾盯着我,一字一顿,牙齿咬得极紧。只是……

既生魄,怎么又是既生魄?这三个字如同利刃捅进我的脑子里,搅得我神思混乱,隐约觉得,我那残缺的记忆碎片里,想不起的那些东西，与它有关。

便是这时，一双手牵住我，源源暖意自那边传来，慢慢抚平了我不安的心绪。

"那具躯壳，你想找就去找，只是，如今他不再是妖，而是天界的一只小仙。他唤陆离。"秦萧忽然截断他，"但若你动阮笙，我敢保证，沈歌的事情，你不会成功。"

语罢，他牵着我便走出去，在出去之前，我余光看见四绪灯盏外有光色闪现，那光很弱，蹿到一只盒子里，随即消失不见。心下一动，我隐约有种预感，感觉像是要发生什么事情。

这预感来得莫名其妙，对我的触动却实在大，大到我甚至没有余的心思来在乎方才秦萧说的那句话。他说，沈歌的躯壳里住进一缕仙魂，于是成了神仙。

那只神仙，叫作陆离……

等等，陆离？

没来得及想太多，我已经被他牵到外边。山洞外边是一处高崖，崖下滚着巨浪，水汽几乎要触到我的裙角。而秦萧叹一口气，捂住我的眼睛："别看。"

我微微愣住，接着点头。

随后便感觉有一双手揽住我，脚下一轻，凌空而起，虚飘飘的好像很好玩。这么想着，我偷偷眯开条缝儿……

"妈啊！"

我们几乎是擦着最高那头浪在行进着，海上波涛如熔岩一般，水汽在半空就变成了火星。这儿无边无际，四周又没有落脚处，在这样的情况下凭空而度，即便是神仙也是需要能耐的。

而我呢？哪怕在我还是神仙的时候，也是胆小没本事，更何况现在了。

死死箍住秦萧不肯松手，在呼啸而过的风声里，我听见他带着嘲笑的一叹：

"自找的。"

这一刻，我的心气一下就上来了，他居然这么说我？这个人啊，分明都答应娶我了，居然还敢这么说我！不论那是怎般情境、有何原因，总之君子一言，答应了就是答应了，既然如此，那他就不能嫌弃我。

我被火气烧得睁开眼睛就想吼回去，想振一下妻纲来着，可就在睁开的那一瞬，我又立刻眯了起来——

"对对对，我自找的，不该不听你的话，你可抱紧一点，千万别松手哇！"

嗯，心气这种东西，来得快去得也快。唯有能伸能屈之道，自万年前便深谙我心。

我，并不是因为怂。

叹息之后，接着就是一声轻笑，我光顾着害怕，没听见他说什么，但左右不是什么好话。他这个人啊，嘴巴很坏的，还好遇见不嫌弃他的我。

刚刚想到这里，耳边的风声忽然就停了，原以为是到了岸上，睁开眼睛却发现只是他为我捏了个诀术，将四周隐去，无风无浪，看起来平静得很。

"这样就不怕了吧？"

我哼一声："从来就没怕过！"

"我有话问你。"在我不解地应了一声之后，秦萧笑着摇摇头，"差点忘了，你在灯里消耗太大，等到了岸上，先带你去吃些好的，歇会儿再说。"

"装什么体贴……"

故作不满，我小声嘟囔着，眼睛却弯了起来。

"只是怕你撑不住晕过去，我背不起。"

笑意僵在脸上，须臾散去。

"哦。"

看不见熔岩、听不到暴风，我扒在他的身上，有些无聊。

他说，他有话问我，会是什么话呢？我从来不清楚他在想些什么，只知道自己现下最为在乎的，就是他应了要娶我那一桩。也是我现在最想和他确定却也最不敢提的一件事。

虽然的确是压了两世的心思，但会说出那番话，完全是那时我以为自己要死了。我了解他，所以知道，有些事情一开口就是要被拒绝的，于是我从来不说。

可他应下了，我的眉头自顾着皱得发紧。他不该应下才对的。

他不答应，还在我意料之中，能够接受。可他若是应了又反悔，我大概承担不了。

"喂，秦萧……"

我不自觉唤了他一声，可唤出来以后，又不晓得要问什么，只是对着他的侧脸发呆。

"做什么？"

稍稍往这边偏了些，他没有转过来。

低眼又抬头，我最后开口："我饿，再不到岸，可能我就要咬你了。"

不过是玩笑的一句话……可那个人啊！不知道是当了真还是恶趣味又泛上来！在我对上他的眼睛之后，瞬间就感觉自己被定住了，连骂人都发不出声音！

"这海有点儿大，路有点儿远，为了防止发生什么意外，你就安静定着吧。正好，省得聒噪。"

"……"

不管是因敛还是秦萧……

果然，都是一样让人讨厌啊。

2.

倒一杯茶，我摸摸撑得发胀的肚子，不太想同他说话。

北天海面上他将我定住，我原以为不过玩笑，不成想他竟真就那么将我定了那么许久，直至岸上才解开。等到恢复自由的时候，我已经僵得连脖子都歪了，感觉现在都没恢复过来。

"还在生气？"

秦萧夹给我一块糖糕，我抬起眼睛，刚准备嫌弃说没看见人家吃撑了吗，却不想正正看见撑着脸歪着头轻轻笑开的他。于是微愣之下，一筷子就那么夹了起来……

从没见过他这样笑哪，嗯，挺好看的。

"你做都做了，现在问这句话是不是晚了点？而且换你的话你不生气吗？嗝……"

一个饱嗝冒出来，瞬间就打破了我的气势。许是方才我说话声音有点大，搅得周围许多人都往我们这边望过来，还有人在议论着我们什么，怪尴尬的。

稍微听了几句，也是这时候，我才发现，刚才说出来的话有些歧义，容易惹人误会。于是，我轻咳一声，一个个把他们瞪了回去，可瞪完一圈，耳朵却不觉有些发烫。

"我想了想，之前是我没考虑周到，在这儿和你赔个不是。"

他又夹了一块给我。

我望着那块糕，心底的怒意几乎要喷发出来——

你知不知道，我再吃下去就要吐了！你还夹个没完了！

面上却是不动声色，夹起来一口吃掉。

"你觉得这样的道歉有用吗？"我面无表情地望他。

"这个倒是不知道。"秦萧收回托着脸的手，搭在桌上，实诚地说，"只知道，如果我什么都不表示，你一定会生更大的气。"

他面色认真，眼睛里却闪过几分狡黠。

不打算继续这个话题，我轻咳几声："话说，海上的时候，你想问我什么来着？"

不知怎的，在听见这句话后，秦萧的神色立马变了几变。揪着手指等了好一会儿，秦萧始终都只是那么望着我，弄得我一阵紧张。

正当我准备再问一遍，他却忽然开口。

"你在虚境里，是不是唤了我因敛？"他极轻极缓问我，"你怎么会知道那些事情？"

原是这个，我还以为他要谈那一件事，害我白白慌了很久。

"什么叫那些事情？那难道不是我吗？既然是我，我会记起来，不是很正常吗？"在接收到他不晓得怎么生出的凝重眼神之后，我眨眨眼，"但也不是全都记起来了，只是零碎的许多片段，拼不完整……

说起来，你是不是第一面的时候就认出我了？"

秦萧的模样更加凝重了几分。

"你说得没错，过去的那些，全都是你，只是……"

他停在这里，没有说完。直到很久以后，我才知道，这句未完的话，后边是"不该"。

坠入菩提台没有能留得住魂魄的，我算是顶幸运的人，可就算这样，那也等于重坠轮回。就算拥有同一个灵魂，但有谁轮回之后还是自己呢？

他想得对，我会知道从前的事，这一桩，确是不正常。可那份不正常，在我身上，实在又正常得很。因我这份记忆不是存于神思里边，而是存于那份被封印的能量里。

所以我并不是记起了那些曾经，只是因为虚境里边灵体散动，我身上曾经落下的封印渐有破损，与此同时，那份承着前世记忆的灵力，在我的身体里苏醒。

对，我不是记起，而是看见。

只不过，现下的我并不知道罢了。

正如我不知道，此时的北天海域，沈戈在我们走后倒下，原因是灵力不支。

3.

四绪灯燃燃灼灼上万年，从来不曾灭过，要在没有烛火的情况下支撑它不停下运作，哪怕对于神器的主人而言，也绝不是一件容易的事情。

倒在小山洞的地面上，沈戈从前绝美的面容显得憔悴，脸色也白得发青。

也就是这个时候,四绪灯明明灭灭,最终熄下。

与此同时,有浅浅光色由灯烛飘向旁边的盒子,盒盖自动打开,里边的荧光与外边的相汇,那点点亮意散满了整个山洞,最后聚在一起,随风舞出个人形。

女子自光亮中生出,披帛一挥便是满室生辉。她的模样极为妖艳,纤细而柔软的腰肢,殷虹的唇色与指甲,墨黑的发和眼瞳,很是惑人。偏生气质天真干净,泉水一样澄澈。

有这样一种说法,初生的动物幼崽,会认第一眼见到的东西作娘亲,而她或许也是这么个理。在初初化出灵识的时候,她第一眼见到的人,就是沈戈。

所以,不管他是何模样、怎般脾性,她就是觉得他亲切,亲切得只这么一面,便喜欢上了。妖魅之间的感情总是简单,尤其是初生的妖魅,从不像人,复杂难懂。

昏睡着的男子在慢慢缩小,她见了,觉得好玩,下意识便随着他缩小。不一会儿,山洞里便出现了两个粉雕玉琢的娃娃,代替了原来容颜绝世的男女。

她在旁边守着,戳了戳沉睡中孩子的脸,不想,就这么一戳,他就醒了,圆圆的眼睛带着些许好奇,这么将她望着。而她吓了一跳,下意识收回手,不知道该说什么。

"你就是传说中那种可以和我一起玩的小伙伴吗?"原本沉睡的孩子一下子坐起来,满脸新奇拉着她问,"你是不是特意过来陪我玩的?是不是?"

想了想,她点点头。大抵是吧,她不晓得怎么到的这里,可一到这里，就看见了他。这么说来，也许她就是为他而来的。

"真的吗？哥哥果然没有骗我！"他笑得眼睛弯弯，"你是我的第一个小伙伴，我叫沈歌，唱歌的歌，你呢？"

"我？"她歪歪头，想了想，"山吹，我叫山吹。"

小小的沈歌很是惊讶："啊，姓山吗？好厉害，好少见！"

她不好意思地挠了挠头："唔，只是因为我的身子刚刚还没有这么清楚，透明得像拼成的，差点儿被一阵风吹散了……而那风似乎是从山里来的，带着草木味道。所以我叫山吹。"

"啊，所以你没有姓吗？这样不好的。"沈歌皱着眉头，脸颊鼓鼓，"不如，不如你和我一起姓沈吧！怎么样？"

山吹的眼睛一下变得很圆，很是开心的样子。

"嗯嗯！"瞬间又想到什么，她问，"只是，你的名字是两个字，沈山吹是三个字，是不是不好听？"

"那不然……叫沈吹？"沈歌挠挠头，"或者沈山？"

山吹点点头，眼睛眯得弯弯的："都行！"

他们之间的缘，起于四绪，终于四绪，没有人知道山吹曾这样喜欢过一个妖。

而像我这种稍稍知道些的，也并不清楚，后来，她怎么就那么心甘情愿为他去死了。

不过是一次见面，不过是沈歌玩笑似的分给她一个姓。

只是，虽不清楚，却总觉得可以理解。毕竟我也曾做过类似的事，也许外人会觉得不值，但真正身处其中，谁会考虑这一些事？

4.

夜幕渐临，星子闪烁，而我们身边也有这么一条光带，倘若从云上往下看，便和天上星河差不多。那是花灯随流水漫漫而下，将河里染出灼灼亮色。

人界的花灯节，我只看过两次，而上一次已经隔得很远了。

不同于虚境里边，真真假假凑在一起，连感情都让人觉得不真实。此时此刻，我踩在切实的地面上，眼前的流水是真的，人潮也是。一切都让人安心。

我看得有些动情，恍惚回到很久以前："你还记不记得，很久以前那个晚上，你问我在看什么，我说不过在看万家灯火，春风可亲的？"

"哦？有过吗？"

果然，他已经不记得了。可他怎么能不记得呢？

"当然有过啊！你那时不就是因为下凡伤及识魄，所以才厥过去，最后惹出那么多事情的吗？"我瘪瘪嘴，转向他，"如果不是这样，我做什么要跳下菩提台，自寻死路。"

眼见着他的喉头动了动，眼睫也是一颤，当他开口，我以为他要说些什么安慰我的话，可事实证明，这个人从来不晓得怎么安慰人。

秦萧顿了半晌也只是笑笑："所以，你现在是要同我算账吗？"

"不是，只是想告诉你，那时候我没把话说全，漏了最后一句。"稍微走到前边一些，背对着他，我的脸有些烫，"当初我其实想说，万家灯火，春风可亲，衬你刚好。"

他一愣，不晓得怎么回应似的，只低着头笑了笑，难得没有拿话堵我。

灯上街边，夜有星月，在我眼前站着的人。

这个瞬间与过往里的点滴重合，我第一次意识到，真是有轮回这种事情的。真好，错过的、缺失的，都有机会补回来。

恍惚中，我们又回到那个时候，我还没有死过一死，他也还不晓得我喜欢他。

彼时，我和他赌气，因此与陆离偷下凡界，混了许多天，每一天都过得浑浑噩噩。唯一真实的，是那个晚上，我被人欺负，而他就那么出现在我面前……嗯，在我被打了之后。

这个人，总是出现得不及时。可到底他来了，在识魄尚未修复、不能离开霜华殿佛障的情况下，冒着这样的危险下来找了我。

"你总是爱逞强，心性又浮，若不磨一磨，便难免要吃亏。"

当时我在心底一边郁闷一边又庆幸，我知道，自己是爱逞强，心性也浮……

但每次吃亏不都还有你吗？

这么想着，不自觉便有了笑模样，却在视线触及因敛的时候慌慌想要转移话题。谁都有爱美之心，兴许，看见好看的神仙，就是会让人心慌的。

这样的想法窜进脑袋里，我瞧着他，不自觉想起了自己……

我好像生来就是这个样子，脸上半布着裂纹似的赭色疤痕，密密麻麻，除了一个"丑"字，其他什么都看不清。我不晓得自己是什么神仙、原形又是什么样子，只是觉得，什么东西都不该化出这张皮囊哇。

于是我去问师父，但师父只是灌一口酒："你也知道叫我师父，没叫爹啊，那我又怎么知道你原形是什么？一边儿玩去……哎哎等等，玩完回来给我捎壶酒，这壶要喝完了……"

除了这句,他再没回答过我别的。

思及此,我抬起眼睛。
"因敛,你说,容貌是不是真的那么重要?"
他顿了顿,像是想到什么。
"那你说,眼睛又是否重要?"

问出这句话的时候,他微带着笑意,侧目歪头,难得的温柔。
我很早以前就听过"因敛"这个名字,也是从那时候便对他感兴趣。倒不是因为佛法和传说中他的本事,而是那些个女神仙总是八卦,讲霜华殿的因敛尊者风姿独一、天朗风清,说他是整个天界最好看的神仙都不为过。
虽然我长成这样,但总有爱美之心,于是慢慢地,就对这个传说中的人生出了好奇。后来得了机缘,能去照顾他,我一边偷摸着笑,一边又有些想哭。
站在他身边,那不是显得我更丑了吗?
还有,那样好看的一个人,他瞧见我,怕是会嫌弃吧?
那个时候,我磨了师父许久,他一通嘲笑后终于告诉我:"因敛这个神仙吧,性子温和、佛性极重,不在意皮囊这种东西,就算看得见,也不会嫌弃你的,更何况他瞎。"

人界灯火灼灼,带着天界所没有的暖融落在河里,粼粼波光一下一下涌来岸上。而因敛,他就那么站在岸边,所有的光色都消失在了他的脚下,独独站着就像一处风景。
我望着站在身边那个神仙,他的眼睛很清,泉水一样明澈,仿佛能盛下世间所有，也带着万千流华。然而，这双眼睛却看不见。

再想回之前的问题，我有些沉默。

比起容貌受损，我觉着啊，倘若有朝一日，我再不能看见这朝暮光景，再看不见这旦夕颜色，看不到落星，看不到云霞，甚至连霜华殿是什么样子都看不到……

我一个激灵，活得那样无助，还不如让我死了好。

"佛法有云，万千法相皆是虚妄，形形色色，全都是空。"他的声音很轻，说着，浅笑一声，"但有些时候，我还是想看一看这世界，哪怕入眼是一片疮痍都好。说起来，许是从未看见过，我连那所谓疮痍是怎般模样都想象不出。"

我看见的因敛，仍是那样的清和模样、疏淡笑意，与以往没有不同。

"现下是在凡界吧？我也想知道凡界是什么样子。可仔细想想，我连天界都没看过。"

他难得这样多话，是以，我从不晓得，原来他一多话，说出来的东西便让人难过。

"其实没什么好看的，天界凡界都无聊得紧，哪里都没什么好看的，还不若你……"

说着，我一个嘴快，之后立刻停下。

我方才是在说什么？

他一愣，随后笑着在叹："你啊……"

"说起来，你站在那儿，鞋子是不是湿了？"我着急挽回道，"哪，其实你想知道的话，不一定要看的。你不是也说过吗？看事情不一定要用眼睛。"

而他听了，笑着摇摇头，不置可否。

月色昏黄，似一盏旧灯，是霜华殿中他每日点的那一盏。也是我每每添油时候，离去之前还要再回头检查一遍、多有留心的那一盏。

"发什么呆？"

我回过神，将目光从他身上移开："才没发呆，只是正好在看风景罢了。"

"哦？在看什么？"他饶有兴致问道。

"不过，不过是在看万家灯火，春风可亲。"我咽下几欲出口的下一句话，强自转移话题，"对了，我方才说看东西不需眼睛，那你知道，我说的是怎么看吗？"

看见因敛配合的摇头，我弯了眼，犹豫了一会儿，终于握起他的手，点在他的面上。他许是没有预料到我的动作，手有些僵，却还是随了我。

"感觉到了吗？"

我的目光随着动作落在他的五官上。天界中人，怕是没一个能如我这般近距离接触这位尊者的吧？说出去，想必要让许多神仙羡慕。

想到这里，我有些得意道："喏，你的鼻子是这样的，然后是眼睛、眉毛、头发……啊，对不起，你好像没有头发。"

凡界天远，星月高悬，不再是我记忆里的落落光点，然而这尊神仙却与我接近起来。算一算，这或许是我们万年来最为亲近的时候。

接着，他轻一弯唇，我便恍惚以为这该是梦了。

而后来呢？

后来的事情，我便有些迷迷蒙蒙，不甚清楚。

只隐约记得，我好像往他那儿俯了身，而后，诸如什么温软的触觉、因敛怔愣住的脸,还有他捏向我的诀,便同这许久以来都看不清楚的梦境一般,在我醒来之后,被忘了个干净。

唯一还能晓得的,不过是回到霜华殿后,我突发奇想,央着让他施个术法,化去我面上痕迹,好让我能看一看自己究竟是什么模样的。说起来也是挺心酸,万年了,我竟从不晓得自己长什么样。

他那时刚刚从凡界回来,识魄受震,将要昏厥。后来想想,也许因敛当时会拒绝我,就是因为他的灵力已经捏不出诀术,可他没有说。

他只是无奈对我:"你若想知道自己原本的模样,不妨用纸笔录下自己的轮廓五官,余的什么也不必加。那便该是你最初应有的样子。"

也便是因为这句话,一向闲不住的我,那段日子窝在书房许久,执笔落墨,安静得很。

可是……

到底谁告诉的你们,师父是画仙,弟子就会擅丹青的哪?!

5.

"想什么呢?"

从回忆里惊醒,我对上他,不自觉就想笑。

"在想,你还是有头发更好看一些。"

他沉默了一会儿,忽然对着我笑得灿烂,灿烂得让我心肝儿一颤:"你也是,骨头上还是挂着肉和皮比较能看。"

这个人啊,为什么总是这么小心眼儿?

"说起来,你来凡界,是为了找我的吗?"

也不知道是不是我说错了什么话,话音落下,秦萧的脸色明显就变了一变。接着,他抬头望天,表情凝重站了好一会儿,像是在听什么。

我见状一怔:"你怎么了?"

"只是忽然发现自己不太称职。"秦萧抿了抿嘴唇,"我会下来,是因为司命星君说凡界将有异动,只是他说自己探不全,也没有人知道那是怎么回事。在你被抓走之前,我之前一直在查,在想该怎么预防,而今却不必了。"

"是事情已经解决了?"

"不。"他叹一声,"是因为已经发生了。"

他只说事情发生了,却无论如何不肯告诉我是什么事情,这种说话说一半的人,真是可恶啊。我翻着白眼站在边上,看着他在堤旁打坐。

我一边纳闷着,好好一个人怎么说打坐就去打坐了,一边伸出手就想把他给推下去。

可我不但不能这么做,还得在这儿守着他。

夜凉如水,我抱着胳膊站在他的身边,思绪翻涌,一浪浪滚上来。这个人,虽然我总说他有千万个不好,但那从来只是说说。

若要讲究真心,那么,在我看来,他便连半点不好都没有了。

只是他实在爱骗人,我总是记得,人界初时见他,他告诉我他是来找人,找的那个人,唤作阮笙。最初没有感觉,但在想起这些东西之后,我是有那么些些小感动的。

我还以为,他下来,真的只是为了找我。

说起这件事,当时他还诓我来着,在我问他寻的那人与他是什么关系的时候,他不回我,只是装作不适岔开话题,和我说了他的"旧伤"。

而我……

我也真是好糊弄得很，一下就把这件事情给翻过去。

"你从前看不见吗？很不方便吧。"那时的我被岔开思路，瞬间就开始担心他的身体。

而他装得还挺像，一叹一顿，真的似的。

"习惯之后也就没什么方不方便了。只是，有一个人，每每想起自己曾与她相处那样久，最后却竟连见上一面的缘法都没有，便难免有些遗憾。"

"是你要找的人吗？你不知道她长什么样子？"

他摇头，抬眼看我，欲言又止。我出于好奇心，刚想继续问，却不想他先开了口。

"那时虽未能见她，但我有一幅画像，是她画的自己。"

"是吗？"我好奇问他，"我能不能看看。"

在秦萧从怀中拿出画像，而我接过的那一刻，我便在心底默默开始吐槽了。我吐得那叫一个欢实，全然没有发现他脸上那个意味不明的笑。

说起来，似乎我边吐槽边还打了两个喷嚏，原以为是着凉来着，现在想想，只怪自己蠢。

我望着画卷："你是不是说过，那个姑娘长得不好看来着？"

他忍笑："皮相不过虚妄，不重要。"

我点点头，继续认真看那幅画。

当时，我想的是，如果说，那姑娘生得不好看，那她便真是个实诚的人哇。同时，我也很想知道，究竟是怎样的一个人，才能长成这般"鬼斧神工"的样子。

全不晓得，原来我吐槽的那个人，就是自己。

蹲在那儿望着他，许久才反应过来，不知从什么时候开始的，我一直在笑，笑得脸都疼了。揉一揉脸，我站起身来，灵台陡然一昏……

我，忽然有点儿困。

不是累也不是想睡，只是因为眼前一阵迷雾漫过，我吸了些进去，这种感觉实在叫人心慌。挣扎着向他走去，但只几步就跪在了地上，我想喊，喊不出，想伸手却没力气。

在渐渐模糊的视线里，原本安静打着坐的秦萧，不知怎的，竟化作雾气，同弄晕我的那一阵混在了一起……

"阮笙，他走了，我也带你离开这儿，好吗？"

最后的意识里，有人这么对我说。

那声音很是熟悉，我却想了很久才想起来，身边的人，该是陆离。

【第九卷】

躯壳为妖,灵识当仙

楔子:

北天海域境界深广,容易养出性子桀骜的人,其中,便以妖君沈戈为最。

曾有东陆圣者预言,说会因他搅出未来两桩大事,只是遗憾没能看得具体。

"栖山为情,生魄耀明。六界相敌,难持其平。"

这四句哑谜一样的"预言"曾流传许久,广到甚至传进了天帝的耳朵里。

天帝闻之担心,愈发忌惮沈戈。

而沈戈嚣张放肆,对天地万灵皆不挂心,却独独在乎他的弟弟。于是北天战后,天帝将沈歌躯壳藏于天界,以备后患。也许手段不光彩,但天帝有理,需防"六界难平"。

却不想,机缘之下,一棵枇杷树的灵窍飞入与沈歌躯壳,而当天帝发现的时候,已经分不开了。无奈,天帝只好不多管那个身份尴尬的新神仙，免得被人发现些什么，节外生枝。

陆离就是在这样的环境下长大。他从不知道自己真实身份，也从来只当自己犯下错误没人管、偷传密辛不被抓，甚至能看见命格簿子，全是因为幸运。

1.
最近老是睡去醒来睡去醒来的，在四绪灯里就算了，好不容易出来了，竟还是这样。捶一捶发疼的脑袋，我几乎怀疑自己是不是犯了太岁，所以最近才会这样背。

可是刚捶了几下就停下来，我看着递过茶来的那只手，有些发怔。在怔完之后，清醒之际，脑子里立刻蹿进来一个问题——

他呢？

"睡了这么久，渴了吧？先喝点儿水，晚些我给你煮粥。"

"秦萧呢？"我接过水，望向陆离。

而眼前的人微微一顿，看起来有些不自然："他，他有些事情，回家了……"

回家？我扶额："或者，我是不是该问，因敛去了哪里？"

原本支支吾吾在编瞎话的人一下子睁圆了眼睛，不可思议似的。

"你都记起来了？"

"没有都，但是大概知道了一些。"我叹口气，"所以……"

闻言，陆离立刻便放松下来，接着不满似的："记起来了早说啊，害我刚刚想了那么久不知道怎么开口……"

"因敛……"

还没说完，陆离一下就打断了我，接着极开心似的一串接着一串的话就那么蹦出来，蹦得人没法儿插进去。

"我……"

"对了,我原以为你那个师父只会玩,没想到他还真是个有本事的,居然能让你在跳了菩提台之后还能轮回重新活过来……"

在我很想知道一件事情、而对方却拖延着不回答的时候,我会变得很容易烦躁。强行压下不耐烦,我耐着性子回答他:"别的都先停一停,现在你先告诉我,他去了哪里?"

他却自顾说着,压根没听见我的话:"对了,你知道你走之后发生了些什么吗……"

陆离这只神仙,从以前到现在,一点儿没变,废话一堆一堆的,从来抓不紧效率。心下一闷,我扯住他的手臂吼出来:"我问你,他人呢!你说啊,你倒是告诉我啊!"

这一声之后,我的世界终于安静了,因为那个聒噪得停不下来的人,他捂着耳朵缩到了一旁去,看着有些委屈。但那也只一阵,一阵之后,瞬间变脸。

望着眼前一安静便显得气质出尘的人,我实在无法将他和方才的小话痨联系在一起。

"你总是这样心急,喜欢打断我,可我这不是知道你记起来了,在为你高兴吗?况且,你的问题,我马上就要说到了。"他轻轻叹,"凡事总要讲究前因后果,你要知道他去了哪里,总该让我从最开始说起……"

哦,如果你不说这么长一段话,我也就听了。但是唠叨这么久就是不进入正题,不能忍。

"前因放后边,先说他去哪儿了。"

我冷着一张脸望他,默默捏了捏拳头。

"现在你不过是个凡人，打不过我。"他这么说，皱了眉头，"你就那么在乎他吗？从以前到现在的。"

其实，能够在记起往事之后再度遇见故人，我也不是不开心，只是对于秦萧，我实在有太多的不确定和不安心，于是不自觉便排了个先后。也许，我真是重色轻友的人。

我长长叹出一声，揉了揉额角。

"我就是那么在乎他，陆离，我喜欢他很久了。"

"……我知道了。"

印象里总是笑意明媚的人，在这一刻，带出的是冷漠的语气。而无妄川里被扯碎魂体的感觉，一想起来，就觉得疼，恍如昨昔。曾经的回忆与今世的变化交替着，弄得人有些乱。

是这时候，我才发现，自跳下菩提台到现在，原也过了数千年。我不晓得破碎的魂体辗转托世有多难，中间那一段，我两眼一闭就过去了，并不知道发生过些什么。

这样想想，大家会有变化也正常。

只是想起糖葫芦那一桩，我也会疑惑……

当初日日来霜华殿，等着看因敛是何模样的陆离，如今，怎么像是与他不和来着？能让向来好说话的陆离这样讨厌他，因敛也是有些本事。

2.

陆离在应完这一声之后，背过我去。我也不知道他在挣扎什么，只是感觉，有些东西他不愿告诉我。

站起来，我走到他的后边，刚刚停下脚步就看见他身子一晃，要栽下去似的。我急忙伸手扶他："你怎么了？"

而他只一挥，稳了稳步子："无妨。"

也就是这一声，让我生出一阵莫名的感觉……

陆离，好像忽然变得有些奇怪。

刚想问他到底如何，却不料他骤然开口，说出的话吸引了我全部的注意，我再没能有什么机会，往其他的地方想下去。

陆离说："其实他的实体从未下来过，下到凡界的，是他化出的形体。你记得的吧？因敛尊者的识魄万年前便有破损，事实上，直至如今他也未能恢复。唯一好的一点，只在于现下，他能看见了而已……"

随着他的讲述，我的心一点点沉了下来。

我当然记得。因敛的识魄不知怎的，曾被灼出一个洞，魄是不能被填补的，只能等它自行修复重生。而在重生之前，他不能离开佛障太远，以防护着他的禁锢消失，导致识魄碎裂。

当年他差点儿因此失去识魄，便是因为私下凡界寻我。

而现在，陆离告诉我，他因为四绪虚境那一桩，在里边融了一缕魂，如今佛障已经维持不住他的灵魄了，恐怕……不日，就要散去。

"你说的都是真的？"

陆离转头，稍稍侧了过去："我何时骗过你？"

我低下头，不愿意相信。可就是这个时候，他摊开手，掌中卧着的，是一支尾指大的玉箫。只是，那玉上边，已经没有了秦萧的气泽。

"这个……"

陆离抿了抿嘴唇，极慢地说："这上边那一魄，已经散了。"

接过来，我捧着那玉箫，想安慰自己，声音却在发颤。

"像我这种魂体被扯碎的都还能复生，因敛那样厉害的一尊神仙，一定也不会有事，对不对？"

而陆离就这样看着我，不声不语。

凡人死了还有因果轮回，神仙死了就再无转世，从某种意义上来说，做人其实是最好的。可偏偏因敛是个神仙，还是一个灵魄已经快支撑不住的神仙。

"他这次下来是主动请命，因为大家都在讲，这一次凡界之所以异动，是既生魄的缘故。"

既生魄，又是既生魄？我的脑子在这一瞬慌得发乱，这三个字，总能轻易影响我的神思。可这到底是一个什么东西？

我的眉头皱得发紧："既生魄同他有什么关系？"

他明明知道自己的情况，为什么还要下来，只为了这个？找死吗？

而陆离顿了许久，终于叹出一声。

"既生魄同他半点关系都没有，同你却关系紧密。你当真以为，跳过菩提台、经过无妄川，魂体被撕成粉碎的人，还能有转世的机会吗？嗤，不过是靠那份能量维系着罢了。"

如果这个时候，我的意识稍稍清醒一些，哪怕只是稍微想一想，我都会发现眼前的人同陆离之间的区别。可是没办法，我的脑仁一阵阵发紧，识感不由我，思路又被他牵着走……

这直接导致，小半天了，这么多话，我竟连半点不对劲都没有感觉到。

"至于你问的那些，呵……既生魄是什么不重要，你能用它做什么才重要。一份能让六界忌惮的能量，想必不会太逊，既是如此，能使得灵魄重生也不是没有可能的事。"陆离的声音压得有些低，"只是要看，你知不知道怎么用它了。"

将他的话来来回回捋了一遍，我有些心惊，而较之这个，更多的是不确定。

我踌躇着开口:"你的意思是,既生魄,在我的体内?"

"不然呢?"

他的眼睛很暗,看上去有些危险,唇边勾着的那个弧度却是意外让人觉得熟悉。此时的陆离,他环着手臂站在我的面前,看起来不像神仙,反倒是像一只妖。

然而,即便如此,他也是我如今唯一可信的人。

3.

夜里没有颜色,我睁着眼睛望着上边,其实什么也看不见。可久了,那一片茫茫墨渍里却生出光彩,生出来他的影子。他回身,对我说了一句话。

那是我总记得的,虚境里,他说的那句。

——出家人讲究因果,你为我跳一次菩提台,我为你入一次四绪灯,这样也算扯平,以后,便再无挂碍了。

所以……

我翻了个身,很想问他。

问,你这次下来,为我下来,只是为了偿我的因果吗?

你答应娶我,也只是为了偿我的因果吗?

你现在识魄保不住、整个神体都要散掉……这一切,都是为了偿我的因果吗?

"就算是这样,但因敛,你没有入过佛门,不算和尚,不必为了因果这种虚无的东西,拿命来偿。"我躺在榻上发呆,"或者,也许你不是为了这个,只是连你也没有发现呢?"

会不会,其实你的心底一直有些喜欢我来着?

门窗紧闭、无月无光,我身上的皮肉却挂得好好的。陆离说,这是因为我体内的能量已经开始苏醒了,如此,自然不需再靠月魄维持。

心底一紧,我又想到他下午那一番话……

"搜魂集魄,补其所缺,辅以秘法,自可为其重塑精魄魂灵。"

而在这之前,最紧要的,就是要解开身上封印,否则一切都是空谈。可是……人家怀着异能的人都是上天入地无所不能,我却什么也不会,这样的人,体内真的会有什么既生魄吗?

当我疑惑着对陆离问出这句话的时候,他回得肯定:"当然,只是天帝曾因忌惮,为你设下封印,虽然四绪一遭让那封印有些损动了,但毕竟是天帝的东西,坚固些也正常。"

"如果说,我的体内真有这东西,我该怎么解开?"

而他模样认真,声音缓缓:"能解开既生魄封印的唯有既生魄,恰巧,时隔万年,前阵子它刚刚爆发过,你没有接到。"

是了,既生魄的能量极为难得,连见一次都是奢侈,遑论接连落在同一个人身上。而接收到了又没有散做飞灰的人,少之又少,千秋万载,在我之前,只有那么一个。

时隔久远,而今,那个人只剩下一瓣心脏,谁也不确定那瓣心脏里还有没有既生魄的能量残余。就算有,也没有人敢冒这个险去寻它,因为去过的,都没回得来。

秦萧做那些事情,究竟是为了因果还是为了我,这个问题,我一定要寻见他,当面问。

但这有个前提,就是他不能死。

我其实对自己不大有信心,也并不全然相信陆离。但若真如他所说，只有既生魄可以补全他的魂魄，那么，不论如何，我总得试试。

眸光一定，我深吸口气，坐起身来，按照陆离说的，开始尝试调动自己体内灵力。可它总不听话，我虽能感觉到它的存在，却始终没有办法让它照着我的想法游走。

我静下心，再试，屏息调气，凝聚神思，调动灵识。

门外夜色苍茫，室内却在这一瞬亮起，灯明如昼。空气骤沉，极静。

心窍一疼，里边似有什么东西冲出来，在我的体内四处乱蹿，我想捉住它，它却完全不受我的控制。冷汗自额间生出，不一会儿便淌了下来，我像是被牵制住，抽身不得……

便就是那一刹，凉风贯窗而入，掀动烛火摇曳，空气中的压迫感渐渐增强！

陡然间，烛光尽灭，无形的压力忽的聚集起来，闪电般迅猛，直直冲向我的命门——

魂识内有冲击如雷霆霎袭，我捂住心口，却仍抑不住胸腔中的钝痛，顿时呕出口血来。那阻碍太过明显，迷迷糊糊地，我想，也许这就是陆离说的那个封印了吧？

这时候，窗外有黑影闪过，我却连一声"是谁"都问不出，只能眼睁睁看着他离开，似乎还背着个人，之后便再不知去向。是在很久以后，我才知道，那个黑影当是沈戈。

甚至，整个下午，说出那番话引我的，都是沈戈。附在陆离身上的沈戈。

而他会这么做，全是为了夺我能量，好让他能够万无一失地复活他弟弟罢了。

【第十卷】

镜中前尘，镜外一人

1.

在和我说完那番话的第二日，陆离就不见了，我找了他很久，始终找不到，只看到他给我留下的信函和一面铜镜。拆开之前，我看见那信封上显眼的一句话，讲的是，"余峨崖上生明魄，剑灵相守，可换不可得。"

握着那面铜镜，满头雾水地拆开信封，我一边纳闷着这是什么意思，一边实在忍不住吐槽——

这字，写得真是丑啊。

可是看着看着，我又沉默下来，歇了嫌弃的心思。

这世间，能够能解开既生魄封印的唯有既生魄。然而，亘古以往，真正承接能量却没有立刻死去的人，除我之外，便只有一个人——

谢橙。

这封信，就是在告诉我，该如何找到她那块残存的心脏。而这面镜子……

信上说，这面镜子名为昆仑镜，持它在手，便可任意穿梭于六界七境，无所限制。

我知道这个东西，作为天地至宝，它本该存在昆仑天宫里边，却在万千年前某次仙神盛会中被人窃去，随后便像是凭空消失一般，再没人见过它。

可是，如果信上说的都是真的，我手上这件确是昆仑镜，那它怎么会在陆离手上？陆离不过一个枇杷神仙，他怎么能拿到这个？

原本有些乱，但忽然间想到什么，我紧了紧手中物什，心下一定。

倘若这镜子是真的，我可以凭它进去幻域、骗取宋昱信任，那么，是不是表明，我也可以靠它去一次天界？

不如……试一试？

我深吸口气，尝试照着信上的方法，祭出自己灵识，继而念动诀术——

陡然间，铜镜高升，原本阴沉的天边绽开莽光蔽日，直直投到这铜镜上，射进我的眼睛里。我置身于极浓极深的火色光晕之间，不过挡上一挡的功夫，人已经站在了云雾之中。

方才遭了强光，我站在原地，等着眼睛缓一缓才看清四周。这一看，便有些蒙。

我木木然打量了这儿一圈，只见树后有落星簌簌如花谢，而云气散在脚边，如同山巅薄雾，带着些微寒意。一切，都和我离开的时候没有区别。

这是霜华殿后，我曾在这儿住了近万年，现在想想，却似乎已经是上辈子的事了。

2.

顺着记忆往殿内走去，天界恰逢夜深，殿内无人，也正好方便我动作。毕竟现在的我只是个凡人，若是被哪些好事的神仙发现，难免要生事端。

推开殿门又迅速关上，我猫着腰走到屏风后边，果不其然，看见躺在那儿的因敛。脸色苍白，眼圈泛青，这场景，怎么看怎么像发生过的。

才想起来，以前天界，我在跳下菩提台前，他也是这副样子。

"大爷的，两辈子了。"我瞧见他，骂了一声，"明明我也什么都不会，还总要担心你，能不能让人省点儿心？"

因敛的识魄曾经受损，是以不能下界、不能有过于激烈的情绪起伏。可他那时因下去凡间找我，被波及识魄，一回来就倒了下去。

这件事很快传开，而我们私下凡界的事情，不多时，也被抖出来。按天律来说，这是重罪。唯一欣慰的一点，只在于传言里边，没有牵扯进来那时与我同去的陆离。

彼时佛祖西游，弟子相随，尊者境内闭关，菩萨四处普度，我不晓得怎么会有这么巧的事情，一夕之间，仿佛整个佛界都开始忙碌起来。

可无巧不成书，也就是那个时候，天界传出我和因敛的"秘闻"。

一个不能视物的尊者，一个容貌半毁的神仙，传得有鼻子有眼的，一桩"你丑没事我瞎"的爱情故事……都是些什么乱七八糟的？当时我还吐槽来着，觉着这种事情一定没有人信。

然而，随着传闻日益丰富，我渐渐开始慌。毕竟那故事讲得邪乎神叨,若我不是当事人,我也几乎要信了。也就是因为这个,天帝拟要降罪。

他大概不好管身处佛界且昏迷不醒的因敛,于是打算先来管我。我性子从来都慢,却是这一次,我反应极快,先于天帝做了反应。

为了这些传言,我解释过,努力地解释了好一通,可是没有人信我。

于此之外,这种时候,除了我,也没有人能够证明他不是佛家。可问题就在于,这件事不同于传言,我没有资格去解释。毕竟,连他自己都早早习惯,把自己真正当了尊者。

作为故事中的女主角,其实我有些委屈。

他不是佛家,其实我们之间那层隔阂是不在的,不要说我们没在一起,哪怕我们真在一起了,也不算有错。可问题就在于,他不这么认为,那么,我也便不能对此说些什么。

重重叹了一声出来,我被自己打断了思绪。

抬起步子走向榻边,在这时候,想起来当初做的蠢事。

那是当年天帝降罪之前,我心急,不想拖着他背这个锅。他早就从心底里把自己真的当成尊者了,怎么会接受这样的传言呢?

于是,我便去寻了好像总会莫名知道很多事情的陆离。

——陆离啊,你替我问一问司命神君,便问他,倘若要断却这份缘法,该要如何?

——你以为缘法是个什么东西?时候没到,谁能想断就断,你以为是在切菜么?要说斩因断情的方法,我估摸着,怕是唯有菩提台这条路了……等等,你别冲动,虽然这样对你会有牵累,可弑神之罪亦是不小,你可千万别把因敛尊者推下去啊!

那时我一个白眼翻过去——

"放心，我不推他，你回去吧，我死一死再来找你。"

说完之后，次日我便跳下了菩提台，照着我说的去死上了一死。可就算是死，也满心揣着他。于是，人界再遇，即便当时的我只是具五感不全的骷髅，也直觉他熟悉，直想亲近。

也许现在的我可以想到许多解决方法，可当时陷在其中，实在是又慌又乱又心急。即便蠢，那也真是曾经的我唯一能够想到的方法。

沉在回忆里，我望着他，眼见他睫毛一颤就要醒来似的。我不自觉便有些激动，随即往前走了一步，却是天旋地转，顷刻间踏入另一个场景。

眼前的世界，模糊之后，又清晰起来，接着，我瞧见自己身处在当初万年里的某一瞬。

此时，我心智有些迷茫，记不得也辨不清具体，只是觉得心底欢喜充实，没有半点之前的担心。是啊，欢喜充实，因为我心上的那个人，此刻，他就在我眼前。

这是霜华殿南，墙边是棵花树，常年不败，总是绽着灼灼颜色。

我站在树下，一边哼着歌儿，一边冲他龇牙，而他就那样无奈地对我笑。

心下一动，我折下支花凑近他，故作神秘："你知道什么是花枝乱颤吗？"

"嗯？"

天光被木枝划得细碎，落在他的身上，星子一样。而我一挑眉，举起来将花瓣晃下来，落了他肩上发上全是。

"你看，花枝乱颤！"我说着，自己忍不住笑得颤了肩膀，"现在知道了？"

而他看着我，颇有些无奈似的，笑着一叹。

"现在知道了。"

我笑笑，有风吹过他的发，落在我脸上，有些痒。我凑近环住他的脖子，所见是他含笑的眉眼，笑得我有些心动，于是双手将他一钩便凑过去——

却是下一刻，薄云遮日，皮肉褪离我的身上，我模模糊糊在他的眼里看见一具粼粼白骨。

什么都没来得及做，怎么就这样了？老天一定是在耍我！

我欲哭无泪："我是不是又变成骷髅了？"

"不。"他笑笑，模样温柔，在我的眉骨处落下一吻，"你一直都是阮笙。"

沉在这个吻里，我迷糊了好一会儿，却是蓦然间凉风灌进我的脑海，冷得我一个激灵，于是灵台陡然清明——

我一把推开他，有些不可置信。

因敛怎么看得见？我怎么又变成了骨形？他即便温柔，但怎么可能任我凑近，还吻我？

才发现，这样的情景实在诡异，好像把很多不同时段的东西都融在了一起。

"这是哪里？"我后退几步，"你不是他！"

随着话音落下，他一歪头，顿时有裂缝从周围，一瞬间，整个世界崩塌成碎片，而我就站在其中，动弹不得。

3.

随着惊雷乍响，周围景象碎成一片，扎进我的身上。

我隐约看见血色漫漫浸湿我的衣裳，却并不觉得多疼。这时，一只手从虚空中伸进来，准确无误地抓住我手腕，随后一扯——

穿过一层雾墙，我回到原先的房间，什么碎片什么花树统统不见了。

一手扶住桌子，另一手捂着心口，眼前的人脸色苍白，好像随时都会撑不住一样。却仍是神色焦急地望向我。

"你来这儿乱跑什么？"分明虚得连说句话都要喘很久，我不知道，他怎么还有力气生气的，只是听着他话语急急，"你怎么会有昆仑镜？这镜子，怎么沾上了这么重的妖气？"

这一瞬间，我的神思啊、神智啊，都被封住似的，什么话也说不出，只知道看他。原来他也会有这样一面，不是每时每刻都淡定从容的啊。

但那些东西只是转瞬就过，我最在乎的，还是——

"你的识魄是不是已经维持不住了？"

因敛转过头去，不说话，看似寻常，但我知道，每当他不愿说谎又不便回答的时候，总是这样的。接着，他和我转移话题，眼神却异样凝重。

"你知不知道，方才自己在心境里迷了路，如果我没醒，你恐怕就出不来了？"

我一愣，有点儿开心："所以你之所以生气，是因为担心我？"

因敛微顿："只是觉得你蠢，不熟悉的地方也要乱跑，掌控不住的东西也随便用。"

"可如果我不用，如今我怎么能站在你面前呢？我觉得很值得，你其实也能理解的吧。"我同他嬉皮笑脸插科打诨,"毕竟,我喜欢你这样久了。"

从前不敢说的话,一旦说出来,便好像怎么样都顺口了。

那近万年的日子里,我一看他,便只想看着他,可现在,我一看他,却想对他说情话,然后看他不知应对的样子。我想,大抵真是自己憋得太久,憋成了变态的缘故。

然而这次,听了这句话,他却竟然轻轻笑开,没有半分窘迫似的。

"若是你真的喜欢我,就好生在人界待着。"

单凭这一张脸,便被天界女神仙传了个遍,这样的因敛,哪怕是苍白着脸色,也实在是好看得紧。尤其,他还在对我笑,从来不曾这样暖过的温柔的笑。

他说:"四绪虚境里,我应下的那一桩,等我好了,就去找你兑现它。"

四绪虚境里应下的那一桩……

我的双眼陡然睁大。

"你,你是说……"

"等我好了,便去娶你。"他说着,有一缕明媚的气泽从指间飞出,直直钻到我腰间悬着的尾指玉箫里,"这缕情魄,便算是我许诺的契。"

我来这个地方,只是想见见他,却并没有想到,他会对我说这样一番话,甚至,甚至还抽出情魄给我……

"我唯一希望的,就是你能够哪儿都不再去,乖乖待在凡界等我,什么也不要做。好吗?"

我怔怔点头,不明白因敛为什么会说出这么些话,半点儿不像平常的他。

却是很久以后回想起来，联系着他最开始下到凡界，和东陆圣者对沈戈落下的预言这两桩，才晓得——

栖山为情，指的是依世间众情而化的山吹；生魄耀明，指的则是身携既生魄的我。而六界相敌，难持其平，指的便是后来星轨逆转、天地混沌，导致六界大乱，几近毁灭那一遭。

也许因敛隐隐知道些什么，只是他不晓得具体，于是想稳住我。却不知道，他低估了这个诺言在我心里的重要性。

在这之前，我可能只会全力以赴地救他，可在这之后，我便是拼死也要救了他。

因我以为，他会说这么一番后，是心底有我。

犹豫了几下，我上前扯住他的袖子："你当了这样久的尊者，如果要娶我，是不是就不当了？等你好了之后，是不是就会陪着我？"

"不当了，你乖乖在人界等我，好了以后，我会去陪你。"

他说着，每一句话里，都像是带着想要我走的意思。

我从未见过这样不解风情的人……

现在的情况，不是刚刚表完白吗！哪有人刚刚表完白就叫人走的！

于是我堵着这口气，装听不懂："那夜你一声不吭就消失了，还是化成雾气消失的，我有些担心。"我走近他几步，"还有件事我想问你，你会去到人界，真的是因为既生魄吗？那究竟是什么东西，我听说，它与我有关。"

"你怎……"他像是惊讶，欲言又止，顿了许久，最终也只是扬起那面铜镜，深吸口气，"关于既生魄的事情，是谁和你说的？莫非……"

不等他说完，铜镜在他的手中再次发出莽光，同我来的时候一样。

我一愣，察觉到些什么，于是抢在光芒大盛之前飞快开口："你等我，我不会让你散了识魄的！我还等着你娶我，你……"

强光模糊了周围的一切，我不晓得他听没听见我说的话，等到一切淡去的时候，我已经不在霜华殿了。怔在原地，我好一会儿没回过神，手腕上依稀残余着被他握过的温度，腰间的尾指玉箫上边，多了几分明媚而熟悉的气泽。

不是假的，方才不是我的幻觉。

这面镜子，原来这样好用，往返人界与天界，不过须臾，一点儿不费时。唯一不好的地方，只在于现在我的灵力不足，不能好好控制它。

也不知道是因为我现在太弱、感觉不到还是怎的，因敛说，这上边妖气浓重，我半点儿不觉得，如今知道了，也不大想理。我不管这镜子是怎么沾上的妖气，又是如何危险。

我只知道，这是真的，我真能借它上得天界。既然如此，我也就真的可以凭它进入幻域，得到既生魄了。

4.

将昆仑镜妥帖收起，我按了按放在胸襟里的铜镜，那个地方生出冰寒冷意，激得我一抖。

忽然想起陆离在信上说，谢橙的心脏，现封在余峨崖上的幻域里，被一只剑灵守着。那只剑灵千古，极为强大，于我而言，贸然对他是比不过的，唯一的办法，只有假装同他作什么交换。但也不能太假，毕竟人家精明着呢。

所以，我至少得在这段时间之内，破开一半封印，让对方能够感觉到我的能量才行。

然而……

拽着信纸走到小院里边,我有些发愁。

若是真如他所言,这封印是天帝下的,即便它现在有所动摇,但要破开,又哪是那么容易的事情?

正愁着,我的眼前忽然出现一个人,从天而降,突然得有些吓人。

"怎么不在呢?"眼前的女子姿容绝世却是满脸困惑,吸着鼻子到处在找什么似的,"我明明感觉到他的气泽啊……"

我抽了抽眉尾,这到底是感觉到的还是闻到的啊?

这大概是历史性的一刻,很多年前,东陆某位圣者预言"未来两桩大事"的制造者——

也就是我和山吹,我们的第一次碰面。

而这样历史性的一刻,我永远记得自己对她说的第一句话,那是在她嗅着嗅着凑近我的时候,我下意识推开她的头,问她:"姑娘,你属狗的吗?"

"属狗?"山吹眨巴眨巴眼睛,"那是什么?我不大清楚……啊,对了,你是不是认识沈戈?你的身上沾了他的气泽。"说完,怕我听不懂似的,她补充道,"我在你身上,闻到了他的味道,唔,我在找他。"

我的身上沾了他的味道?这什么和什么啊!

望着眼神天真长相妖艳的女子,我想到什么东西,噌地跳起来,被搅得一片羞恼。

"你你你,你别乱说话!我可是有夫君的!"

"可是你的身上,真的……"

"你再乱说我就报官了!"

大概是被我的气势吓着了,山吹愣在原地,嘴巴一撇就要哭出来,可还没等我想好怎么安慰她,她的眼泪便又缩了回去,转而好奇地望着我。这情绪转变太快,我一时没反应过来。
"我好像见过你。"
听见这句话,我差点儿没转身就走,可在听见下一句的时候,我又将迈出去的腿收了回去。接下来,她说:"你是不是进去过四绪灯?你出来的时候,我见过你。"

四绪灯、沈戈、见过我……这个女子,究竟是谁?
我压住心下疑惑,转向她:"你是哪儿来的?"
但这姑娘和陆离大概是一个性子的,都不怎么听人说话,只是自顾自地念着,半点儿不理别人。只不过,陆离是啰唆,而她,是莫名其妙。
抓住我的手,她看上去有些兴奋:"啊,我知道你是谁了!说起来,如果不是你,灯就不会坏,我也就不会存在了。这样的话,我是不是该叫你一声干妈来着?"
脑子里有什么东西跳了一跳,我抽了抽嘴角:"不必客气,叫义母就行。"
"嗯!姨母好,我叫山吹,沈山吹。"
我僵着手拍了拍她的肩膀,接着,便是我问一句,她答一句,可我来来去去问了许久,始终没弄清楚她的来历和身份。只是知道了,原来她不只是在山洞里见过我出四绪灯,而是她本就和四绪灯有关系。
顿了一顿,我寻思着,四绪灯是上古神器,如果她真是因四绪灯而生,或许也是个有本事的。

于是,我转了转眼珠,问她:"你瞧见那边的树了吗?"

"树?"她随着我手指的方向眺去,"什么树?"

趁她不备,我抓住机会一指石砖,旋腕间,那石砖飞速砸向山吹,虽然我不济,但调下这些却是简单。接下来,我便看见眼前女子耳朵微动,侧目间身后石砖落地,碎成粉末,风一吹便散了。而她依然是那副无邪样子,连发生过什么都不知道似的。

"呀,石砖在飞!"

我虚了虚眼,自方才到现在一直盯着她,我能够确定自己没有放过她任何一个细微变化。看她这般模样,无辜而又无害,如果是装的,那便太可怕了。

但就算她是假装,左右我也没什么好骗的。或者做最坏的打算,我身上真有她需要的东西,但只要她不撕破脸皮,只要我还有利用价值,那我便也能稳住她。

说不定,我还能借助她来帮我完成我要完成的事情。

"姨母,你刚刚说的树,我没有看见哪。"

对着一脸懵懂的女子,我难得温和,不仅没有纠正她的称呼,而且还笑得大方:"那个不重要。"接着拍拍她的肩膀,做出一脸好奇,"所以,继续之前的话题,你是灯神吗?"

她眨眨眼,不说话。

"我从前听过个故事,番人写的。倘若你真是灯神,能不能满足我几个愿望?"我套近乎地握上她的手。

她眨眨眼,不说话。

我耐心引导她:"就是,我同你说几件事,你帮我办着,可以吗?"

她不说话。

与她对视了好一会儿,我终于泄气。这个人到底能不能敬业一些,好好演戏了?

"算了,当我没说。"

我刚准备放弃,另找别的办法,却是这时候,她笑着开口。

"姨母,其实我方才只是在想事情。"她回挽住我,一阵阵凉意自那边传来,"我在想,如果我帮你办好了那些事,你会帮我找沈戈吗?"

我嘴角一弯,挑了眉头,满脸真切地拍着她的手背说:"那是自然!我和你说,我和沈戈那小子可熟了!"

"嗯,我信你,一言为定!"她笑得开心,甜甜唤我,"姨母。"

就这样,无意中,我拐到了一个了不得的人。她看着懵懂,却实在是每日都会比前一日变强大许多,也像是天生就知道世间千万事情。

越接触,便越让人觉得,她一定不仅仅是一个普通妖魅。思及至此,联系着之前北天里的沈戈,我也会怀疑,山吹之所以出现得这样蹊跷,会不会也是为了那什么既生魄。

但那与我无关,于我而言,只要她能对如今的我有助力,这便够了。因敛的魂魄就要散去,目前这桩事情实在紧急。而余下的,都是小事,日后再想不迟。

5.

那一夜心下繁乱,因敛要散魂这桩事情,久久缠绕在我心间,挥都挥不去。而陆离的突然消失和山吹的莫名出现,也叫我有些在意,在意得发慌。

于此之外，还有一件叫我至今都消化不了的事情——

既生魄。

天界里当了一万年的废柴，人界里做了十七年的怪物，忽然发现，原来我也是个了不得人，这实在是个惊喜。而最惊喜的一点，便在于，如今我能够用这份能力救他。

近日里的疲惫纷扰、揪心烦闷，只因这一点就散掉了，我不自觉勾唇……

"等我，我一定尽快，我还等着叫你娶我……"

喃喃着几句碎话，我迷迷昏昏睡去，恍惚看见，梦里有一个人，他在等我。

那个总是活在仙僚们口中的无双尊者，此时，他坐在一棵树下，静静望我，含着一抹笑，着长袍，散墨发，干净清和。我就说嘛，他果然还是有头发的样子更好看。

随后，他冲我挥挥手，我欢欢喜喜跑过去，却是刚一跑到他跟前，就见到他倒下，再醒不来似的。我慌忙大叫，扳过他的肩膀使劲儿晃着——

"因敛，你怎么了？别睡，醒醒！"

那一阵晃得极大，弄得我自己都有些晕乎，眼都花了。而等到眼前再度恢复清明，他早站在了我的面前，不是方才晕厥过去、再醒不来的模样。

可是，我不喜欢他这样的表情，连笑起来的时候都像是在难过。

难过得，仿佛在同我道别。

整整一个晚上，全是噩梦，没有一个好的结局。

"有人讲过，梦是反的。"

我抱着被子坐在榻上，抹一把汗，这样对自己说。

再说，他是那样厉害的一尊神仙，识魄破个洞都没能奈何他，那可是整整一万年的时间哪⋯⋯现在又怎么可能说散就散了？

可即便如此，我也不敢再睡，只是睁着眼睛坐在那儿等天亮，什么梦也不想再做。

我和山吹商量好了，天一亮便开始赶路，去余峨崖。

但现在我又有些心急，很想立刻起程⋯⋯我很害怕，时间不够。

6.

余峨崖处在东陆往东，非常偏的一个地方，偏得几乎是到了九州边际，要绕过沙漠荒原，渡一处沼泽地，是以人迹罕至。甚至，这一路上，我连动物都没见到几只。

摸摸脸上手上被枯枝和风沙划伤的地方，有的还在渗血，有的已经结痂了。我抹一把汗，在转头与山吹确认的时候，仍是有些不信的。

"我们真是到了吗？就是这儿？"

"嗯，就是这儿。"

又往前走了两步，余峨崖脚，我站定抬头，上边是高耸入云的陡峭石壁，云雾沉浮，将山崖遮得严实，什么都看不见。

这个地方，偶时有骤风疾行，刮得人站不住脚；偶时又是玄云蔽日，四周变得漆黑一片，着实是违背现实规律，也当真不愧是鸟兽莫攀，更和传说中一样⋯⋯是真的无路可入。

擦一擦脸上的汗，连日赶路的疲乏在这一刻尽数散去，我把陆离同我说的话在脑子里过了一遍，却是越想越觉得乱。

那个什么封印，我日夜尝试，甚至借助了山吹的力量，但就是有哪些地方不对劲，怎么都没有办法冲破那层障碍。

可如今到了这里，也只能赌上一把，赌我晓得宋昱心思，赌我能够利用昆仑镜骗过他，进入幻域，找到谢橙幻身，取出她的心脏。

这时，山吹扯扯我的袖子："姨母，你来这儿做什么？现在你是不是可以告诉我了？"

我眼神一晃，转向她。

"我来这儿是为了取一瓣心脏，带着你是希望你能帮我。这便是我要许的第一个愿望。"

【第十一卷】

星河为引，裂魄作契

楔子：

宋昱是只剑灵，住在余峨崖上。

谁也不清楚，他在那儿究竟住了多久，只晓得他强大得能够徒手破开时间与空间，构建出一片幻域。幻域里供着一瓣破损的心脏，他以精魄为祭养着它。

只是，没有人知道，多年来用精魄相撑，宋昱早就走到生命尽头。如今的余峨崖上，只剩下逐渐衰败的幻域和一抹不甘心的魂灵。那瓣心脏的主人，名叫谢橙。

她曾是这世间，承载了既生魄能量，却没有立即死去的唯一的人。

而幻域呢？那是不属于六界中任何一界的世界。它没有入口，因其内有束缚，也唯有如此，才能使散魂不灭、心脏不腐。而若壁口生隙，后果不堪设想。

能在幻壁破损的情况下维护其不倒不散的人，迄今为止，还未出现过。

然而,一日,却有个叫阮笙的,不自量力,拼上自己的识魄也要试上一试。这是她与宋昱的交易,她说,她能复活谢橙。

而她要换的东西,是谢橙心脏里残余的那份既生魄。

1.
阁楼里,水汽湿蒙,即便面对面站着,也给人感觉像是隔了层雾。

"还没介绍。我叫阮笙,是个商人,虽然做的事情看起来更类似于巫术师,因我做买卖,不收钱财,只取精魄。说来,与我作交换的代价虽大,但我并不缺生意。"

站在厅里,我努力不怯场地流利编着瞎话,但裙子下边,腿还是有些打战。

"你是我自己找上门的第一个客人,要不要考虑与我做桩交易?"

眼前的人闻言不语,只是啜了口茶,手腕一动,杯盖与瓷杯碰出极轻而脆的一声,与此同时,冷风灌入,凉得我没忍住打出个喷嚏。

不过是一只散了灵魄的游魂,居然有这样的气势。我揉揉鼻子,隐隐有些担心。

山吹在上来之前便与我商量好了,缩成一小点儿,藏在我的袖子里。也许感觉到我的不安,忽地,手臂内侧,她急急掐了我一把,随即一个声音凭空传入我的脑海——

"姨母,你可别怂啊!"

被那突如其来的鼓励弄得有些蒙,我擦了擦疼出来的眼泪,轻拍她的头,同样传过去一句话,带着被掐狠了的微微颤意。

"有事说事,别乱动手。"

随即收回手来,偷偷拧了把贴在身上的裙子,我低头,望了望被我滴湿的地面,再抬头看一眼干爽舒适的宋昱,觉得现在的情况有些玄。

便如陆离所言,他看起来,果然不是个好糊弄的。

说起来,从下面上来并不是件容易的事情,至少我在这上面是整整花了三天。

废了好大劲儿,走得都快厥过去了,直至方才,我才在山吹的帮助下爬上这崖顶。不想,刚刚上来就下起了雨,我没带伞,而外边雨疏风骤,落花满地,泥水点子溅了我裙摆全是。

顷刻间一身狼狈。

就是在这样的情况下,我见到宋昱。茫茫夜雨之中,他站在阁楼上边,隔着水帘望我,目光涣散,脸色森森。而我一顿之后,人已经站在了这厅里边。

接着,便有了开头的那一幕。

"你选在今天过来,倒是个好日子,只有今天,我不杀人。"他浮了浮杯盖,"她晕血,不会喜欢我用这个祭她。"

听到这些,我其实有些意外,却只能硬着头皮从容问他:"你早料到我要来了?"

宋昱头也不抬:"倘若你是要同我交换什么,就不必了。我这条命是很稀罕的,断不会拿来与你交易。"

"你同他们不一样,我不要你的命,也不要你的魂魄。"见着宋昱微一虚眼,我想了想,觉得瞒他不过,干脆直接开口,"如若事成,我要你手里握着的那份既生魄能量。"

宋昱一怔,沉默良久,轻嗤出声。

其实我刚刚是嘴快说错了,可他的反应,却竟是承认了既生魄在他手上。

"既生魄？呵，你知道得也是挺多的。可是，你既然晓得那东西在我这儿，便也当明白，纵然强大，但它并没有那么好掌控。"他说着，声音很轻，"况且，我想要的东西，也不是那样好得到的。"

他的回应，比我想象中真是温和得多，开始见到，我还以为他是那种阴鸷到一言不合就要动手的人哪。稍稍放松了些，我笑笑。

"这你就不用管了。也许你不信，但许多天地之不能为的事情，我都可以，既是如此，我自然也能助你。为了证明所言非虚，我可以先带你去一个地方。"顿了顿，我补充一句，"你应该很久没有见过谢橙了，你想不想看一看她？"

话音落下，他抬头，空洞的眼神竟在那一刻微微亮起，亮得像是暮色里唯一的光，与方才死寂的样子，半点儿不像。

2.
借山吹的手让宋昱陷入昏眠，我趁机祭出昆仑镜，刚准备动手，却不想一阵眩晕。才想起来，是上次使它的时候耗损太大，至今也没恢复得好。

自我嫌弃了好一会儿，重复尝试好几次，久了，大抵连山吹都看不下去。于是她接过铜镜转向我："姨母，这便算是我帮你的第二桩事情，好不好？"

这个时候的山吹，她在我的眼里，几乎是会发光的。

这哪是妖魅？这简直就是小仙女啊！

或者说，哪怕是在天界我见过的神仙里边，也没有一个这么可爱的。

我颔首，有些感动："麻烦了。"

"其实不麻烦,只是姨母也要记得,这桩事情之后,一定要帮我找到沈戈。"

闻言一顿,其实我那时只是随口一说,说完便几乎忘了,但这时候却是飞快点头,连忙应下,只是心底蓦然生出几分愧疚。山吹,似乎并不知道,我是在利用她。

有她相助,随着诀术念出,铜镜逐渐亮起,原本细碎的光色连成一片,灼人得很。

其实昆仑镜并非只可以用来穿梭时空,那样不仅麻烦,耗费的精力也很大。

目前,不论是我还是山吹,我们都承担不住这个风险,要在这么短的时间之内,利用这个,进去幻域两次。

所以……

站在木桌前边,我望着身侧陌生的女子,听见她带笑的言语:"宋昱,那是谁?我不记得我认识这么一个人。"

所以,我们现在并不是在幻域里边,而是在宋昱的意识之海。这不过是我结合他最深的心思,利用昆仑镜,为他造出的一场梦。只是不晓得,这样仓促的幻梦,能不能骗得过他。

座前的女子一边说着,一边抓起块点心往嘴里塞。而我望了望身侧之人,正巧看见他眸底一闪而过的悲怆。

舔去指尖碎屑,模样机灵的女子往我旁边看了几眼,随后缩了缩脖子。

"其实我早就想问了,你老往旁边望什么?却像是在看谁,怪瘆人的。"

"没什么。"我别过头来,"随便看看。"

女子"哦"了声,站起身来:"如果你要问的都问完了,那我便走了。"

我颔首,看着谢橙转身离开,而后转向男子。男子却恍若未觉,因他从始至终只是望着那个看不见他的人,珍惜而小心,仿佛那是一件稀世珍宝,看一眼都奢侈。

"人你见到了,如何?那桩生意,你做是不做?"

男子面容如玉,轮廓分明,却偏生是满身死气,不似活人。

"我做。"

终于得到这个答案,我松了口气,刚想再说些什么,却见男子又变回原来那般,岑寂异常。见状,我不由得轻叹出声。

其实这个幻梦是我临时造的,有很多的漏洞,也没有一开始便想好该怎么安排。我原以为,精明如他,肯定会有所怀疑。

不料,他竟答应得这样干脆。

3.

宋昱在等的那个人,她唤作谢橙。那个女子,是他面上的徒弟,是这只千古剑灵选定的主人,更曾是冷硬如宋昱唯一的弱点。

说曾经,是因为她早就死了,死得蹊跷。

传言她是因承不住异能而化了飞灰,这八荒六界里,多年来一直有人为了那"异能"寻她,却竟连一分散魂的碎片都未曾寻见。

我站在阁楼里,望着身前水镜般波动着的空气浅笑。

那些人当然寻不见。

我原以为既生魄的残余,应该在幻域中的心脏里,却是刚刚才晓得，她在临死之前，将异能度给了宋昱。

在那之后，她的魂魄便散得极其细碎，湮灭如烟尘四散，这么多年，早干净了——

却除了那瓣被人精心护住的心脏。

而如今，那瓣心脏，它就在这虚雾的另外一边。

我会知道这个，是宋昱亲口所说。其实我有些怀疑，既生魄这样的东西，真能随便转让吗？但山吹恰时又掐了一把我的手臂，在我疼得含着一包眼泪还不忘惊讶怀疑的时候，她告诉我，她能感觉到，宋昱没有说谎。

在那之后，我飞快应下，而他也迅速与我敲定了这桩"交易"，甚至连我的能力都没有考察一下。我在松一口气的同时，也有些郁闷，恨不得摇着他的肩膀大吼出来——

你倒是探我啊测我啊！你这样就把我放过去了，那我这段时日每天每夜那么努力去冲封印是为了什么！你对得起我每个晚上吐的血吗！

是，这个时候，我的封印几乎已经冲破一半。没有人晓得为了这个我付出了多少，而今却没有了一点儿用处，所以，分外不平。

是夜，月魄渐消，流火漫天。

天时星斗运算无一有差，我呼出口气，有一种学子考试般紧张。

自来余峨崖到现在，为了等这个日子，我已经等了将近一月。

幻域不是那么好构建的，也不是那么好连接的。那里边是一个几近真实的世界，只是，除了被养在里边的谢橙的幻体，那个地方其实没有一个有灵魂、懂感情的人。

从古至今，没有人能在不损幻域内情的状况下，破开幻域之壁，虽然只是一丝罅隙，小到只能进入一缕细碎的魂魄。

我转了身子，望向宋昱："你准备好了吗？"

宋昱紧紧盯着水镜，薄唇微抿。

"此番不比上次，你……真有把握？"

要在幻壁破损的情况下维护其不倒不散，这到底不易。更别提此番，我要做的，是拼上自己的识魄，构建一个新的幻域，连接两个世界。讲起来，我其实没有把握。

但就算既生魄的能量在宋昱手上，如果我没有它原主的气泽，也无法顺利吸收和使用它。所以，这么说来，我还是得拿到谢橙的心脏。

我在心底默默叹一口气，面上却牵出一个笑："我虽是个商人，却也还没到要钱不要命的地步，你且放心。"

这句话，我本是试图安抚他，不成想对方闻言静默，随即卧上身侧软榻，不欲言语。

这个人，果然难相处。我撇撇嘴，不再说话。

深深呼吸，我望一眼天边，正见流星如炬，四面行来，自太微而出，汇入正北星宫里边。我屏息以待，现下只需等到最后一颗光芒敛去、锋尾入宫剩下五尺的时候，我便可以动手。

眼睛一眨都不敢眨，四周静得可怕，空气也仿佛凝滞成固体，紧得吓人，我就这么数着望着，在等……

百颗，十颗，一颗……

就是这个时候！

祭出全部灵识，掷出铜镜，让它与雾墙相接，随之开始捏诀。这样的语速，我偷偷练了许久，却从未像今日这样快过，却又欣慰，我一个字也不曾念错。

再次睁开眼睛，诀术念完，那锋尾正正收入星宫，却不像普通时候消失不见，而是从那儿直直射出一道光束，击向铜镜而来——

霎时白光大作，这一次，比我见过的所有变数都来得更加强烈！

不晓得是不是连接了我识魄的缘故，莽光之中，我的心窍陡然被什么东西一扯，疼得发慌，好像有根坚韧细线在那儿狠狠勒着，勒得我一阵绞痛……

余光里，我看见烛烟袅袅拢在了宋昱身周，许久才被薄风吹散，而待得烟雾散去，那处已经没有了人影。

我终于撑不下去，狠狠咳出声，边咳边觉得喉头一阵腥甜。

扯着衣袖抹一把，但它却止不住，不停流出来，猩红血色在素色衣衫上看着格外明显。我一边擦着血，一边在慌乱，乱着乱着又有些担心……

该不会，我就这样咳死了吧？还要倒在血泊里。没救出他还把自己搭进去的话，那看起来也忒蠢了。

于是我开始忍着不再咳嗽，一有血涌上来，我就把它咽下去，咽得一阵恶心，甚至想吐。

而这样做的后果，便是在下一口的时候，我被那满口的铁锈味呛得一阵眩晕，直接昏了过去。

【第十二卷】

愿君如月,相随不离

1.

夏夜,星辰灼灼,暖暖清风,极静。

我像是不小心入了另一个世界,周遭的一切都很是陌生,没有见过。可我晓得,这是在幻域里,而我所看见的,就是幻域里正在发生的故事。

这种感觉其实很奇妙,我清楚地晓得这是哪儿、我是谁、我看见的是什么;我能感觉到宋昱的神思、晓得将要发生的事;可是更加清楚,我对于这里的人而言,不过是个隐形人,没人看得见……

大抵是因为识魄与幻域相连,我什么都知道。而不好的,就在于不能出去,也找不到解决的方法,更加不知道山吹在外边怎么样。

却还是庆幸。

庆幸,以星河作引,拼上灵识和魂魄做契,连接昆仑镜与幻域的这一桩,我成功了。

软榻上睡着容貌较之外边年轻一些的宋昱，而我站在他的身侧，在捋这些事情。

幻域是为了供养谢橙心脏不死而存在的，这里边，有一具依她而生的灵体。宋昱一直想复活她，却始终无能为力，到了现在，甚至连自己也保不住。

如果说，我从菩提台掉下来，之所以还能以碎魄之体轮回转世，是因为既生魄，那么宋昱，在能量耗尽之后游魂不散，一定也是因为这个。可如今，他却以此与我交换，为了谢橙。

谢橙是他的徒弟，是他选定的主人，这一桩，知道他的人都会晓得。可除此之外，我想，宋昱一定很是喜欢她吧。

只是不清楚，这件事情，为什么没有听人谈过。

榻上的宋昱睡得很沉，我待在这儿觉得无聊，刚准备出去，却是走到门口的时候，有人从外边推门进来，直直穿透我的身体走到宋昱身边。被穿透的身体处，燃出一阵灼烧感，我疼得直龇牙，好一会儿才缓过来。

随后，我听见不远处一个略带稚嫩的声音。那个声音很轻很小，软糯干净，却是带着些许的不平和郁恼。

这个声音……

我僵了僵，脑海中浮现出宋昱的记忆。

那是谢橙。或者，准确地说，是当年将将十四岁的谢橙。

"哼，说什么我不懂，我分明就懂。"女孩嘟囔着，"喜欢和感谢的差别这样大，谁分不清了？"

顺着这句话，我跟着宋昱的记忆，在一瞬回到许多年前。

那是距离如今很久远的时候。

当时，宋昱还是一只不通情事的剑灵，在上任主人战死之后漂泊许久，偶然之下，在旷野里捡到她。我沿着这条回忆，看见宋昱带着她到成衣店换去破烂衣裳，随后又带她至酒楼，吃了好些好的。

按理，这对于漂泊乞讨的小乞儿来说，简直是想都不敢想的事情，可谢橙却接受得大大方方。除却酒楼内，她抬眼望他时眸中那一闪而过的水光之外，再没有过半分波动。

也就是那个夜里，在他对她说要授她本领的时候，她仰着头，对他说自己不愿做他的徒弟，说她要做他的妻子，也说出喜欢二字。

彼时他的心底一震，却是面色淡然，对她道，你还小，不懂，这不是喜欢。

瘦弱的女孩仰着脸望他："那什么才是真正的喜欢呢？"

摸摸她的头，宋昱笑笑："等你长大了，你就知道了。"

"可是，可是……"女孩像是不甘，"可是，你长这么大了，你知道吗？"

宋昱没有回答。

他不过一把古剑生出的剑灵，除了神魔一战主人死去的那一刻，他没有过半分情绪，纵是此番将她捡在身边，也不过是为了找寻一个新的主人。他懂什么感情？

探到谢橙身体里未被开掘的强大能量，收回放在她头上的手，宋昱极是满意。

随即，他淡声向她："时候不早了，回房歇息吧。"

那声喜欢，宋昱没有放在心上。

彼时的他，只当她是随便说说，只当她是漂泊许久，只当她是忽感暖意、对他感激。不过这么想也正常。毕竟她还那么小，她知道什么是爱呢？

回忆戛然而止，我还来不及唏嘘，蓦然看见她踮起脚，贴上宋昱的唇——

"哪，你想当我师父，我便让你当一当。当到我长大，我就嫁给你。就这么说定了。"

这样一句话，真是来得突兀。

还没来得及感叹"现在的孩子都这么早熟吗"，我的眼睛就不自觉酸了一酸，甚至酸得眉心处都微微疼痛起来，同着那颗堵得发慌的心脏一样，不由我控制，嚣张得很。

那不是我的感情，而是宋昱。

宋昱曾以为，自己身为剑灵，需要的，无非一个足够强大的主人，仅此而已。

而她呢？

她还小，离长大还有很久，她有足够的时间，去遇见她真正在意的人。等到那时候，她便会明白，什么才是真正的喜欢。

当时想得肯定，后来每每回想，宋昱却总是后悔。总爱说，若早知未来如此，还不如一开始就应下，也免得遗憾终身，时刻悔恨着由他亲手缔造出的结局。

2.
谢橙走出房间，抬眼便看见面饼似的圆月，像极了她几天前偷来的那个。

她摸摸肚子，低眸，不一会儿又像是想到什么，弯了眼睛。

直至如今，宋昱依然不知道她为什么会喜欢上他。

毕竟相识也不过是一面和一天而已。没有任何缘故的一面、留不下什么东西的一天。但很多时候，一面、一天，这也算是缘故。谢橙喜欢暖春，而她遇见他，便恍惚以为是暖春。

那时候，她刚刚和野狗抢完食，果了饿了几天的肚子，满足得很。可也就是那个时候，野狗冲上来狠狠咬了她一口，几乎要咬掉她一块肉。

宋昱不是在这个时候出现的，他出现，是在野狗跑掉之后。其实当时被咬得很疼，可后来的谢橙每每回忆，却总不记得什么野狗和伤口。她只记得，那一日，是他出现，为她包扎。

谢橙一直记得，从前在茶馆偷吃的时候，她曾听过一段故事。故事里说缘分天定，倘若你遇见了命定良人，会有一个声音在心里告诉你，就是这个人。

——就是这个人。

充满惊喜的一面，意料之外的一天。可惜，命途无常几个字亦不只是说说。

彼时的两人，宋昱和谢橙，他们谁都不知道，那个从初遇便一心想要嫁给他的女子，最后死去，便是因为他，并且，死在他的眼前。

次日，微风轻抚，落花簌簌。

在宋昱盘下来的这座小院里，谢橙蹲在地上，不知在捣鼓些什么。

"什么长不出来的无用种子……你们一定要快点开出花来证明他不对哪！"谢橙放下手中的小锄，拍了拍那片土地，泥沙沾了她一手，

"我会和你们一起的。"

她说着,声音渐小,笑意却漫上眉梢,好像真的在做一件伟大的事情,要证明些什么。

3.
天边一轮圆缺,转眼便是一月。

这一个月里,宋昱教了谢橙许多东西。我看得出来谢橙应对那些很是吃力。毕竟再怎么潜力超凡,在遇到宋昱之前,谢橙也就是个普通人,哪能对什么都接受得那么快?

这几日,谢橙遇到了障。

她身体里的一处经脉有所凝滞,怎么都冲不过去。宋昱不甚在意,说着无妨,可谢橙却似乎有些着急,生怕他对她失望。

也便是如此,那一夜,她着急之下,修炼时出了岔子。

榻上的女子软软倒下,吐出的鲜血濡湿了衣衫墨发,她的眉头拧得极紧,气若游丝,昏迷之前吐出的最后两个字,是他的名字。

"宋昱……"

眼前有身影闪过,微风拂过青衫一角,待得衣角平复,宋昱已是将谢橙扶了起来,坐在她的身侧。随后,我看见他导出灵元探她,用着最危险的方法替她修复受损的精魄。

也许上心并不代表喜欢,但感情也是会变的吧。毕竟有一个词叫日久生情。

更何况,在那样长久的一段时光里,宋昱都那样专注,专注得只将注意放在她一个人身上……

看到这里,我忽然,有些羡慕。

4.

天色尚昏，不过破晓，可小院里的女子已经忙活了许久。

说来，那晚宋昱导出灵元助她，原本一切都好，却不想最后关头竟被她的灵元反噬，如此，便不得不借口风寒卧床静养。而这一养，便就是一轮四季。

这样久的时间，再怎么也该猜到与风寒无关了。

可谢橙却什么都没有问。在宋昱静养的时候，她就是这般模样，明明从未被人照顾过，却竟那样知道该怎么照顾别人。

尤其近日，看着宋昱似有转好，她也便更加勤快了起来。天还暗着便去市场买菜，回到院内来不及休息便开始忙活。杀鱼去鳞、剔骨剁碎，动作极其利落。

小火慢熬许久，谢橙舀起一勺试味，满意之后，盛好一碗端到他门前。

轻叩房门，谢橙候在门口。在得到应答之后，她弯了眉眼推门进去，将瓷碗放在桌上。

"药还没有煎好，你先喝了这碗羹垫垫肚子吧，已经不那么烫了。"说着，她将被灼伤的手掩在袖子下边，面上始终带着笑。

看着那一连串动作，我忽地想起前几日瞧见谢橙去买鱼。

那时，她好一通还价，在卖鱼的小哥嘟囔着说她泼辣的时候，谢橙只张扬一笑——

"奶奶的温柔都是攒给一个人的！"

谢橙不是什么温良的性子，她也打过无数的架、吵过数不清的人。

毕竟常年漂泊流离，她只能自己护着自己，倘若没有一点儿的硬气，那真是活不下去。

而宋昱，我辨不清，现在的他，到底是幻域中的幻影，还是余峨崖上那个不顾一切守了谢橙很久的剑灵。我眼前的这个人，实在太淡然了。

看着眼前女子，看着这曾经的一幕幕再次发生，他像是毫无波动，甚至在瞥到她手指的时候，也只是轻轻颔首，形容冷淡，不久示意她出去。

"你还有什么需要的吗？"

谢橙不喜欢唤他师父。好像不叫，他们这份关系就不存在，等她长大，便真的能嫁给他。

"我要一块拭剑的软布。"宋昱面无表情。

谢橙却因他难得地回应而弯了眉眼："嗯，我很快回来，你等我啊！"

——我已经等了许久，我也没有什么风寒。谢橙，我这些年，其实一直在等你回来。

脑海里乍现出一句话，是宋昱的声音。我听得一蒙，眼前的人却只是侧了身子，并不回头看她，眼神冷彻，姿态疏离。

5.

剑可以无主，剑灵却不可以，因它的魂灵不仅需要古剑来维持，还需要主人的能力，如此方可护其不灭。这就是宋昱捡下谢橙的原因。

起初，他会收留谢橙，不过是看见她的潜能，想找一个新的主人。而他问她要拭剑的软布，是因为阻碍她的障已经破了，他终于可以把剑交给她。

终于,这样平静的日子,就要过去了。

深夜,冥幽之境,冰火天里。

谢橙再怎么资质天纵,修炼上也不可能一气呵成,宋昱想,倘若要得到切实的经验,那还需要很长的时间,倒不如先结血契,余下的,日后再说不迟。

而在血契之前,这是最后一次试验。在冰火天的入口,他交给她一把长剑。

"倘若有危险便拿软布拭它,我会过来。"宋昱一顿,"不必逞强。"

谢橙的眸色坚定,她直觉,这一次自己能否过去,会关系到许多事情。

"你在出口等我便好,我会去找你的!"

谢橙笑得自信,说完转身便走,极是干脆,一派的无惧无畏。她不知道,就在自己绕过拐角的时候,宋昱的眉头一皱,身形化烟,同时,她手中长剑极浅的一闪,像是注入了什么。

这儿是冥界边境,妖兽四伏,共有七重界,冰火天是第二重,虽有困阻,却也不至于太过危险。至少,在这个范围内,他有信心将她带出去。

可惜,意外这种东西,总是来得突然。

我跟着谢橙的步子,一路看她斩杀妖兽,幽绿血光溅在她的面侧,她却是一副无畏样子,只随手一擦,继续往前。

彼时,宋昱的计划是待她过了第二重境便带她出去,却不想待她终于闯到边境，却居然在界境之间迷了路。同时，那儿像是有什么东西，将他封于剑中，叫他动弹不得。

宋昱的灵识被困在剑里，而谢橙身子一僵，眼神在瞬间变得呆滞。她的手指一松，剑身便狠狠摔在一旁满是铁钉的地上，掷出"铿锵"一声，极重。

可也就是这个时候，不远处传来一声痛苦的闷哼，我转头就看见模样痛苦的另一个宋昱，而那个不顾一切奔向他的女子正是谢橙……

我见状大惊，认出来那是传说中的心魔，若非执念入骨，它便不得其生。但若执念入骨，没有人逃得过它的蛊惑。

而由谢橙执念生出的心魔，化作人形，竟是宋昱吗？！

与此同时，我身边的空气一阵波动，那阵波动来自长剑。我感觉到被心魔困在剑身里的男子几近癫狂，在不停乱撞……

会有这般反应，那是不是证明，这个宋昱，他并非幻境里造出的人？他是真的？可若真是这样，他又怎么会一直不动不作，只按着过去的轨迹走呢？

6.

幻域没有新鲜东西，只是不断在重复那段往事，是谢橙记忆中最为刻骨的片段。

而这一次，如若没有意外，按照过去再度重演，后边便该是谢橙被心魔蛊惑了心智，几番离合，最终与宋昱相对。

却不想，就是在这一个转折点上，被幻域封住神智的宋昱，竟会冲破限制，在这一刻觉醒过来。

从冰火天里出来之后，宋昱明显地连牙齿都在颤抖。我能感觉到宋昱的心情，虽然只那么一瞬，但他成功了，他真的从冰火天里夺回了她。

心下一紧，在替他们高兴的同时，我忽然想到自己进幻域的目的。我来这里，是为了谢橙的心脏、宋昱手中的既生魄，是为了毁掉他们最后记忆存放的地方，是来拿走这两条命。

之所以一直不动手，只是因为情景不完，我便无法找见那瓣心脏存在的地方。

我只是在等而已。

刚刚想到这里，天边忽然掠过了道强光，像是被劈开之后又重新合上，亮得叫人心惊。而就在这一瞬之后，宋昱的面上便恢复了冷静，谢橙也是须臾间失去了方才的记忆。

一切的一切，又回归到最初的轨迹，仿佛方才的一切都未曾发生过。

"你怎么这样莽撞？"

耳边传来宋昱冷淡的声音，我一愣，听得血液都几乎被冻结住，寒得厉害。

和宋昱记忆里的当年一模一样，这是出了冰火天，在回去的路上。

可这是怎么回事？

呵，能是怎么回事呢？幻域虽然是宋昱建出来的，但它也有自己的规则，既然是过往重现，那么，即便是幻域的创造者也无法改变幻域中的故事。

方才宋昱能有那样一瞬的自由，已是不易，可若真要再按他的想法进行下去，不但幻域会动摇倒塌，恐怕连谢橙最后一瓣心脏都保不住、会破裂碎去。

"我，我以为你……"

谢橙踟蹰着，分明是那样敢惹敢闯的性子，此时却竟这样小心翼翼。

方才受心魔所惑，她陷入幻觉里边，以为宋昱有危险，直直扑向火堆，差点儿就被吞了魂魄，也是差那么一点，就要害死被封在剑里的宋昱。

而后来……

后来，我在宋昱的记忆里清楚看见，就是因那冰火天中受心魔蛊惑，有人瞧见谢橙的资质和弱点，最后才会诱导她堕入魔道。

也正是这样，才会有之后，他们的生死相对，和数千年的爱恨遗憾。

身在其中，他有那样多"早知、何必"的遗憾，却偏生不能阻止，也是挺残忍的一件事。

沉默许久，宋昱开口，却只是淡声对她说："太过执着便会变成顽固。谢橙，你可知道，古今有多少人是死在这上边的？"

月色下，女子像是含着说不出的苦，却偏生牵起嘴角望他。

"人生苦短，相思苦长，苦短有尽而苦长无尽。我什么也不曾有过，没有奢望，没什么可以失去，难得遇到在乎的，谁会愿意放手……死这种东西，如若它能尽了无涯之痛，那便算不得什么。而倘若除此之外，这分固执还能换得一时欢喜，那便是更值得不过了。"

这句话，听得我心底一震。

不是因为这些言语，而是联系到如今的谢橙，思及她破损心脏里残存着的执念，哪怕灵魄化灰都散不去……这一桩，到底是因为情深不悔，还是苦长无尽呢？

她那样专注地望着他,像是全世界只有他一个人可看:"我的一切都是你给的,而今,我也可以什么都不要,只要你给我一个答案……"

可是宋昱不肯看见她眼中的深深情思。

"荒谬。"

落下这两个字,宋昱拂袖,掩住眸底几分狼狈,转身离去。

7.

独自回到小院,宋昱等了很久,谢橙始终没有回来。

离开冰火天后,听见谢橙那番话,宋昱几乎是落荒而逃。而现在,站在院里,宋昱望着漫天繁星,看似专注,眼神却是空泛的。

自教导谢橙开始,宋昱便一直极尽严苛,因他对她,不是寻常师父对徒弟那样的教导,而是千古剑灵在为自己寻找最有能力的新主人。可谢橙都受过来了。

却不想,那一日,他的话于她而言竟甚于大多数的苦,是以,她受不住。

可其实他说的不重,不过两个字,一声"荒谬",哪里重呢?受不住,不过是谢橙自己的缘故罢了。

星子闪烁,像是谁含笑的眼。

男子一时恍惚,蓦然想起曾经。那时兴起,他带着她去逛灯会,而她看见什么都新奇。当初的宋昱有些无奈,嘴角却不自觉微微弯起:"你怎么什么都想要?"

而谢橙的眼睛一闪一闪的:"其实我对什么都不感兴趣,只是同师父在一块儿,不知怎的,便看什么都觉得有趣了。"

宋昱知道谢橙的性子,也知道她不爱称他师父。而那日她难得乖顺,唤他一句,也是有目的的。他从来清醒,将她看作主人,其实他也不爱被她唤作师父,却不知道到底是因为恪守心底的坚持,视她为主,还是因为别的才不喜欢。

可即便如此,他仍遂了她去凑热闹,同她一起在树上挂那个红色绸布条。

记得那时候她背着他,不知在写什么,而他想了许久,最后落笔,鬼使神差写下她的名字,也仅写下她的名字。

最后两人一起将那绸布抛到树上,抛得极高,他没有许什么愿,无法判断灵是不灵。可谢橙却通过那一桩知道了一件事,许愿真是没有用的。

那日,女子笔下的红绸上,是两个名字和一句话。

名字自然是他们的名字,那话则是"愿君便似江楼月,只有相随无别离"。

8.

谢橙在那夜之后消失了一阵子,可不久又回来了,自然大方,待他如常。

可也就是那样的自然寻常,我却看得鼻酸,宁愿她哭闹一场。

她对他是一见倾心,可宋昱却真是个木头脑袋啊。古今多少故事,它们的遗憾都在于"未开口",而宋昱和谢橙,却是因为"不相信"。"喜欢"二字,她遍遍同他说,他次次都不信。

或者说,他次次都在借口"不信"来逃避。

时间虽是分秒而逝,可攒得多了,也便久了。

在宋昱拾到谢橙之初，她不过一个乞儿，纵是面上不显，实际上却对什么都敏感，如今竟也出落得落落大方、明澈可人，潜能也慢慢被激发出来，不需他再多教什么了。

小院里花开花落好几度，望着手持长剑、招式凌厉的谢橙，宋昱笑得欣慰。
那时的宋昱，他没有想过，有一种意外，是关于失去。

宋昱的前主是一位仙君，命唤南酉，他在神魔大战中死去，仙躯葬于圣山之下，是天界的一位英雄。而近日，天界轰动——
是那位仙君恰逢天时，机缘之下聚魂重生，竟是活过来了。
便如曾经，没有人想过他会死去，现在也没有人想到他能回来。
可即便出人意料，但南酉复活重生，回到天界再任仙君，他当然也该取回自己的剑。

宋昱和谢橙的分离来得很是突然，突然得让人连反应都来不及。
在谢橙的记忆里，他们分开的时候，只那仙君简单同她言语了几句便携他离开，而从始至终，他只是看着她，却没有同她说哪怕一句话。
而后，便是若干年的寂寥、若干年的挣扎、若干年的诘问，也是数千年的想念。
谢橙不知道这些年里自己是怎么过来的，印象里，只有每日每夜不眠不休的修炼，每日每日不眠不休的惦念。
彼时，她心思单纯，只想着努力变得强大，然后便去寻他，却不想也便是因了这份过深的执念而被曾在冥界偶遇过她的某只妖察觉，接而引诱她接受一份世间难得的能量。

可都说了是难得了，纵是谢橙资质天纵，却也不是那么好掌控的——

那是既生魄的能量，世间少有人能承而不亡，即便没有意外，也不会完全无碍。

也正是如此，谢橙在消化那份能量的时候，不仅没有吸收，反而不慎灼伤灵识，以至堕入魔道，最终，与他站在了对立的两面。

而那个诱导她接受既生魄能量的人，在我看见他的脸的时候，背脊不禁一凉。

那是沈戈。

9.

谢橙堕入魔道后很是痛苦，可她生生挨过的几千年，对于身处天界的宋昱而言，不过是寥寥数日。

可即便如此，再见，他依然觉得恍若隔世。

宋昱在天界便有所耳闻，说凡界出了个绝世的魔，所能足以毁天灭地。也是巧极，他才不过刚刚听说天界下旨命仙君下界收降，便接到消息，说那魔要与他约战。

与他，一个剑灵，而不是南酉仙君。

在接到消息的时候，宋昱生出些不好的预感。毕竟他非仙非神，谁会知道他呢？

再见的时候，绯衣女子眉眼弯弯，眸色明澈，分明是与从前一般的模样，却叫宋昱觉得陌生，陌生到心底都不自觉地微微发疼。

玄云低沉，寒风凛冽，圣山之巅。

有人在笑，言语轻轻："你可还记得我？"

宋昱不言不语，只是那么看着她。

"看来是记得的，你知道吗？我原以为只要你记得我便很开心了，不想……"女子说着，苦笑，"你为什么这样看我？你似乎很忌惮我。可这又是为什么？我伤谁也不会伤你的。"

圣山与天离得近，却从来无雪，千载万载，都是艳阳普照。

想来，今日格外冷，怕便是这数万个春秋攒下来的。

相对无言许久，并没有对战时候的剑拔弩张，可她终于还是开口。如今的谢橙，连声音都带着几分妖冶蛊惑的意味。

"天界要对我动手了吧？即便没有今日我同你的约战，怕也不久了吧？"谢橙勾唇，"你今日赴约也是有任务的吧？或者，说不定还有埋伏？可你为什么不动手呢？虽然是我约的战，但并不一定要我先动手的，对着魔界中人，谁都是不必守规讲礼的啊。"

宋昱沉默良久："你怎么变成这样的？"

"其实我没有变过，一直没有，只是你从来也没有真正懂过我，不是吗？"谢橙眨一眨眼，"你不出手吗？要我先来吗？"

沉默半晌，宋昱抬起眼睛，眸光霎时寒彻。不知怎的，他就是觉得心底堵得发慌，也辨不出是失望还是伤心，只是有些烦，说不清是哪句话之后，莫名地感觉闷烦。

然后，他开口："若你真决定了，就来吧。"

谢橙怔了好一会儿，半晌，突兀地笑出声来。

"我不过逗你一逗，怎的那样认真？'伤谁也不会伤你'这句话我才说了多久，你是不是已经忘了？还是，我说的话，你从来就没有听进去过？"

分明是她与他约战，可如今，她却又对他说出这些话，这是什么意思？

突兀的一声长叹，谢橙拨了拨头发，看似轻松地开口："宋昱啊，我活不久了。有一样东西在我的魂里烧，听说六界中没有人承受得住它，我以为自己可以，没想到我也不济。我每天都很疼，却都忍住了，因为我想再见你一面。"

宋昱将所有的疑惑都写在了眼睛里，却就是不说不问。

谢橙顿了顿："时至如今，你是不是已经没有什么想和我说的了？不过，你好像从来就没有什么想和我说的，从前相处的那些日子，不是修习，就是练功，我其实早就习惯了。"

也许是宋昱不知该说什么，也许是他有太多话，反而不知道该怎么说。于是，当谢橙沉默下来，四周便都静了。良久，抬眸，谢橙看起来有些难过。

"我没有把你当师父过，也不想成为那把剑的主人，我一直想嫁给你，总觉得等等就好，只可惜，没有机会了。"

话音落下，谢橙勾唇，有光色从她的眼底生出，如同赤色流云凭空绽开，又如三千花色灼灼其华。那一瞬的美，着实是有些决绝。

见状，宋昱眼神一晃，像是预感到什么。

刚想说话，可宋昱还没来得及开口便愣在原地。不可置信似的，他的双眼骤然睁大，因眼前忽地生出华光万丈，那绯金色的强光自她胸口迸开，撕天裂地般让人心慌。

而那华光后边，是女子眼含水色却笑得灿烂的模样，同着蓦然涌来的能量一起，直直撞入他的魂识深处。

我看见他们的最后一日，便就是那一日。

谢橙的魂魄碎去四散，自此湮灭于世，却将自己没能承受得住的那份既生魄能量封在灵元里，交给了他。

此处从来是万般暖，千秋万古无寒意，今天，却是例外。

良久，强光消散。

倚在宋昱怀里的女子低着眼睛，看上去很是满足。

"我从未想过与你对决，我邀你来战，也并不是想同你打一架。今次，我是做好了准备，要死在你的手上，虽然我担心过你会不忍动手的……"

她说着，笑笑，虚弱得仿佛下一秒就要消散了去。

"其实，我就算不来，晚不过今夜子时，我也要死。本想求个壮烈，死在你的手上，可我刚刚后悔了，我又不想死在你手上了，那该多疼啊……于是我想啊，既是如此，那我便死在你的面前吧。"

"为什么……"

她笑笑，眼神澄澈明朗，孩子一般，模样却虚弱。

"你问我……为什么？"

有人随着身体化灰，神思也随魂魄散在了空气里，而我捉到几抹，在其中读到一些残碎的句子——

那是谢橙在最后一瞬也不敢说出来的话，甚至心声都放得那么轻。

她说，为了那个答案啊，这样，我便能晓得你是爱我不爱了。你说我太过执着，什么都想要，可我也早同你说过，实际上，除了你一句话之外，我什么也不稀罕。

你曾对我说，我那样执着，难免有一天要把命也搭上来，你说得对，你总是对。

那个答案，你不肯给，既是如此，我便自己想办法拿吧。

哪怕你真的讨厌我呢，哪怕那个答案是不好的呢？

我很想知道，我在你心底，究竟算什么。

"宋昱，如果再给我一次选择的机会，我可能不会喜欢上你了……"

这句话后，谢橙的身体慢慢变得透明，风一吹，便散了个干净，而他拼尽全力，也只护住一瓣心脏。

我便是无论如何也没有想到，最后的谢橙，会给他留下一句谎话。分明我在她的神思里，听见的是"不悔"。

10.

"你不就是想要我承认喜欢你吗？我知道的，都知道……我，我不是不肯，我是不敢。我错了。"

她以为他不喜欢她，以为他因此躲避，是讨厌她。可她以为的，从来不是真的。

那样多个朝朝暮暮，那样多的满心一人，其实他早就爱上她了。

只是，她不知道，有些人就是这样，心底越喜欢一个人，就对她越疏离冷淡，而不放在心上的那些，却可以肆无忌惮。

"谢橙，我错了，你能不能回来？"

那样淡漠的一个男子，此时，他伏在草地上，怅然若失，一个劲地念着，一个劲地唤着，生怕失去。却终究没有办法挽回那个已经离开的人。

自虚空处慢慢走出个影子，我眼前的画面却渐渐消散了去，对着那个面容呆滞的男子，我尽量将声音放轻："都过去了，她还在，我会帮你重塑她的身体，带她走出幻域，复活她。"

说着说着，我就那么停住了。因为我晓得，自己说的都是假的，我只是在哄他给我那份能量而已，在骗到之后，就会拿走她的心脏。

没有资格谈什么忍不忍心，总归是要做的，讲多了，实在虚伪，然而，在这个时候，我也是真的讲不下去。

这里是幻域，靠着宋昱精魄撑出来的世界。

如今故事终了，一切也终于变回他进入幻域之前的样子。

即便在这段故事里消散干净，但事实上，谢橙在这个世界里边，却仍是那个依着执念存活着，被封在一具散魂之躯里的姑娘，安静地生活在某个角落里。

每逢故事轮过一遍，她便会有那么一段时间的平静，成为什么都不记得的样子。不曾爱过，不曾怨过，不曾受过伤害。在最坏的那个结局里，这是最好的一件事。

而我一直在等的最好动手的时候，也就是现在。

"谢谢。"

宋昱低着眼睛，刚刚转过身子，却是一个趔趄。我见状，立马上去扶他，却不想他眼神一凛，剑光刮过，直直刺向我的命门——

"你做什么？"我险险避开，颊侧却仍被剑气划开一道口子。

见一击不成，宋昱也不慌，只是冷着眼睛朝我走来。

"你不是要帮她救她回来吗？你不是说了，会复活她吗？阮笙是吧……这桩交易算我对不住你，但我需要你身上既生魄的能量。"

【第十三卷】

华魄既生，可替日月

1.

被绑在屋内，我终于明白，原来什么都是宋昱打算好的。

封印被我强硬破开了一半，可我不晓得该怎么控制和运作，那份气息外露，他早就察觉到我体内的能量了。

他太清楚，单凭我，即便能让谢橙离开幻域，也没有办法补全她的魂魄，如此，她仍是不完整的。而唯一的办法，只有既生魄。他需要这种能量。

说来，当年在谢橙自毁散魂之后，他把她的心脏封在幻域里，然后便是等。宋昱等了几千年，等一个同样拥有既生魄能量的人，他要除去那人，夺得能量，救回她。

该怎样让那人晓得自己、怎样取信于那人、怎样将其引入、如何将那能力取出来，一步一步，他算得精细，没有半点疏漏。而后，他真的等到了、做到了……

倒霉如我，真的信了他。

这样说来，宋昱真是很厉害，非常厉害，什么都算得精准。

只可惜，有一点是他所没有想到的。

是谢橙。

这一场幻域里的往事重演，大抵是因为掺入了他的气泽，叫谢橙感应到之后，产生了极大波动。本该是没有记忆的这一阶段，谢橙却记起所有也知道了全部，甚至来这小屋找到了他。

劫后重逢，一切都好。

可正当我以为自己这次真的完蛋了的时候，谢橙对他开口，说她不愿意同他出去。

不只是宋昱，在听见她那句话的时候，连我都傻了……

这个姑娘，她真的知道自己在说什么吗？

被绑得死死的我，愣在柱子上，看着眼前两人相对，四目相接。这般画面，竟让我错觉，以为这短短一瞬早被定格成了千秋万世。

而他们过去的重重悲欢，也全就缩在了这一瞬里。

半晌，宋昱开口，嘴唇有些苍白。

"为什么不肯和我出去？"

我看不清谢橙眼底的情绪，只能看见她笑得温婉："我在小院里栽下的种子，它已经开出一片小花了，你从未注意过吧？当初你说它开不出来，你看，你错了。"

"我……"

"宋昱，我不想出去，我早死了，外面容不下我的。这桩事情连我自己都知道，难道你不知道吗？"谢橙始终带着浅浅笑意，我却恍惚听见她说不出口的苦涩。

她的声音放得很低,问他:"你想的,未必是我愿意的,即便看起来像是为我好。说来,现今的我有些不明白,你这样费心救我,到底是因为愧疚,还是对我有情呢?"

宋昱闻言愣住,谢橙等了许久,等到期许落尽都没有等到他开口。

"若是愧疚,便算了,你其实不欠我……"

"不是,不是那个样子,我……"

总是一副清冷模样,纵然成了游魂也不失气势的千古剑灵,在这个时候,也成了个陷入情感之中的普通人,会无措,会悔恨,也慌乱,也着急解释。

可谢橙却像是真的死心了。

"哦?可是,宋昱,你若是真心想同我在一起,在哪里不是过活,为何非要出去?你来寻我,说着救我,其实根本就不是因为感情。你是愧疚,是遗憾,是觉得对我不起,是不是?"

清风微寒,吹得人心底发冷。

那后来呢?

后来的那一幕,即便出了幻域、过了许久,我仍忘不掉。

是宋昱眼帘一颤,随即走近女子,动作坚定快速,一把将她揽进怀里。

"不是那样……我对你不是愧疚,我陪你留下,留在这里,就我们两个人,好好地过活。这不是幻域,是我们的家。"

2.

超乎于六界之外,幻域是宋昱撕裂时空,凭空而建,靠他的精魄支撑着的地方。这是幻域的壳。而那里边的运转，靠着的，全是谢橙的执念和那心脏之中既生魄的能量在维持。

可如今，我拿到了谢橙残损的心脏。也许连她自己都不知道，宋昱早把她的灵元，也就是既生魄的能量放在了心脏里，也是如此才能维持住她执念化魂不散。

而现在，幻域里只留下她的一缕残念，而他自己的精魄也在源源不断输给幻域……

——我陪你留下，留在这里，就我们两个人，好好的过活。这不是幻域，是我们的家。

宋昱最后说的那句话，直直蹿进我的脑海里。可是，一个日益消弱的剑灵，一缕残念，两片活不长的精魄，谈什么好好过活。

站在崖上楼阁内，我望着眼前水镜般波动着的空气，有些发怔。良久叹出一口气，从身体里抽出刚刚收到的那瓣心脏，犹豫了许久，终于没有向前送去。

这时候，山吹不晓得从哪里冒出来，满脸兴奋："姨母，我在这里等了你好久，你终于出来了……哎，那个人呢？你眼睛怎么红了？"

"那个人，出不来了。我杀了他们。"

顿了好一阵子，像是在感觉什么，山吹凝眉，良久开口："我嗅见你的思绪了，原来你在那边看见了这些事情。唔……看见那段故事之后还能下得去手，姨母你可真是狠心，果然，女人狠起来真是可怕。"

"……"

听那个语调，我还以为，山吹最次也是要安慰我来着。

不过，如果说女人狠起来可怕的话……

"那你呢？"

"啊，对……我似乎也不是男人来着。嘻。不过，宋昱本来也快支持不住了，就算你不来，他早晚也要死的。幻域崩塌，谢橙也会因为这个而消散。"山吹说着，歪歪头，"这样讲来，还不如让你把这东西拿走，物尽其用嘛。"

虽然我也这样想过，但到底，心底也不是个滋味。拿他人的生命来补自己所愿，这种事情，怎么说都达不到合情合理的地步。

"算了，做都做了，不要多想。"山吹长辈似的拍了我的肩膀，"毕竟想了也没什么用，左右你也不会把这块心脏再放回去了。"

"你说得对，左右我也不会再把这心脏放回去的。"

我深深一叹，抬手，取下紧连着幻域之壁的昆仑镜，在它缩回小块铜镜的同时，那雾墙也一抖之后慢慢散去，最后化尽，不留痕迹。

3.

正在将铜镜收好的时候，我瞥及阁楼门前那个玄色身影，那人缓步走来，艳若女子的脸上带着诡谲笑意，笑得我呼吸都不禁一滞。

"姨母，你已经拿到这个东西了，你什么时候带我去找沈歌？呀，也不晓得是不是我想到能去找他，有些太开心了，我几乎都感觉到了他的气泽哪……"

我艰难地开口："不然你回个头，可能不是开心的缘故，你大概，是鼻子比较灵。"

话音落下，山吹一愣，回身，再一愣。

我小小退开几步，沈戈的眼睛却是死死盯着我，单用眼神便能把我钉在原地一样。

他的声音仍是那样带着些华丽的低沉味道："你，竟真拿到了，我果然没看错……"

那个错字好像被噎住了，变成短促一声"呃"，我在沈戈的脸上看到一抹惊讶，想必此时的自己也是如此。

毕竟，能在这样凝重又严肃的时候，不顾一切猛扑上去，大概是没有谁的。可紧紧扒住沈戈的山吹却好像并不觉得有什么不对。

"沈歌，你那天怎么忽然走了？我找你好久了……啊，你又长回来了，真好！唔，也不是说原来的样子不好，小小的也很可爱……"

潜意识里，我觉得沈戈来者不善，有些害怕和忌惮。可现在瞧见他黑着脸想推开山吹，却怎么也没办法把她从身上扒下来的样子，又实在有些想笑。

两种截然不同的情绪在内心冲击着，却没办法一一表现出来。在这个分明应当剑拔弩张的时候，我却是几乎扭曲得脸都要抽了，完全没办法控制住自己。

轮番试过，终于发现，连灵力和诀术都奈何不了山吹，沈戈挣扎许久，终于红着脸大吼出声，带着几分郁闷、几分恼意："你，你给我下去！"

"哦。"

山吹竟然真的那样乖乖下来了，却还是亲昵地挽着他的手，另一只手摸摸他的头："乖，不生气，我们去吃那时候山洞里你说过的烧鹅吧！"

见着沈戈脱离束缚，我找着时机就准备开溜。

虽然记性差，但我从未忘记过，眼前这一只妖，从很久以前，久到谢橙那个时候，就记挂着"既生魄"。而今他来到余峨崖，大多也是为了它。

脚步刚刚挪动，不防沈戈眼神一厉直直向我望来。

"想走？那也得留下些东西！"

语落寒锋现，回首间有凛凛锋芒贴着我的眼睫掠过，带着浓重杀气，我一旋躲过，不想下一秒它又转过来——

这东西是活的吗？竟还晓得追我！

心底刚来得及闪过这么一句话，我已被逼到阁楼最内。足尖一点跃起，脚边书案刹然被寒光斩成两截，这时，我才发现那竟然是一柄刀刃，只是之前动作太快，叫人看不清楚。

骤惊，飞速旋身闪过，寒刀追着我一路而来，划过梁柱屏风，转眼间满地荒痍。

4.

"姨母！"

"阮笙！"

两个声音，都在唤我，我却实在没有力气回应，生怕不小心就要被刀光追上。

可就在绕过悬梁往下俯冲的时候，我踩着碎瓷脚下溜滑，一个不稳就要摔下去，闭眼前，我看见离我只剩半尺、锋芒般的凛光，心道，这次玩完了。然而预料中的疼痛却没有传来，反是身上一重，耳边一声闷哼。

"你来做什么？"

随即炸开的是不远处的沈戈，他像是慌忙，赶紧往这边跑来。也是这个时候，我才有力气睁开眼睛，瞧见帮我挡刀子的那个人。

"陆离？"我有些不可置信，"你怎么会在这里？"

而他强撑着起身，温热的血淌在我身上，不一会儿便浸湿我半边衣衫。

"咳，这，这种时候，不应该说谢谢吗……"他坐了一会儿，又往后边倒下去，"虽然，也不必谢，当初，说，说好的，两肋插刀……我如今，才为你插上这么一刀……"

沈戈蹲下身子将他扶稳，眼睛却是望着我，目光凛然，较之方才的光刃更冰。

"你来做什么？"

"我不来，莫非，就等着你杀了她……取她灵元吗？"

陆离断断续续，一句话说了很久，而沈戈起先耐心在听，最后却沉一口气，拧了眉头，一字一顿往外蹦："你以为，你来了，我就不取她灵元了吗？！"

沈戈实在是个不能捉摸的人，脾性无常，行为也无常。这句话之后，他右手一挥带出数道光刃，密密麻麻，便是我插翅瞬移也躲不开——却仍是奋力一跃，跃起之时，原本被揣在衣襟里、谢橙那枚心脏不慎掉了出来！

我一惊之下分了神，脸侧和脖颈间被寒刃划了许多道。

那刀很利，一割便能见骨，却是庆幸，没有一道穿透了我的身子。

原本提起的气倒了方向，我俯身下冲，直朝着那瓣心脏而去，却在指尖就要触及它的最后一刻，眼看着它被刀刃穿过，碎成点点尘光漫在周围。与此同时，有哪一刃从后转下，刺入我的背部，再由心口处出来……

刹那间，天崩地旋。

我重重摔落在地，余光只看见惊愕原地的山吹、身侧昏厥的陆离，还有半抱着陆离、眸光阴兀的沈戈。

5.

识感随着心窝处的鲜血漫淌出来,我其实也算是经历过几场生死,只是不知道是不是真的倒了八辈子霉,没有一次是平和死去的。

每一次,都这样疼。

头脑发昏,我的身边不一会儿就积了一处小血泊,衣服也黏糊糊地贴在身上。然后,我看见沈戈站起身来,走向我,伸手覆在我的头顶,有强大的吸力自上而来。

也不知道是哪里来的意志,在我自己都觉得自己要死了的时候,我忽然想再挣扎一下。

强自聚起将散的灵识,我与他对抗着,冷汗随鲜血一起冒出来。

便是这时,周围的气场蓦然生变——

谢橙心脏化出的那些个光点碎片,在这一刻,径直向我而来,一点点往我心口飞去,不一会儿便补好了被刀捅穿的那个窟窿。

接着,我再一眨眼,脑海中的混沌便被一片清明取代,瞬间灵台如洗,过往的残碎记忆慢慢变得充盈,而我的身子,也渐渐轻了起来。甚至,我莫名便能感知到六界之中所有事情。

站起身来,揉一揉手腕。

当我再次对上沈戈的时候,心底的恐惧早消失不见,取而代之的,是满心安然。

我凝眸,伸手划出一道光色,接着,自光色里凭空生出长剑向他而去,一道在飞去的过程中变成数道,就像他方才对我那样,却不料,那些剑尖统统停在了他的身前。

感觉到灵力波动,我侧目,看见山吹画出一个结界。

"你做什么？"

随后就看见她急急跑来护在他的面前："姨母，你，你不要伤他！"

"哦？"

"我晓得，方才他让你流血了，可你不要伤他。"

在山吹过去的那一刻，沈戈定在原地的身法已是解除。而他恢复自由的第一时间，便是用了最快的速度，带着陆离跃出楼阁，临了，也只随意看了山吹一眼。

我瞟过去，恰捕捉到他一抹衣角，可就是这一瞟，他又停在了原地，不能动弹。

"他可不只是让我流血，沈戈啊，是要我的命。"

也许是晓得说不通我，山吹咬牙："可我今天，说什么也要带走他！"

语毕朝我挥袖，一时间，万千风沙携着悲苦欢愉种种情绪朝我涌来，我能挡得住攻势灵力、剑刃暴击，却抵不住心底被它勾起的那些思绪……

——再往那儿靠，就要嵌进去了。你靠着的，其实是一根竹子。

——倘若能再做一次选择，我可能不会进来了。是可能，不是一定，但一定没有如果。

——星辰为烛，流水做酒，高堂霞帔，日月为鉴。我娶你。

酸涩、欢欣、难过……

等所有的情绪在我心口走过一遭之后，眼前早已经没有了旁人的影子。

果然，山吹是这样厉害的角色。只可惜，她看上了沈戈。

我叹一口气，朝着楼阁外，缓步走出去。随着每一步踏出，四周便更亮一分，而等到我站在余峨崖上，周遭已经化作白茫茫一片光雾，将万世都拢在了里边。

　　而我站在光魄的最中心，只一个眨眼，四周霎时暗下。

　　抬眼，云层坠地，低眸，海水倒灌天界。而后，我就在这一片混乱里，走到余峨山巅，望着广袤天地，伸出手来，反复地看。接着，我指了指那倒灌的海水，它便停下了。

　　却发现，即便拥有这些能力，好像也很无趣。

　　"因敛。"

　　喃喃唤出个名字，我望一眼天边，正巧看到云层之上朝我而来的一列天兵，他们气势汹汹朝我而来，像是来捉我的。虽然我不晓得，自己到底是犯了什么错。

　　我只知道……

　　"我有些想你了。"

【第十四卷】

悲欢苦舍，原是故人

楔子：

传说，这个世界上有一种光华能量，每隔千年便会爆发，倘若恰逢因缘，甚至会让一些生灵拥有非凡的能力。它叫"既生魄"，依月而生的光魄。

但既生魄的能量太烈，有神识的生灵难以负担，没有神识的无法接收。于是从上古至今，这也不过就是个没有依据的传说而已。可凡事都是有例外的——

万年前，有只鸢鸟因偷盗太虚神甲而被天将追赶，混乱中，神甲落在一只骨瓷瓶子上。

恰时，华光撕裂天地，既生魄投向瓷瓶，在神甲的庇护下，瓷瓶将能量承接下来，后化为人形。可瓶子的主人却被灼伤识魄，即便佛祖相救，亦是前尘尽失、而后数万年不能视物。

也是在那个过程中，他失手捽碎瓷瓶。

既生魄可改四季轮回，可换日月交辉，可移星辰、颠四海，使天地换转，却独独改不了自身命数缺陷。于是瓷瓶化出的女子容貌半毁，天帝怕有异数，封了她的灵窍，将她收入天界。

后来，机缘之下，她被派去照顾天界里一位不能视物的尊者，却也因此碎了魂魄、自堕凡界，成为一个没有月魄就要变得不人不鬼的怪物。

然而，谁都不知道，在这之后，天帝落下的封印被撼动……

直至现在，那份能量终于苏醒。

1.

印象里，自余峨崖到霜华殿这一段路，我走得很不容易。

路上不断有天将闪现，每一把枪戟都对着我命门劈来，我能躲过大多，却躲不过所有。但还好，即便他们刺得再深再狠，我的骨血却可自生。我死不了，只是，会有些疼。

一路直直冲进大殿，推开木门越过屏风，被我抛却在身后的那些嘈杂的声音，在这一刻重新盈满我的耳朵。

"扑哧"一声，长戟由后穿透我的右肩，而我恍若未觉，只那么看着榻上安静躺着的人。他的脸色苍白得不正常，整个神仙，都像是烟雾堆成的。

我以前，一瞧见他，就想笑，就想逗他，就想说话。现在也是一样。

蹲下身子扒在榻边，我的心神一紧，却还是笑出声来："因敛，你还在睡吗？我方才看见了我们的过去，呀，那真是好几辈子的缘分呐……也难怪，我会那样喜欢你，不管哪一世，一见你就喜欢。"

他没有睁眼，没有回我，却是身后传来一个声音——

"还不束手就擒！"

回头，看见领头的那个天将举着长枪指我，我却并不在乎。

随手扯住肩上插着的戟头，将它抽出来，掷过去，在他躲闪之时，我抓准时机，以眼控住那天将心神，问他因敛境况如何。

天将眼神一迷，霎时变得呆滞起来，机械地开口。说的，却不是我愿意听的。

"若你是来寻因敛尊者的，怕是来晚了一步。尊者自数日前昏迷不醒，霜华殿内佛障难维，他的识魄碎在三日之前，魂灵瞬间散去。而尊者，也就在那天仙逝了……"

我心神一震，有些慌了神思，随手一挥——

"住口！"

掌风将他甩出几丈远，那个天将摔在地上。也就是这个时候，他解了我对他的控制，吐出一口血来。

我没有心思管那么多，只是冷着手脚站在那里僵了许久，看他们外边围出一个阵型。万年前，我曾在天界对抗魔族时候看过这架势，却没想到，如今他们用这样的阵势对我。

可是，这种小事，哪里抵得过眼前的他。

怔忪半响，我低眼回头，本想推他醒来，最后却只为他理了理衣襟。隔着袖子，我握住他的手，只觉得像是握着寒冰一样，刺得发麻。

可谁说手凉就是死了呢？因敛是这样厉害的一尊神仙，谁死了，他也不会死。

"等我好了，便去娶你。"

有哪个声音自遥远的时光里传来，低若耳语，我怔怔抚上腰间那指玉箫，明媚的气泽便是从那个地方透出来，缠到我的指上。

——这缕情魄，便算是我许诺的契。

娶我这桩事情，一次四绪虚境，一次霜华殿内，两次都是他亲口说的。他留下了这样珍贵的东西，一定是想证明自己不会反悔，而因敛从不说谎。

2.
床榻前边，我听见自己的声音，强忍着的颤意，带着些微的鼻音。
"因敛，如当初所说，我来找你了。你为什么不起来？"
抚上他的脸，我一下子有些委屈。分明之前被天将追着砍也只是咬牙过来，可这一刻，在他身边，我却忽然鼻子发酸，只想埋在他的肩上蹭一蹭。
"妖女，你要做什么？"
我扶起他的手顿了一顿，忽然觉得这些人有些讨厌。人家小两口相聚来着，那些人为什么总待在这儿碍事？真是一点都不通情理。
可我大度，不理他们，只是对着眼前人笑。
"因敛，这个地方有点冷，连累得你身子都凉了。我带你走吧。"
阵型里传来一个声音，还是之前那句叫我"束手就擒"。可我有些不懂，我什么也没做，他们凭什么抓我，凭什么这么理直气壮叫我束手就擒？
这些人真是不可理喻，心底旋即生出几分暴躁。

我回头，看见他们一个个严阵以待的样子，烦人得紧。
"你们之前追捕我，是不是唤了我作妖女来着？啧啧，原本我还想反驳，然而，现在是了。你们没有唤错。"
也不知道这句话是哪儿戳中了他们，竟比那天将头子的口令还好用，瞬时间，全员举枪向我，像是准备开打了似的——

喉间阵阵发紧，可到底是这种时候，又不是对着他，没工夫让我委屈。于是我不理会那些天将，只回头架起因敛，揽住他的腰身，抗住他的手臂……在背起他的时候，忽然觉得自己真是一条汉子。

可惜，我想同他炫耀的那个人听不见。

"你这是要对因敛尊者的仙躯做什么？"阵里有谁发问。

而我随口一回："不过是带我夫君回家，你们不必紧张。"

却没想到，这句话之后，他们好像更戒备了。

"放肆——"

话音落下，有枪戟如雨掠来，疾如骤风，我的裙摆被这强大冷意吹得猎猎作响。

稳住他的身形，在枪尖袭至眼前的那一刻，我提气跃起，左手凭空划出一道防幕，对着他们的阵型便冲过去！枪戟相接碰出金属冷硬的声音，我眼见着离他们越来越近，却是掠身至前时候急速一转往旁侧而去——

紧接着，我听见身后嘶吼，有谁大喝一声："追！"

3.

我携着因敛破风而行，速度极快，快得让我的脑子一阵发晕，却仍没能够把那些人甩开。看来，天帝养他们，真不是吃白饭的。

我咬唇，幻出结界，挡住身后朝这儿而来的乱箭和雷火，可随着这一路追逐，结界渐薄，几要破裂。我咽下口血，暗道糟糕……

我不过独身一人，到底对不过他们那一整个阵仗，再这样拖下去，我可能要吃不消。

电光石火间我的脑子飞速运转，正巧这时候途径星河，星河之外连通着轮回台,那个地方有六界入口,只是里边流火乱石成天四窜,很是危险。危险到没有哪个神仙会轻易进去,生怕一不留神就被撞得个尸骨无存,烧得个灰飞烟灭。

可我已经没有选择了。

我咬牙一转,加厚护着因敛的结界,一个劲往星子多的地方钻,这样几遭,身后跟着我的天将明显减少了一半。

心下欢喜,我隐约看见星河边缘,那儿有灵雾四散,围绕着六界入口,刚准备加速冲上前去,不想身后传来一声大喝——

我反头就望见一柄巨刀,单是刀柄便有三人长,刃却极薄,携着浓浓杀气和天将灵元,径直向我劈来!

来不及慌乱,我下意识往边上一闪,心随意动推开一颗星子迎向巨刀……

慌乱中的一个动作,却成了我有限的余生里,最后悔的一件事情。

倘若我能早知后来,那我无论如何也不会这么做。

不会穿过星河浩瀚,不会推动星子至它碎裂,不会祭出灵力让它们改轨换迹,使得星辰落子一样往那些天将身上砸去……

如若不然,也就不会有后边的种种事端。

说不定,我便真的可以同他长长久久、再不分开了。

4.

凡界入夜,小树林里。

我仰躺在地上,大口喘气,呼吸间全是雨后泥土的味道。

我转头看一眼身侧的因敛,他的脸色沾了泥水点,从来一尘不染的衣衫也弄得有些泥泞。

我撑起身子，凑近了他些，又盯了好一会儿，接着伸手，想帮他擦掉那些泥点来着，却忘记自己受了些伤，不小心就染了他一脸血。

"啊……越擦越脏了。"我吐吐舌头，"但没关系，我等会儿就帮你收拾干净。"

因敛安安静静躺在我眼前，竹影疏疏映在他的身上，枪戟血雨里拼杀出来，再看见他，一切便都显得平和宁静，让人愿意这样过上许久。

这时候，有萤火从他的身侧飞出来，小小的几点，还挺可爱。我却被这幽光弄得一愣，之前飞速运转着的脑袋，在这一刻，空得发麻。

我伸手捞了几下，没有捉得住那些萤火，哪怕是一点。

良久，我机械般开口，用着自欺欺人的欢快语气："那些天将啊，真是可恶，他们以为，骗我说你死了，我就会放弃你吗？"

我躺下，倚在因敛肩侧。

眼前的萤火越来越多，自他身上散开，飘在空中，多得让我的视线都变得有些模糊。将玉箫握在掌心里，摩挲很久，最终，我抛起它定在空中，而那些萤火就这样向着它流去。

因敛的脸一点点变得透明，我看不够，想一直盯着，眼睛却花了，湿漉漉的有些难受。

"我不会信他们的，我不……"

有水渍自眼角而下，没入唇瓣，我尝到咸咸的味道，终于维持不住那个笑。

"你，你是不是真的要走了……"低下头，我隔着空气虚抚他的脸，"是不是你在骗我，是不是，他们说的才是真的……"

随着萤火光色渐淡，那指玉箫终于回到我的掌心。

我紧紧握住它，握住那份熟悉的气泽，闭着眼睛。可就算忍着，我躺在这儿，还是被自己哽了一下，才发现，不晓得什么时候，眼泪鼻涕已经流了一大把。

"可是，就算是真的，但我同他们不一样，他们大概会埋了你，但我会让你活过来。我说过的，我还等着你娶我……"

翻个身，我抱住旁边一身衣衫，素白颜色，零星几件，空落落摆成个人形，他却不见了。

既然晓得了六界事端，我又何尝不知道，就算带走他，他也要散去，只是我不愿意相信而已。但还好，还好因敛说要娶我，还好他给我留下了情魄。

传说天地万物是从无至有慢慢生出来的……

"而今，我也可以借由这缕情魄，聚集你的气泽和灵识，救你回来。"

这个声音沙哑得有些可怕，连我自己都被吓了一吓。

"因敛，你说的话，如果不能实现，那就算了。"

我将玉箫贴近心口，也知道他听不见，可就是想说。

"但我不会……我会救你，你要等我。"

夜色泛红，偶尔有竹风沙沙吹过，带了细叶片片，连着薄云化雨，一起落下来。

后来的我总是记得，曾有一夜，我躺在泥水坑里，人要都被泡发了，却怎么也起不来。我盯着天上看了许久，祈祷了许久，因敛却始终没有出现，这才终于接受，他是真的死了。

即便我说自己可以让他复活，在这一瞬，也还是心里绞痛。

只念着"既生魄奇能，可搜魂集魄，补其所缺，辅以秘法，为其重塑精魄魂灵"这一句，念了一整个晚上。等到次日破晓，收拾了他的衣裳，抹一把脸，这才重新清醒振作。

【第十五卷】

故梦无垠,生变幽冥

楔子:

没有不灭的生灵,没有不散的感情。

在从前,世间众情都会被四绪灯吸引进去,然后烧毁。而今四绪灯坏了,许多情便无处可归。除了被山吹吸收掉的那些,剩下的,便只能飘散于六界,不知落在哪个地方。

而幽冥海,它是六道轮回的前身,作用是集中融魂。这个地方,下有血色漫流,上浮厉鬼冤魂,于洪荒年间生出,在六界平分之后,便被封住。亿万年来,无波无澜,平和安生。

却不想……

有一天,那些无处可归的情,会飘到这里。如同饵料,它们唤醒了冤厉游魂。恰时星轨逆行、云分阴阳,六界之中有三大泽凭空消失。

九天之上,神官算出,东陆圣者的预言恐怕就要应在这千年之内。

如若无计可施,天盘即将崩塌,各界尽将毁灭,宇宙重归洪荒。

1.

起起沉沉好几遭。再话，便是人界轮过了一回沧海桑田，七百年之后。

这七百年里，我也是惹出了不少事情，天界从来没有放弃过抓我，但我到底是被追出经验了，一次比一次能躲。

夜浓如墨。

水红衣衫，持着酒壶，望着天念着什么，摇头晃脑的，没个正形。树林里最高的那一棵，枝桠上坐着个半醉的女子——

啊不，应该说，坐着个半醉的我。

这几天夜空极亮，天边的星子掉得勤快，算一算，大概几月有余了。

"再掉恐怕就要掉光了哪……看起来，最近天界不太平啊。"拨了拨被风刮到嘴里的头发，我喃喃着，"虽然不想认，但这一桩，怕也要追究到我身上。嗝……"

话音落下，沙尘忽起。便就是这时，远方有陨星划破长空，袭向这边。

"麻烦。"我转头甩手，酒壶便直直撞向那星石——

霎时间，轰鸣声惊彻野林，陨星与酒壶一同碎成粉末。

"啧啧，真是浪费我一壶好酒。"

跃下树枝，我稳稳落在地上，便就是这个时候，贴着鞋边蹿过去的一只耗子……

我被惊着，脚下一跄就要往旁边摔去，正是这时，一双手从后边伸过来，稳住我。

"你现在，不是不能喝酒吗？"

一个稚嫩却沉稳的声音传来，我转头，望见那个半大的少年，感觉有些复杂。少年一身茶色，墨发半束，眉眼轮廓间依稀能看得出从前的影子，就是这身量还不及我。

我扬了扬手："祭奠故人，不用酒该用什么？"

小因敛微微蹙眉："你每年都要这样喝几场，每次都说祭奠故人。"

"那是因为……我原有许多故人，只是他们都离开了。"

说着，我心神一晃，移开了目光。山吹、沈戈，还有陆离，我最近总是容易想起他们，也不知是为什么。他们都离开了，离开许久了。

那时候，这真是一桩大事，大得天界几乎没有时间管我……

2.

六界之中，亿万万年来皆是平和宁静，却是这七百年里，搅出来大大小小不少事端。

而最大的那一桩，要说起因，还要追溯到余峨崖上，陆离为我挡的那一刀。

自因敛死后，我为了尽快集齐魂灵为他重塑灵体，没少和人交易，以我的能力换取他人魂魄，你情我愿。只是，也没少被人算计。

被算计得最恨的那一次，是在南海，那人要夺我体内的既生魄，于是设计我落入南海海底、漩涡深处的无垠洞窟。

每个人在洞窟里都会遇见自己命里记得最深，或者最重的东西，我也就理所当然在里边看见因敛。只是，没想到，我看见的，不是同他平和宁静的相处，而是我们因缘的初始。

在不晓得多久以前，凡界有一个制陶师，他叫秦萧，而他喜欢的女子唤作眉佘。

那是一个很俗套的单相思故事，秦萧单恋人家姑娘，爱得很是深切，深切到能往火海里冲进去，将人好端端救出来，自己却落得个满身伤疤。

我没那个福气，不是什么眉佘。我不喜欢她，但我能生出灵识，又实在是多亏了她。

眉佘身子弱，火海里呛了几口烟就病下去，临终之际，打着报恩的幌子嫁给秦萧，给家里挣了好大一份彩礼。而他恍若不知，是满心欢喜接过的，只可惜，娶过门的第二日，她便成了尸体。

那个什么叫眉佘的，我是打心眼里瞧不上哇……

你不喜欢人家就不喜欢，为什么要嫁给他？还是在明知自己要死的时候嫁给他？人家好歹救了你，你却要让人家当鳏夫，这是什么道理？

心底一阵滞气，我一边恨恨为他不平，一边又盯着故事进行下去。

也不晓得那个姑娘是不是什么灾星转世，在她过世之后，因敛……啊，不对，是秦萧为她守灵，却是守着守着，有风刮起纱帐，带落了蜡烛，整间房子都熊熊烧起。

而她原定的土葬，也就这么变成了火葬。

大火持续一天一夜，我瞧见自己放在心上那个人，他为此风露立中宵，面上麻木、眼底悲悯，火光映在他的眼睛里，烧得有些惨烈。

次日，火灭。他冲进屋子里四处找着什么，最后捧起一把白灰喜极而泣。

此后衣带渐宽，消沉许久。

但还好，后来他振作起来。作为一个制陶师，秦萧把这骨灰掺入瓷土，烧成了个精致的小瓶子。从此日日捧在手心里，白天晚上，再未放下过。

其实万物皆有灵，但要生出灵窍却是不容易。

我便是那一只瓶子。

本该平实等着被摔碎、寿终正寝，却因为瓷土里掺进了谁的骨灰而带上灵魄，渐渐生出几分意识。也是后来被他捧着走过山坡，偶然遇到一只带着太虚神甲的鸾鸟，在既生魄能量爆发的时候飞过，才有了这些因果。

佛祖说，因敛有佛缘。我不知何谓佛缘，但思量着，兴许与佛有缘便是佛缘。

在华魄生出时候，他护住被太虚神甲兜住的我，识魄因此被灼出个洞。恰巧，那时为了追回鸾鸟，天帝请了佛祖相助，当他来到这里的时候，便看见这样奄奄一息的因敛。

佛祖总是慈悲的，于是将他带回九天，收入门下，赐了个自带障法、可保他识魄不散的霜华殿住。可惜，最后他还是双目失明、前尘尽忘，那识魄，也是万年都没有长好。

因敛一直全心皈依，但佛祖讲他的慧根佛心敌不过尘缘未尽，他的选择不是看破红尘终得大道，而是因为始终有东西不曾记起，所以也就无法放下。

是以，从未真正让他拜入佛门。

我以前很是疑惑，明澈如他，到底有什么放不下的，后来才晓得，是这一桩。

却无法确定，这一桩，是因为我，还是眉佘。

唏嘘感慨过了几遭，我多了许多想不通的事情。

而最深最切的那一件，就是秦萧与眉佘的往事。我不大愿意接受，他之所以日日捧着我，只是因为我的原身里，掺了我情敌的骨灰。

消沉了好一会儿，我抬起眼睛，又看见什么新鲜画面。

这一段，是天界那万年里的平和日子其中的一点碎片。

偌大的霜华殿，因他怕吵，少有人来，只有我和他在那儿住着。

天界里没几个神仙，是真的不看重我外表，还与我交好。但陆离却是如此。

我那时候很羡慕他，觉得长得好看就是好，时常有女神仙送他东西，而我分明比他活得更久一些，却从没有人送过我。而他接过的礼物里，我印象最深的，是一支竹箫。

倒不是因为别的，只是那竹箫模样别致，陆离每每拿它在手上把玩，在我不晓得的时候，曾误以为那是一根擀面棍，还纳闷了好久，为什么他要每天拿一根擀面棍在手上。我这么一个不懂就问的性子，真是极好，好得不能再好。

尤其好的一点是，我不管什么东西，都爱问因敛，而不是旁人。

便是因此，我每回都要遭到他的嘲笑和打击，但若非如此，我后来也不能找着机会，问他讨来那根玉箫。

彼时，陆离看出来我对它感兴趣，他说："喜欢吗？若是喜欢，便送你好了。"

我没有要，不是不喜欢，而是不想要他的。回到霜华殿，我和因敛旁敲侧击了许久，见他装作不懂，又干脆直接问出来，同他赖了很久，白天晚上不停和他念，最后终于——

他嫌我聒噪，离家出走了。

等了好多日子才等到他回来，我那时候知情识趣，不敢再问，却是很多天以后在他的房里发现了一张图纸和一块白玉。那图纸上记得详细,是玉箫的做法,旁边还有笔记。

那时候我很是惊讶,毕竟嘛……

因敛的眼睛看不见,拿着这图纸有什么用?

现在想想,自己惊讶的点也是有些偏,完了以后,便是期待。我日日都在等,偶尔也会去他那里偷看,可他桌上的玉一块换一块,角落里的废料一日比一日多,就是没有一个成品。

才知道,原来因敛尊者也不是无所不能的。至少,手工方面,他实在是没什么天赋。

可我还是很期待,期待了个几百年吧,直到有一天,我终于发现他的桌台空了,以为他做好了,欢欢喜喜地跑过去,想要尽可能委婉地问他。

当时我想了很多种表达方式,最后,却只是在晚饭之后一拍大腿,我指着霜华殿外的月轮问他——

"尊者啊,您今夜在这月光之下,便更显得风清天朗、十分耐看了。说起这月光,您看啊……今晚上的月亮像不像一支被打磨光滑的玉箫来着?"

而他动作一顿:"不觉得。"

说完就走了。

留下在他身后怏怏不敢再说话的我,"哦"了一声之后,一个人低头拿着筷子戳饭粒。

那个时候,我待他总是很小心,生怕哪里惹了他不开心。可如果能早些问他就好了,什么都早些说出来,也就不会有后来的来不及和空遗憾。

因为，在那之后不久，我便遇见了陆离，偷偷去了凡界，直至最后跳下菩提台。那一世的我，到死也没能见上一眼他给我做的玉箫。

却是留到了轮回之后的凡界，我才终于见到很久以前心心念念的玉箫，但他到底没有做得成功，只做成了一个小饰品。

——这个哪儿来的？

——捡来的。顺手灌了我的一魄进去，对你还算有些用，好生收着。

还说自己从不打诳语……

那支玉箫，他明明不是捡来的，也不是顺手灌进去的一魄。

3.

我沉在那些画面之中，一下难过，一下欢喜，情绪反复得很厉害。

无垠洞窟里边，真是有些玄乎的。

彼时我元气大伤被引进这里，又因为那些影像被搅得神思混乱，差点儿就困死在里边。

正是惦念着他的时候，手腕间缠上几缕灵气，我刚一低头就看见灵气化成实体，牢牢拽住我，往一个地方直冲过去。我虽然惊慌，却没有躲，因为认出来，那抹灵气来自山吹。

在从前，无垠洞窟这个地方，我只是听过。我还听过很多地方，譬如司命府上的水中邸、冥境最深的神魔井，还有，戾气极重、满是冤魂的幽冥海。

这世上有许多神奇的地方，唯有幽冥海，没有人知道它的具体所在。

我却晓得，它在南海海底的另外一头，要穿过无垠洞窟，才能到达。

在那时候，被灵气缠绕住手腕，从洞窟直直扯过去，我落地之后，环顾四周，还没来得及为自己这一桩发现惊讶，就瞧见站在坐在血泊里、容貌全毁、抱着沈戈的山吹。

她开口，如枯枝划过地面，很是难听。

"还好我认得你的气泽，不然，就没有人可以托付了。"那时的她笑得开心，一如我见她第一面时候的样子，"我知道沈戈和你不对付，但看在我拼着最后的力气，将你从无垠洞窟拉出来，你帮我把他带出去好不好？"

后来想到，我总会唏嘘，但那时，要不是我瞧见山吹的模样，却差点儿骂娘——

谁不知道活人是进不得幽冥海的？这个地方吞魂噬魄，比菩提台下的无妄川更加可怕，她竟然就这样把我弄进来了？还要我带沈戈走？！

姑奶奶要是能离得开这里，我至于被困在无垠洞窟吗？！

可她像是晓得我的心思，出声安慰，只是说的话并不那么可爱："姨母，我有办法让你们离开的。你便是不喜欢沈戈，但也看在陆离的面子上，帮一帮他吧……"

她说着，擦掉从耳朵和眼睛里流出来的血。

"沈戈会进来，是因为陆离伤得太重。他想为他重塑躯体，可天界看他太牢，他没办法取出别人的，才会想到来这儿拿一些。"山吹大概是担心我拒绝，"哪怕你和陆离也不熟，但他会伤得那样重，也是为你挡下一刀的缘故啊……"

印象里的山吹懵懂天真，不会有这样凄楚的模样，我联系着从前，有些不忍再看。

兜兜转转一大圈，这些事情要追溯到最开始，原来还是因为我。既然这样，也难免最终要落在我的身上。

然后，我便应下了。

只是，我不知道，这个傻姑娘，她嘴里说的那个出去的方法，是散出自己灵魄引开厉鬼，再祭出全部灵识破开幽冥海界。

——姨母，我有办法让你们离开的。你便是不喜欢沈戈，但也看在陆离的面子上，帮一帮他吧……

离开幽冥海，借着山吹的灵力，我回到熟悉的地方。

是那时候，我才反应过来，她一开始说的便不是我们，而是你们。而山吹，她没有出得来，却在最后，细心为沈戈收好了给陆离复生的魂魄。

那个莹白的小盒子，就放在沈戈的衣襟里。

其实我一直觉得自己和山吹不是很熟，可就算这样，我这好多管闲事的性子，也实在受不了看见她在我眼前死去。

于是最后关头，我收起了她的灵窍，去了一趟北天，把它放在了四绪灯旁，直到瞧见那灵力渐有复苏才离开。到底相识一场，尤其山吹还曾在余峨崖上助我，如果我真的不管不顾让她去死，那也太不厚道了。

离开之后，我便再不知道有关山吹的情况。

是借由四绪残灵复生，还是就此岑寂再醒不来，我都不知道。

我也不知道在那之后沈戈如何了、陆离的情况又怎么样。

从那以后，我再没见过他们。

而后，幽冥海的封印破损、山吹身死。至此，六界之魂、六界之情便真再无处可去、无地可容，天地之间也是因此搅得天翻地覆，应了东陆圣者一桩大劫……

这便是这七百年里，最大的一件事情。

4.

吸吸鼻子，我有些难过，望向远天，却正巧看见熟悉的一颗。

于是我又兴高采烈指给他："哪，银河里不止星子，还燃着许多魂灵。很多灭了就灭了，只有那一颗，它照着的人死了，它却还燃着。"说完一拍胸脯，我很是自豪，"我救的！"

小因敛无奈似的望着我，用温软的语气："好，我知道你本事极大，但本事再大也要睡觉的，你身子不好，也不能喝这么多酒。"

小屁孩果然是什么都不懂，我不是身子不好，而是因为与人交易，以自身能力换他们灵魄给我，所以有些支撑不住罢了。除此之外，我的身子一直都杠杠的。

我却还是老老实实靠上他的肩膀。

说起来，因敛复生这一桩，还是十六年前的事情了。

如今的他也算是我带大的，几百年里，我日日与人做交易，好不容易搜魂集魄聚起，让他回来。却不料，回是回来了，却是成了个婴孩回来的。

可就算这样，我还是满足。看着他自小看到大，也清楚，他骨子里到底还是那个因敛。

只是……不晓得为什么，我现在对他，其实有些复杂。

因敛曾经说过，轮回之后，就算拥有同样的灵魂、同样的秉性、同样的容貌，也已经不是一个人了。如果这样说，那他呢？他还是他吗？

现下的我，有时候会把他们看成截然不同的两个人，分得很开，有时候，又会把他们弄混。甚至会混到生出错觉，以为他还是从前的他，我也一直不曾变过。

"怎么又盯着我发呆？又是因为缅怀故人？"他不解似的，"我同你的那位故人，真的这么像吗？"

我打个呵欠，酒意随着热气涌上来，弄得我有些困。

"和其中一个很像。只是，你比他年轻，他比你刻板许多，不可爱，也不和我亲切。"

"你是不是喜欢那个人？"

有谁在诱我说话。

"那个人，是什么样子的？"

就着这个问题，我回忆起从前的事情，分明有许多不好，可一想到他，却便感觉不到半点儿悲苦，反而是心底阵阵欢喜。于是傻笑不说话，弄得身边的人笑着叹开。

夜风吹得我一个激灵，我一抖，跌进一个怀抱里。迷糊间觉得那气泽可靠，于是放心地随着自己越来越晕，没有去克制。

也是因为这样，原本不过醉了七八分的我，在这翻上来的酒气下边，醉了个十成十。

接着，有个声音，问我说："阮笙，你会喜欢上什么样子的人？"

啊……这人真是八卦。

我撇撇嘴，却难得善良，满足了他的八卦心："这个说不好，其实很久以前，我曾想找到那样一个人。他最好皮实抗打，性子温良，能解我心意，陪我喝酒。同我生前岁岁相伴，死后共葬荒丘。"

揽着我的那双手紧了紧,像是要说什么,却在我开口的时候又止住了。

我嘿嘿笑:"可后来我喜欢上他,对照着看,其实他一样也不符合。唯一还算欣慰的一点,也只是他答应娶我,可我面上自欺欺人,心底其实晓得,他那不是真心的。"

那个怀抱僵了一下,沉默许久,久得我都差点儿要睡过去。

"为什么要喜欢一个不喜欢你的人?"

我转向眼前人,昏昏沉沉一片迷蒙中,看见个少年模样的人。

啧啧,真是太嫩了,难怪连这都不知道。

于是我拍了拍他的肩膀,语重心长地说:"如果你有一天,也遇到喜欢的人,你就会知道了。这种事情,看天意,看时机,看因缘,什么都能扯一扯,但就是轮不到自己决定。"

瞟了眼才到我鼻尖的少年,那脸上的婴儿肥都还没褪哪……

我叹口气,还是太嫩了。

5.

次日醒来,我躺在软榻上,对于这个,我早就习以为常了。这些年,我常常喝醉,而他每一次都会把我捡进屋子,顺便在第二天给我熬一碗清粥。不论我什么时候去喝,都是温的。

我伸一个懒腰往门外走,刚刚推开门就闻见饭菜香味。

"醒了?过来吃粥。"

我接过瓷碗,算了算,问他:"今个儿是我们住在这儿的第七日了吧?"

"嗯,东西已经收好了,等你吃完东西,我们就走。"

我点点头，一边打着呵欠，一边喝着粥。

近些日子，天界追我是追得越来越严了。我虽注意、也会施结界，但他们到底严密，于是我和因敛只能每隔七天就换个地方，以此躲避他们追捕。

"现在都晌午了，其实你完全可以早些叫醒我，或者不要做饭，等我们到了新地方，安顿好了再吃。这个样子，实在有些费时间。"我嚼着肉片，口齿不清地说。

"那怎么行。"他给我夹了一筷子青菜，"不要光吃肉。"

说完，还不等我开口，他便状似随意地提了一句："上一回，你也是宿醉醒来不吃饭，说要直接走，结果吐了人家一马车，这桩事情，你还记得吧？"

我咽下去想反驳的东西，闷闷咬着青菜。

如果可以直接施用灵力，其实我一个跃步就能到很远的地方，只是在他面前，我总是下意识以为自己还是那个什么都不会的阮笙。说起来都是怪他，不然，我怎么会晕马车呢？

我闭着眼睛一个劲吞着饭菜，只想快些离开，却是这时候，他忽然开口。

"别吃太快，有一次，你也是吃得这么快……"

我呛得一口饭直接咽下去。

"你看，又噎住了……"

叹完之后，那个身影从对面走来，他蹲在我的身侧，随即后背抚上来只手，一下一下轻轻拍着。而我眼泪都咳出来，心底却只是疑惑，这个人为什么忽然莫名其妙老提原来的事情？

接过他递来的水，我喝一口，终于感觉好了些："都说人老了才会时常回顾从前的,你今天总是提那些事情,是不是……"

"我倒是宁愿你把我往老了看,也不想看见你总是把我当小孩子。"

少年稚气的脸上浮现出几分认真,只是,吃着吃着也没发生过什么别的事情,他的这份认真实在是来得有些莫名其妙。

于是我打着哈哈:"只有小孩子才会这么执着,想快些变成大人,而像我们这种活过了万个年头的,总想回到过去,希望什么都不曾发生过。"

"又来了,总说这样没有依据的话。"

少年无奈地笑,就势坐在我的身侧,左手缓缓垂下,手指从我的手背上划过,酥酥麻麻的。这一刻,我觉得自己的脸腾地就烧了起来,手也一下子缩了回来。

"怎么了?"他歪歪头,有些疑惑。

而我顿了一会儿,故作沉静掰手指:"啊,没什么,抽筋了。"

心底却是羞恼得几乎想把自己埋进地里——

就算他是因敛,但现在看来,他实在只是一个单纯小少年的模样,即便如此,我竟然也能生出旖旎心思……乖乖哎,我是不是变态了?!

"其实不是执着。"

正在我心底纷乱的时候,他忽然开口。

"嗯?"

"我知道,很多小孩子会希望快点长大,那是想证明自己,但我不是。"他稍稍凑近我,而我下意识后仰,眼底映出一张认真的脸,"你相信感觉这种东西吗?我从很小的时候就知道,自己不该是个孩子,说不上来为什么,也许只是感觉,但我相信这是真的。"

我怔了一会儿,不知道该怎么回答他。

"你看起来很厉害,我却感觉有些不对。"说着,他的喉头滚出来一声轻笑,"我总觉得,你当是什么都不擅的样子,总是会惹很多麻烦,让人不放心,只能时刻看着你。"

这些话,由因敛说出来,哪怕是缩小版的,我也还是听得一愣。

"为什么忽然说这个?你是不是……有哪里不舒服?"

"不是忽然。"他摇摇头,"只是昨晚上做了个奇怪的梦,梦到自己好像死了,临死之前的那个我,托现在的我给你带一句话。"

临死之前,因敛……

睫毛在眼前一颤,我不由得扯住他的袖子:"什么?"

而他嘴唇一动,却是忽地笑开,伸手揉了揉我的头发。

"等到你什么时候不再把我当小孩子看了,我便告诉你。"

说完起身坐回去,剩下我一个人,在骤然刮来的大风里边,有些凌乱。

沉默片刻,我抬头望他:"其实我觉得你已经长大了,真的,你已经长得比我还大了,这样的话,你看能不能就把梦里的话告诉我……"

"嘘。"他伸出食指抵在唇边,"吃饭的时候是不能说话的。"

说完之后,也不知是有意无意,他眨了眨眼睛,眸光微闪,带出几分狡黠,十分耐看。而我的声音就这样被扼在喉咙里,半晌才缓过来,却只晓得干巴巴问他:"什么时候冒出来的这种规定?"

他又给我夹一筷子青菜:"刚刚。"

【第十六卷】

若如初见，死生长约

1.

我其实很好奇因敛在离开之前想同我说的是什么，但是这个人，不论在什么时候都这么讨厌，总是喜欢说一半话就不说了。而且，是不管别人怎么问，他都不说。

吃完了东西，我因为这个和他赌气，又赖了一会儿才离开那间木屋。

上了马匹又换步行，一路走来，烟尘四漫，有许多倒下的树，也有许多倒下的人。

我看见寻常人看不见的贪食怨灵，也看见陨星砸落的天坑。这些年来，我只顾着在看一个人，竟没有发现，从前万家灯火的人界，不晓得什么时候，变成了现在这个样子。

连空气里都充斥着散不去的魂和情，一旦吸入便让搅得人眩晕，压抑得让人心惊。

走了好久才走到一处相对平和的地方。

"累了吗？累了就歇一会儿。"身后传来一个声音。

我转头，看见山，看见水，看见枝上繁花开得正好，看见身后撑着一把伞的他，收了脚步，朝我微微一笑。这时候，我心底那阵气忽然就给散开了。

果然，不管是从前还是现在，我总是对他大方。伸个懒腰，我这么想着，气性消了之后便觉得有些疲乏："既然要歇，就歇久一点好了。"

"所以，这一次是要在这边村里借住吗？"

地上还有些湿润，雨却停了，少年收了伞，歪着头问我。我不动声色比了比他的身高，忽然发现，不过这么几天的功夫，他竟好像已经长得和我差不多了。

也许，再过几天，他就会变回从前的样子呢？

"嗯，就在这儿吧。"

2.

这里地势奇异处得偏僻，夹在两座灵山中间，怨魂也没见到几只，想必天界也暂时不会追到这儿。我往村里走，久违的热闹，现在正巧是集市时候，道路两边摆着许多小摊。

卖蜜饯的摊贩前边，站着一对白发苍苍的老人，他们挽着彼此的手，那个爷爷佝偻着背，声音却是细而温柔。

"你想吃这个吗？那这个呢？你喜欢哪个，我买给你吃。"

站在边上看着，我莫名就觉得温暖，随后，下意识望一眼身后的少年。

我从前说什么"生前岁岁相伴，死后共葬荒丘"，都只是说说，没有具体的概念，但现在看来，或许应该就是这样。

倘若未来真的可以由自己决定，我也希望自己和他可以做两个普通人，就这么相守下去。

望着他，我不自觉就问出来："你什么时候才会长大呢？"

"是你一直将我当小孩子。"他将视线从那对老人身上收回来，随口回我，又在对上我的目光之后弯了眼睛，"怎么？你也想吃？想要哪个？"

这个笑给我的感觉，有些像是舔掌心的小猫。

"我没有想吃东西。"

"那你为什么一直盯着那边？"

"随便看看。"

"哦，拿着。"他把伞递给我，接着过去买来两包蜜饯，将伞拿回去，又塞了那个油纸包放在我手里。

我愣了一下："都说我没有想吃了……"

"是啊，你随便看看，我随便买买。"他歪歪头，"怎么了？"

握紧了手里的油纸包，我弯着唇角嘟囔了声"浪费钱"，而他拿着伞站在一边耸肩膀。

也许他真的和从前不同了，可是，不管是以前还是现在，只要我一看见他，就觉得心底欢喜，想同他一直走下去。

然而，还没等我温暖完呢，那对老人家大概是听见声音，顺便就回了个头，然后那个老婆婆忽然"哇"的一声哭出来，直直奔向因敛——

"我的孙儿哎，你终于回来了……"

我瞧见因敛被扑得往后退了几步，好不容易稳住自己没摔下去，但还没说话，就被一把鼻涕一把眼泪的老婆婆给扒住了。

"孙儿哎,你都长这么大了啊……奶奶等了你好久,他们都讲你回不来……"

本来想上去帮他脱身来着,可看见这个老婆婆边哭边号的样子,我又有些下不去手。在探了他们一番,知道他们真的只是普通人、没有灵力之后,我便只在一边干望着了。

而同样在一边干望着的,还有那个爷爷。

爷爷愣了好一会儿才回过神来似的,随后上前,想拉开婆婆,却无论如何都不能把她从因敛身上扯下来,只能不好意思的和我们解释,说他们的孙儿曾出门求学,说不日就会回来,最后却因些意外,再没回得来。

而在那之后,婆婆便变得有些神神叨叨,经常将别人家少年误认为是自家孙儿,每每犯病,就会变成这个样子。

我不太会安慰人,尤其是这样的老人,于是支支吾吾半天,问出一句让我差点儿没想抽自己的话——

"那您儿子呢?"

爷爷脸上的悲伤更深了几分:"胡仔在几年前下井的时候摔死了,我们老两口,命不好啊……"

正是这时,那个婆婆拽着因敛的衣袖,老泪纵横地说:"来,走了这么久,都累瘦了,和奶奶回家吃些好的。"

哪怕曾经的因敛再怎么厉害,现在也不过就是个少年而已,他木然着一张脸,顺着那个婆婆拉扯的动作迈了几步,随后回头望我,满眼的尴尬无措。而我干咳几声,虽然同情,但也觉得这样不是个办法,便准备和婆婆解释。

不料,刚刚开口唤了声"婆婆",便被她打断……

"啥？婆婆？你们……"她在我和因敛直接来回打量好几遭，接着极为欢喜拍了因敛的肩膀，"这就是你给奶奶带回来的孙媳妇吧？真好，真是水灵。"

说完过来挽住我的手，那个婆婆笑得眼睛都眯成一条缝："虽然是第一次见面，但是老婆子看见你就觉得亲切，以后也不要叫什么婆婆了，直接和孙崽一样，喊我奶奶吧。"

我看不见自己的反应，却看见因敛从之前的蒙圈里边回过神来，换成了一脸憋笑。想必，现在的我，表情应该很是精彩。

我咬一咬牙，垂眼，心底涌起一阵阵复杂的情绪。

在最开始天界的时候，有仙聊以为我们是一对儿，在生出事端之前，我其实很是开心，巴不得所有人都这么以为。在后来凡界的时候，沈戈言外之意，也是把我们当一对儿的，我虽然觉得他变态，倒也因为这个，觉得他的眼光不错。

可如今……

如今，记得那些从前的只有我一个人，再听见这些话难免觉得感慨。

而他呢？他什么也不记得，只知道是我把他带大。

虽然不愿意承认，但我总是觉得，现在的他愿意和我亲切，多半是少年心性、没大没小，但心底怕早将我当成娘亲或者姑母之类的了。

我刚刚准备解释来着，因敛却忽地几步上前凑近我："婆婆方才说什么？"

不是都听见了吗？还问？！

轻声安慰了婆婆几句，我扯住因敛的袖子往旁边避了几步。对上他微带笑意的眼睛，我忽然觉得脸有些烫，接着脑子一抽："没什么别的，她只是说，你长得像个孙子。"

话音落下，我明显看见他眉尾一抽，然后开口，看起来有些僵硬。

"老人家也不容易，你便先顺着她吧，婆婆年纪这么大，万一激动起来，弄出个好歹可怎么办？"

因敛的声音压得很低，离我又近，像是在讲悄悄话一样，无由地便牵出几分暧昧。

"那你知道，我有多大了吗？"我正色对他说，"单算年岁，我可能可以当这个奶奶的太奶奶还不止，你就不怕我被这一番话吓出个好歹？"

他的眼皮跳了一跳"虽然这些年你容貌确是未曾变过，但也……"

"你有没有听见婆婆方才说什么？她觉得你是她的孙子，而我是她的孙媳妇。"

这句话之后，他笑意更甚："听见了，但没听仔细，如今你把它复述一遍……"

"婆婆这么说，你不会觉得别扭和奇怪吗？"我心底有些紧，抓住他的袖子，故作夸张地笑，"她以为我们俩是一对儿啊……"

"所以，你觉得别扭？"他一顿，"觉得奇怪？"

"不然呢？"我怔怔回应。

"为什么我们不能真的是一对？"

——为什么我们不能真的是一对？

我在心底将这句话过了很多遍，一字一顿，甚至数清楚了字数是十二，却怎么也不知道回应。他不知道这句话对我的意义，我也不敢相信这真是他的想法。

入耳的第一时间，我不是欢喜，是在害怕，才发现对于如今的因敛，我虽想同他长久，却也有这么多的不确定。我很害怕这不过是他在懵懂的年纪里生出来的错觉。

微微闪躲，我打着哈哈："你看啊，你毕竟是我带大的……"

他欲言又止，像是找不到反驳的理由。

见状，我心底有些沉，却仍是故作轻松，长辈一样拍了他的肩膀："其实啊，如今的你会这么说，是因为你什么都不知道，若是知道了，你就不会这么说了……"

"阮笙，是你什么也不知道，还一直以为，自己什么都知道。"说完，他像是生气，转身就想走。

几辈子了，在我的印象里，因敛连情绪的波动都很少，更别提生气，这样的他，我还是第一次看见。是以，站在原地，我有些无措。

这时候，是婆婆扯住了他的手臂，急急问他："你要走了？你怎么又要走？"

而他不回头，只是用余光看我。

婆婆瞬间懂了什么似的，将他扯回来，又同时拉住我的手。

"小两口吵架闹别扭了？就算是闹别扭，也不能走哪，把话说清楚不就什么都解决了。再说了，要走也应该是女儿家走，哪有男孩子负气离开的？"

说完，婆婆将他的手叠在我的手上，我明显感觉到他颤了一下，可还不等我收回来，他却竟然就那么将我握住了。

他看了我许久，那种眼神很熟悉，熟悉到让我连呼吸都几乎要忘记："奶奶说的是，有些事情，总该说清楚。"

3.

坐在小院里,我撑着脸望着天上月轮,然而,始终反应不过来现在的状况。

婆婆心智像是不全,认准了我们就是她的孙子和媳妇,满脸的欢喜。而那个爷爷兴许是为了这个,有理有据地说了好大一堆话来劝服我们。

他先是问了我们许多东西,然后讲什么婆婆许久没有这样开心过,正巧我们没有落脚的地方,小村里没有驿站旅店,不如便先住在他们家里,什么都齐全,倒也方便。

那时候我是想拒绝的,可向来不喜欢多与人交道的因敛却居然一口应了下来,弄得我瞬时忘记言语,等到恢复之后,人都已经在这儿了。可即便如此,顶着人家孙子和媳妇的名头住进这里,我也还是感觉有些奇怪。

许许多多的奇怪混在一起,在里边拣出最奇怪的一桩,那就是因敛的态度和反应。

入住这里之后,婆婆执意只给我们安排一间屋子,说什么小两口不能一吵架就分房之类的,弄得我和爷爷都在一边尴尬了好久。最后还是因敛站出来,轻飘飘一句应下,弄得我整个人都有些慌。

并且,是从那时候一直慌到现在。

身后有脚步声渐近,最终停在我的身侧。

"白天的时候,我说有事情要和你讲清楚。"他坐下,"如果你现在正好空闲,要不要听一听?"

我干咳几声:"你说吧。"

话音落下,我闻到淡淡酒香,才发现他竟是抱了两壶酒过来的。

"你以前一直说我不能喝酒，可其实我早自己喝过了，并且酒量还不错。你也说我很像你一位故人，还把他的名字用在了我的身上，你说的不能喝酒的人，该是他吧。"他推过来一壶，而我蒙了一会儿，听他继续说，"我不知道自己到底是有多像那个人，但我到底不是。"

话音戛然止住，因敛垂眸，灌了口酒。

"从前，我一直不说，是想让你就把我当成他算了，左右你喜欢他。今日却发现不行。"他一叹，"就算你把我当成他，你喜欢的却还是他。就算是在你弄混我们的那些时候，我也并不开心。"

我听得不知如何反应，胸腔里有什么东西不停在跳。

流云从月边划过，他也不知醉了还是醒着，只是那么看着我，眼睛被酒气熏得微微发红。半晌，终于再度开口。

"我长得也还结实，性子尚可，你若是心情不好，大可以揍我一顿，我绝不还手。我也到底和你在一起这样久了，哪怕你不说话，我也能解你心意，可以陪你喝酒。最重要的，只要你愿意，我便可以同你生前岁岁相伴，死后共葬荒丘。"

他说："你曾说，那个人一样也不符合，唯一让你欣慰的，只是他答应娶你。可答应娶你，和想要娶你，到底还是有分别，你说是不是？"

我说不出话，只是望着他，思绪飞得老远。

"你说，是不是？"

我脑袋空空："我什么时候和你说过这些话？"

因敛原本认真的模样霎时僵住，随后化作无奈："那不重要，重要的是，你是不是还想嫁给他？"

"他说要娶我，说了两次……"

"那如果我比他再多说几次,你会不会改变心意,考虑嫁给我?"

熟悉的气泽自玉箫间跃出几分,撒娇一样绕在周围,带出几分光色,淌在他的眼里。是不是重活一次真的会生出许多变化?便如凡界遇到他时的我,也如现下向我求亲的他。

"你不愿意?"

我下意识否认:"不是,我没有不愿意……"

"你有没有发现,你每次提起那个人和看我的眼神,都是一样的。"他沉了口气,"阮笙,你到底在担心和在乎什么呢?"

我嗫嚅问他:"你,你难道不是一直把我当娘亲的吗?"

他像是被噎了一下。

"这个想法,哪怕是我最小最小的时候,也从未有过,更别提后来有了自己的想法。还有,我是不是和你说过,在我的意识里,你应该是需要被保护的那个人。"

像是想到什么,他倏然笑了:"我一直都只是把你当成姑娘,什么长辈、什么娘亲,那都是些什么乱七八糟的……"

不等他说完,我一下子扑了上去抱住他。

也许如今的他真的什么都不知道,也许等到他恢复意识也会后悔这样一番话,但那又如何?我等了这么久,不想再管了,一点儿也不想。

4.

最近人界不太平,四时变化有些乱,旁边的枯树在这时候飘下许多落叶,带落它的那阵风也凉得让人发颤。

枯叶顺着因敛的肩侧划过我的脸,而我一动,把它弄开,抱住他的手臂又收紧了几分。

我把脸埋在他的肩膀上："如果我说，你就是那个人呢？"

他微顿，回抱住我，声音轻柔，话语却坚决："我不是。"

吸吸鼻子，我在他的肩上蹭了蹭，一时间有许多想说的话，比如那些过往和曾经，比如我们的因缘和纠葛，每一桩都堵在喉头上，到头却是一个字都说不出来。

最后，只能顺着他的话，说一句："嗯，你不是。"接着补充，"但你说得没错，我只是有顾虑，其实心底是喜欢你的。"

抱着我的手臂陡然一紧，他不言语，我却从玉箫里边感觉到情魄的活跃。

等了好几辈子的事情在这一刻以这样的方式圆满起来，我其实有些反应不及，就这么同他抱了许久，忽然想到个事情——

"对了，你觉不觉得，自己像是我的童养夫来着？"

因敛一滞，笑着叹出来。

"别闹。"

接着扶住我的肩膀，他将我推开一些，虽然弯着眉，眼神却有些复杂。我抚上他的眉眼，读出他的心声，忽然一下很想笑。

"你是不是在担心，我现在只是随口一说，心里还是把你当成'那个人'？唔，怎么说呢。如果我现在否认，那么我一定是在骗你，但是如果我承认了又嫁给你，看起来又有些脚踏两只船，不太像好人家的姑娘。"

他扣住我的手，诱导似的："所以你的心意是什么？"

随着他的动作，我的手贴在了他的胸口处，那里一下一下在跳，都说十指连心，这一瞬间，似乎他的心跳便是由此传到了我的心口里。我从未有过这样直观的感觉，很是奇妙，又带着些说不上来的小雀跃。

可是……

被他一句话问住，我莫名就噤了声。

我的心意？老实讲，一路走来遇到这样多的事情，时至如今，我其实是越发不明白自己的心意了。甚至于，我都不知道自己现在是怎么看他的。

是因敛，还是另一个人。

我想了好一阵子才开口："我喜欢曾经的他，也喜欢如今的你，没有一个是假的。但是真要说起来，其实，我把你养大，就是为了要嫁给你……"

说到一半停了下来，我忽然有些讲不下去。

在从前，每每面对因敛的毒舌，我都不大会回应，只能被他气得个半死再自己调节消气，那样说起来很怂，但也在情理之中，而平时的我表达能力还是很强的。可是今天，我想和他说个干脆，然而，这一番话却逻辑不通，怎么听怎么有病。

纠结了好久，直到我都有些自暴自弃了也想不出来该说什么，这时候，他松开我的手，还不等我反应，忽然便托起我的脸凑近了些……

他的唇有些凉，很软，带着淡淡酒香，似能醉人。我下意识往后仰，想先和他说清楚，毕竟本来脑子就混沌一片，再这样亲下去，怕更不能用了。

稍稍推开他一些，我轻喘着气："等一下，有些事得先讲明白！"

而他环住我的腰身往前一带，另一只手扣住我的后脑，眼神微暗。

"言语这种东西总是无力，没什么用，所以不需要讲，我来让你明白。"

"可是……"

声音被吞进谁的唇里，酒壶倒下，撒了一地清亮水色，微风平地起，卷起酒香四溢，我被熏得微微眯起眼睛，捏了拳头软软搭在他的肩膀上，脸也烫得厉害。这时候，我忽然很想看看他的样子，我想看他每一种不同的样子。

于是我睁开眼睛，却发现即便把眼珠转成对眼也看不清楚，想推开他一些，却又被握住了搭在他肩上的手。

"你又想推开我？"

他说着，嘴唇一张一合，我便感觉唇瓣酥酥麻麻有些痒，痒得眼睛都模糊起来。

"不是，我没有，我只是想看看你……"

我没推得开他，反而被他被抓住手腕置在背后，以这样的姿势圈在怀里，比之前更近。他离开我的唇，轻微的俯视角度，眼睛低着，睫毛下边带着点点潮气，璀璨的眸光里映出一个我来。

"看够了吗？"

有一瓣温软擦过我的脸颊，停在我的耳边，呼出的气息弄得我有些痒，偏生又躲不开。

"不然，你先放开我，让我好好看一看，再看仔细一些……"

"呵！"被压在喉间，他的笑声有些低，连带着胸腔轻震，"我会与你岁岁相伴，共葬荒丘，以后你还有很多时间可以看我，不急着这一会儿。"

说完又要覆上来。

而我在混沌之间忽然想起一件事情："我刚刚是不是准备说什么来着？"

"你说，你想嫁给我。"他勾着唇望我，"除此之外，我不晓得你要说什么别的，便是还有什么其他的，也等亲完再说。"

"不行，这个必须要先说！"

我态度坚决地往后仰，不是任性，也并非真的不解风情，好不容易等到这一天，我其实也想和他亲个昏天黑地的，什么也不再管。可我知道，他不希望我说话，是怕我说出他所不想听的。他其实对我很没有安全感。

这种不安的感觉，我体会了许久，其中滋味再清楚不过，很不好受。

"说吧。"

他保持着这个姿势不动，我挣了两下没挣开，也就算了。

我正色道："你知道我喜欢那个过去的人，可那也是过去的我。要说如今，现在，当下，我最在意的便是你了。所以，如果你真的想娶我，能不能快一些？"

眼前的人明显地怔在原地，连禁锢着我的手也不自觉收紧。

半晌，他哑着嗓子问我："说完了？"

"嗯，刚刚被亲得晕晕乎乎的，脑子不大好用，暂时只能想到这些。但是目前为止，最重要的也就是这些了。"

因敛的眼眸从来清亮，神色也总是淡然，在此之前，我还没有见过他这个样子，仿佛处在迷蒙之中，却又连眉梢都带着笑意。

蓦然间唇上一沉，我翻了个白眼出来，像是无奈，心底却有些甜。然后，我听见他说："原本觉得你机灵的样子可爱，但现在看来，我更喜欢你脑子不好用的时候。"

虽然我方才那些话并没有没说清楚，但至少是说出来了，此时此刻,我的心里一阵轻松,懒得再管其他。

说起来吧,我这个人啊,最大的优点,就在于不计较。便如此时,听见他说我脑子不好用,我却也没有别的言语,反而大方地抽出手来环住他的脖颈——

"既然喜欢,就送你了。"想了想,我又加上一句,"货物送出,不允退换。"

他笑得欢畅,贴着我的唇度过来,弄得我也被感染了一样,直想弯眼睛。

闭着眼睛,我们没有看见,远天之上,流火从那儿划过,不晓得落在那个地方,溅起山后一阵火光冲天,殷红映亮天幕,不久却又淡去。

如同记忆中的几抹血色,不是被盖住,便不存在的。

【第十七卷】

之子于归，天老情长

1.

近七百年来，我总是挂心着一件事，那便是复活因敛。而在他真的回来之后，我又重新有了件挂心的事情，那就是带孩子。

这两桩事情，不管哪一件都很费心劳力，是以，我已经许久不曾做梦了。

可是，这个夜里，我迷迷糊糊梦到许多事情。

那些事情无比真实，像是让我在天界凡世里重新走了一遭，所见所闻，尽是悲苦，弄得我心里发紧。睡到一半，半梦半醒之间，我吸了吸鼻子，觉得有些发酸。

接着，我被拥入一个怀抱，那里很暖，带着让人安心的味道。

"怎么睡觉也睡得不安心？哭成这样……"

有只手从我脸上抹去什么，带着几分怜惜和心疼的味道，可这不仅没让我止住眼泪，反而激得我鼻子更酸了些。从生出灵识至今，我似乎在他面前掉过不少眼泪，还曾因此被他嘲笑过，说我别的不会，哭倒是挺能的。

可其实我不是什么也不会，我也并不想哭。只是，有时候在外面能撑得住，可一遇到他，我反而忍不住，甚至连一点点委屈也会放大许多倍。

其实，他不晓得，我最不喜欢的就是在他面前哭。

就像现在，他稍稍温柔在我耳边说上一句："不管你从前有些什么伤心的事情，都过去了，以后我会一直陪着你，让你欢欢喜喜……毕竟，你哭起来真是难看。"

因为这句，我嘴巴一咧，眼泪也流得更加肆无忌惮起来。

这个人到底会不会说情话？他还说喜欢我、想娶我，这哪里是心底有我的样子？！前几句安慰得好好的，我听得还算受用，可最后居然说我哭得难看！莫非他大半夜偷偷跑上我的床，就是为了来嫌弃我不成？！

我假装没醒揩了把眼泪鼻涕，随手便往他身上一拍，为做掩饰，佯装梦呓——

"小强啊，你怎么死得这么惨……"说完之后，我埋进他的胸膛处，狠狠攥了一把。

本来是想气气他，没想到，他只是微微愣了愣，不但不生气，反而还抱着我揉了揉我的头发，被逗乐了似的，半晌吐出一句："还好我不嫌弃你。"

接着低下头来，在我的额头上落下个吻，又轻轻柔柔擦去我满脸的零乱痕迹。

"睡吧，睡醒之后，就该好好准备了。"

他坐起身来，像是在看我，其实我现在的样子当是很狼狈的，却不晓得他怎么有耐心看那么久。在被子里拧了好一会儿毯子，纠结半晌，我终于翻个身错开他的目光。

"好好休息，睡醒之后便准备嫁给我吧。你说要我快些娶你，我其实巴不得，甚至恨不能现在就能要了你。"

我顿了一会儿，又闭着眼睛转回来，心底却是不晓得哪里涌来了阵阵期待，也不知道是在期待些什么不可描述的东西。

可是，这个说话不算话的人，他只是起身站了会儿便要走出去。我睁开一条缝儿，见他要离开，连忙拉住他的袖子，装作熟睡之中正常的反应，不敢清醒对他。

毕竟，姑娘家的，还是要矜持。

哪怕我这年纪，早活成了姑奶奶的辈分，但我现在是个姑娘模样，便也要矜持。

"不想我走？"他俯身过来，声音里带着闷闷的笑意，"那可不大好，毕竟我这一身衣服上面沾了许多需要洗掉的东西，干了的话，不太方便处理……"

被烫到了一样，我想到之前在他身上欢实的擦鼻涕那一桩，瞬间就放了手侧回身子，背对着他缩进被窝。

这个人真是可恶，看他的样子，分明就是知道我已经醒了，竟然还这么说……他完全就是故意的！

在心底郁闷了好久，直到他又欢畅似的笑了一阵，贴近我耳朵边上："其实我比你更加急切，我还等着听你叫我一声夫君。"

啊呸！这话什么意思，谁急切了？！

我一阵羞恼，却不防他忽然落下一句话，我的脑子也因此停下了运作。

他说："娘子，好生休息，别再做那个梦了，哭得太丑。"

僵了一僵，我有些蒙，也不知道是为了那句"太丑"，还是因为那声"娘子"。

说完之后缓步离开，木门打开又合上，"吱呀"一声，像是敲在我的心底。

这个人真是奇怪，每个人睡着之后，会不会做梦、会做什么梦，哪里是自己决定得了的？偏偏他这么理所应当，落下句话就走。嗯，娘子什么的……

我睁开眼睛，猛地坐起身子，又猛地倒回榻上，双脚在被子里一阵乱踢，把棉被拉起来又扯下去，再次坐起身，接着，我一转头就看见架上铜镜里自己咧到耳朵边上的嘴角。

我用手指勉强将嘴角按平，躺了回去："姑娘家家的，就该矜持，矜持……"

可是念叨了阵子又要抽起来，心头涌起一阵恼意——

"我方才为什么要把鼻涕抹他衣服上来着？！"

2.
次日天气晴好，云高风轻，我一推开门就看见枯枝上长出的嫩芽，还有嫩芽下边，卷着袖子洗衣服的他。

若是往常，我随意便过去拍他回头了，可今日不知怎的，竟有些不好意思。在心底排演几遍，我在想要怎么样才能将这个招呼打得自然，却不想他倏然回头，而我条件反射一抬手，开口便是——

"这么巧，大清早的在这儿洗衣服啊！"

相较于我，因敛倒是与平常一般，除却眼睛里边多了几分笑意，便没有什么不同了。

他擦了擦手朝我走来:"本该是昨晚上洗的,可是没有水,这才拖到今天。"停在我面前,他促狭地眨眨眼,"说起来,倘若不是昨晚上你一个劲往我怀里钻,弄脏了这衣服,我也不至于要这样早便跑出去外边打水。"

想到了些不可描述的事情,我腾地烧红了脸:"你你你,你说话注意一些!别讲得这样不明不白的,容易惹人误会。"

"这儿似乎没有人哪。"他四顾一番,又转回来,"再说,就算有人听见,顺着这些话想到些什么,可只需等过几日,也就不算误会了。"

他贴近我的耳朵,轻声道:"等你准备好了,我们就成亲。"

在我的印象里,因敛虽然不是那样十分刻板正经的神仙,却也从来不会有这么流氓的一面。没有想到,有朝一日会看见他这般模样,还是对着我,看上去比不正经的人更加不正经。

可就是这样不正经的他,看起来却让人有些心动,心动得让我忽然很想调戏他。

"哦?"我做出一副纨绔子弟模样,挑起他的下巴,凑上前去,"倘若我说,我现在就准备好了呢?"

满意地看见他微顿,我刚刚开心一些,便听见身后一个声音传来——

"啥准备好了?"

我猛地一颤,调戏人这种事情,自己玩是一回事,被别人看见又是另一回事了。被他捉住了手拉下来,我转头,正巧看见站在后边笑笑望着我们的奶奶。

"吃饭,我们准备好吃饭了。"我干笑着拿手肘捅他,"是吧?"

而他顺势扣住我的手指，笑着摇摇头，微微颔首，然后转向奶奶。

"奶奶，我想麻烦您一桩事情。"

奶奶极开心地走了过来："和奶奶还有什么麻不麻烦的，是什么事？你尽管说。"

"我想请您帮我们主婚。"

主婚？

回过身子，我清楚看见他眼底的认真，因敛，他不是在说笑啊。

"啥？"奶奶像是惊讶，"你们还没成亲？我还以为……啊呀，那我昨个给你们排的一间房，你们咋也不说一声？"

站在原地，我忽然有些尴尬，尴尬得脑子一紧，什么也想不到了。因敛却态度自若说了好一番，例如我们是如何在外相识，如何历经磨难不离不弃，又是如何情比金坚走到如今，从头到尾编得很是流畅，最后落在了一个重点——

他说，虽然早就在一起了，可他总有遗憾，那便是欠我一个婚礼。

我目瞪口呆望着他，怎么会有人能把这种临时编出来的瞎话讲得这么顺溜？！顺溜得像是事先排练过许多遍一样。

拍拍奶奶的肩膀，因敛叹一声："奶奶，我们也没有别的什么长辈了，可这种重要的事情，总需要长辈一个见证，可以麻烦您这一桩吗？"

牵起我的手拍了拍手背，奶奶一边抹着眼泪，一边很是感动似的："好闺女啊，这些年辛苦你了，你们也不容易……"

"啊，哈哈，还好，还好。"我应得很是尴尬，机械地拍了几下回去。

接着，奶奶从手腕上脱下一个银镯子。

在这样的小村里，物资贫乏，人也朴素，看得出来，这么一个银镯子对于奶奶而言，当是很贵重的东西。可她却眼也不眨就塞给我。

"奶奶没什么钱，买不起金的，等以后叫他给你买，买好多。这个你先拿着，不要嫌弃。"

收下？这怎么行？

我往回推："奶奶，这个镯子，我不能……"

"哎哟，我的头啊……好疼，孙儿快些扶我回房间，呀，疼得厉害……"

奶奶的演技有些浮夸，一手将镯子往我手上推，一手扯住因敛往里走，在这间隙里，还偷偷那余光瞟我。我看得哭笑不得，握着镯子站在原地，怎么会有这么可爱的老人家？

3.

待得奶奶扯着因敛走远，我回头就看见笑得温柔的爷爷。

他望着奶奶离开的方向，笑容里甚至带上深深宠溺，眼里唇边都是暖意。

我看着，忽然有些羡慕，不禁便生出几分好奇："爷爷，你们的感情一直都这么好吗？"

收回目光，爷爷眼里的暖融却仍那样深。闻言，他回忆起什么似的，表情竟带上些许说不上来的甜味，像是在与人谈着自己心中姑娘的少年。

"哪能一直呢？年轻时候啊，我同她总是吵架，也不懂得什么珍惜。"他说，"她很爱哭，每回受气都要哭，可即便如此，却从不会回娘家说些什么。那时候我年轻气盛，经常在外边同人打架，有一回伤得重，回到家来，她一见我便红了眼睛，一边哭，一边给我上药，像是受了天大的委屈。"

"哦？"

爷爷的笑意更深："当时，我记得，她上完药就坐在地上号，弄得我莫名其妙又手足无措的。最后扯住她想问清楚，却不想，她竟是一边避开我伤口捶我，一边哭喊着，问'你为什么被打成这样，你有没有打回去，你以后还会不会出去打架了'之类的话……"

听着听着，我在一边忍不住笑出来。

"奶奶是在担心你。"

"何止是担心啊。"爷爷看起来有些无奈，"当天傍晚，她便偷跑去了那人的瓜地里，偷回来几个西瓜，得意扬扬地和我说了好大一堆，说是报复。不料，吃完之后，她又坐立不安起来，偷偷跑回去留下了瓜钱，还硬拽着我一起……"

微风轻起，小院里，搬了两条凳子，我握着镯子听着爷爷说起他们的往事，有沙尘扬在我的裙摆上，空气里满满都是小乡村特有的味道。不似城镇里的浓烈，却很能让人安心，让人想一辈子就这样呆在这里。

"她就是这样一个姑娘啊，现在回想起来，真是宠到老都不够，可我年轻时候竟还那样气她，真是不好。"爷爷叹了一声，望向我，"我年纪大了，这辈子见过许多的人，看得出来，你也是个好闺女。如果可以，我希望你们能留下，她已经许久不曾这样开心了。"

提起年纪这个问题，我的脸有些烧得慌。

"前几日看你们别别扭扭的样子，也不晓得是闹了什么矛盾，但现在好了就好。你们年纪小，还有大把的时间可以拿来挥霍，但也有机会，选择拿出那些原本要作挥霍的时间用来珍惜。唉……既然可以，还是珍惜些吧。"

爷爷的话音刚刚落下，不远处便传来了一阵脚步声，我回头瞧见少年踏着细碎阳光而来，眸色清澈，浅笑温润。恍惚间又回到哪一夜，有人站在河岸边上，粼粼波光一下一下涌上岸来，尽数消失在他的脚下——

"万家灯火，春风可亲，衬你刚好。"我喃喃出声。

他对着爷爷低头微笑，随后在我面前站定："你方才说什么？"

瞟一眼爷爷，我有些不自在，没有说话。

爷爷却是爽朗，拍了他的肩膀："她说，她喜欢你得很哪！"

因敛的眸光微亮，像是带了星子在里边。

"哦？是这样吗？"

我望天望地，用脚尖在画圈，在身后对手指。

其实我并不是一个多容易害羞的人，但大抵因为不善表达吧，独处时候还可以，但一有人在场，我就没办法随口表白，尤其是关乎心迹的东西，总觉得怪别扭的。

"老头子你也忒不识趣！怎么站在人家中间，你这让人家怎么自然亲近？！"

奶奶从转角处走出来，抓住爷爷的手就往外走，一边走一边带着笑瞟我们。

这样的气氛有些奇怪，却又莫名让人感觉很好。至少这一刻，我是真的晓得了归属感的意思。以为，我们就是一家人的。

等到爷爷奶奶消失在了转角处，我松一口气，扳过他的下巴。

"看什么呢，这样入神？"

"在看我们老了以后的样子。"他握住我的手，"不过，倘若真如你所言，你已经活了万多岁了，那么再过几十年，你可能也还是这般模样,却不晓得到时候,你会不会嫌弃我。"

如果说重活一世的因敛是凡人,他可以从婴孩长成少年,也便会从少年继续成长。他会老会死,会病会痛,也终有一日,要和我分开。

然而,这桩事情,若非今日他提起来,我或许是不会想到的。毕竟,在我的心里,他仍是那个高华无双的尊者,活在万千仙聊的口中,带着绝世的本领。

望着他的眼睛,我沉默半响。

"我会陪你一起变老,以前说的什么万年啊、本领啊,那都是骗你的。没想到你这样信我,连这种不实际的话都相信。哪有什么人真的可以活一万岁呢?"

"这个问题实在没什么好说的,怎么可能你老了我还不会变,根本不成立。"我牵起他的手,轻轻晃了晃,"对啦,奶奶方才和你说了什么?"

"她说,要我好好珍惜你。"

"唔,奶奶说得对,我这样好,你是该好好珍惜来着。"我有些得意,"不过,就这个吗?你们分明讲了那么久……"

他勾起嘴角,伸出手来轻轻敲了我的额头一下,我后退捂住,刚准备还手,便听见他言语轻轻问我。

"还有,你知道爷爷和奶奶现在去做什么了吗?"因敛挑一挑眉,"奶奶方才把办婚事要注意的东西都和我讲了一遍,现在,是扯着爷爷出去买红绸和烛酒之类的东西。"

我一愣,还没回过神,便听见他问:"那爷爷呢?爷爷和你在说什么?"

歪了歪头,我与他对视了一小会儿,忽然很想亲上去。

我这个人，自控力一向不强，这么想着，我便真的亲了一下他的脸颊。却不知道他是碰巧还是故意使坏，稍一侧脸便和我碰上了。

"难不成爷爷是和你说，要你大方一些，该主动的时候便主动起来？"因敛眉眼之间带着的是融融暖意，可是声音听起来却有些坏。

我单指抵在他的额头上，将他的脸推开。

"爷爷和奶奶既是夫妻，又这般恩爱，自然是有默契的。既然如此，说的东西当然也差不多。"

没反应得急，我脚步慢了几分，被圈在他的怀里。耳朵边上被弄得有些痒，我侧了侧，听到他说："我们以后也会是这样。"

动作一僵，我忽的笑出声来，就势趴在他的肩膀上面。

"嗯。"

可下一刻就被自己手里的银色光晕闪到了眼睛，我看见这个镯子，忽然想起来——

"啊，我忘记把它还给奶奶了！"

"不要紧，下次再还也是一样。"

眨眨眼睛，我觉得因敛说的是，于是便收起了它。

可是，哪有什么下次呢……

也许最近真是过得太平和，平和得让人甚至忘记危险，忘记过去种种悲悯和苦痛，也不记得这六界之中早有动荡，还是因我而起。

所以，也就没有考虑过什么意外。

没有想到，今日，我收起了这个镯子，以为总有机会还的，便没有太过于放在心上。却是不久之后的最后一面，我满心期待，欢喜着看她离开。

从此之后，再也没能将这个镯子还给奶奶。

【第十八卷】

六界吞泽，三光将灭

1.

这个小村处地极偏，有些贫乏，东西也难得买。

我原以为采买婚事要用到的那些东西，找一个商铺就好，却是等到爷爷牵着奶奶提着酒回来，才知道，要将东西买齐，还需要跑到临边小镇。

接过酒壶放在旁侧，我有些过意不去："不然，还是我们自己去吧，这样远的路，又难走，实在麻烦……"

"不麻烦！我们的身子腿儿硬朗着哪！再说了，哪有叫新娘子自己跑出去采买这些东西的。"奶奶笑得开心，"况且我也许久没有出去走动，老人家嘛，也爱多操心，你们这不让我去，憋我在家里，反而叫我难受。"

爷爷在一边笑着应和："是啊，我真是许久不见她这么有精神劲儿了，多走动走动也不是坏事情，左右不远，你们便在这儿等着，顺便也好看家。"

因敛同是几分为难，可他却是思虑一番，应了下来。

"那便麻烦爷爷奶奶了。"

奶奶满脸笑："哪儿的话哪！毕竟你可是我们亲孙子！对了，这次回来，你们便不走了吧？都出去这么多年了，总不能还要走吧？"

对上爷爷隐隐的目光，又望见因敛微微皱起的眉头。我低头，再抬起的时候，心里已经有了几分想法。不就是天界追寻吗？既生魄的能量我也许久未用了，灵力也攒得充足，布一个结界挡住气息外露，该也不是什么难事。

"都出去这么多年了，怎么样，你还走吗？"我转向因敛，眨眨眼，看见他的面上闪过几分错愕。

怔忪半晌，因敛牵出个笑来："听你的。"

我点点头，转向奶奶："如果奶奶和爷爷不嫌弃，我们便在这儿一直陪着您二位，除非哪天被赶出去！"

"好好好，这就好……"

也许有人喜欢出发，喜欢波澜壮阔、惊天动地、风风火火走上一遭，把什么都经历一遍，觉得那样才叫有滋味。可我很早以前就想安定下来。哪怕走得再远再久，身边相伴的是心上的人，可谁不希望能够真的有一个家呢？

安稳平和，有人气，温暖安然的家。

2.

按照说好的，爷爷和奶奶应当是三日之内就会回来。

临行之前，我和因敛一直陪着他们走到村子门口，本来想再走一段，最后却被赶回来了。

总是记得，这一日，奶奶笑着拍我，说"不能再送了，再送的话，就到邻村了"，还有什么"快回去吧，走了这么远，过几日我们便回来了"，最后是"闺女真是好看，等我俩回来，给你们主婚，到时候你便真的是我家孙媳妇啦"。

而爷爷站在一边，依然是那样温暖的眼神，他在看着奶奶。

那一日太过开心，以至于又忘记银镯子的事情。当天回到房里，我还在和因敛说，等到奶奶回来，我就将银镯子偷偷塞进她的衣兜儿。而因敛又是那般弹了我额头一下，讲，不然你干脆收下，省得奶奶发现之后会不开心，毕竟现如今，你是真的成了她孙媳妇儿。

我说，那便先不考虑了，等他们回来再说。

却没想到，我再没能等到他们回来。

爷爷和奶奶说，去邻镇，来回需要三天。

可是在第二日晚上，天降流火，星轨逆行，天道几近颠覆，落星如雨，一颗颗接连着落下来，砸得九州大地燃了将近一半。若是站在云端之上，只怕放眼望去，脚下便是一片火海。

这个村子暂时安好，可是邻镇却因陨星砸落，燃起火光滔天，映亮了我眼中半边。我听见村中众人惶惶不安，说这是天灾降世，难免人间生灵涂炭。

我却知道，这不是天灾。

火色灼伤我的眼睛，透过燃燃强光，我仿佛又回到那一日……

那天，我从霜华殿劫出因敛、被天将追赶至星河边界，为了挡住他们攻势，我撞向颗颗耀星，挥袖扬手间将无数颗星子推改轨迹，弄得星河大乱，以至于后来逆了天盘。

要说，那还是七百年前的事情，我忘了许久，可如今想起来，却深刻鲜明得犹如昨日。

　　有一只手握着酒壶，从我身后伸过来。
　　"你已经这样坐了好几天了，便是再怎么厉害，也不能撑着不眠不休。"
　　接过那壶酒，我拍开封口，闻见酒香四溢，却不知为何，凑近唇边的时候感到喉头一滚，有些喝不下去。望了眼远天，我站起身子，呆愣半晌，最后把那壶酒慢慢祭在了地上。
　　身后的影子叠上我的，背后是谁温暖的怀抱，我顿了顿，转过头来，回抱住他。
　　我开口，却不知道该怎么表达自己此时的心情，最后只是干巴巴挤出来一句："你知道吗？爷爷和奶奶会死，其实都是因为我。"
　　月影浮动，他低了低头，嘴唇轻轻贴在我的额上。
　　因敛微叹："不是你，这是天灾，命途是无法改变的。若是真要扯上关系，爷爷奶奶会去临镇买那些东西，那也是我的错，是我要他们帮我主婚……"
　　"不是这个意思。"皱了这么多天，这时候再激动起来，我的眉头便有些发疼。抚上额间，我生出一阵无力感，"如果不是天灾呢？如果天生异象是因为一个人呢？如果这全都是因为我呢？其实天轨不该乱的，若不是我，也不会有什么流火，人界不应该是这样……"
　　"没有人有这么大的能耐，纵然你本事大，也不至于什么都往自己身上揽。"
　　他截断我的话，环着我的手紧了紧，声音里边带着浓浓倦意。是这时候，我才想起来，这几日总在担心和照顾我，他已经许久没有休息好了。

沉默半晌，我忽然不想再说什么，既然他是不知道的，那便不要再知道了吧。

"是啊。"扯住他的衣角，我强将心底波澜忍下去，"你说得对，没有人会有这么大的能耐。"

3.

夜色下边，我倚在他的肩上，眼前闪过几许水光，迷迷蒙蒙，看不清东西。

却是这时，空气中忽有灵力波动，我眨眼间就看见幽兰光色自因敛身后凭空化出，一点一点渐渐凝成了人形的情景。

那人对我微微一笑，接着，我便感觉到因敛身子一重，支撑不住似的倒在了我身上，仿佛陷入了昏迷。

我一顿，直直望着来人，随即轻挥衣袖将因敛送回房中，又布出个结界，这才对上来人。彼时的我满是防备，他却处得自然，模样大方。

眼前男子身形修长，模样俊朗，一身天青长衫，握着柄无剑的空剑鞘，我不动声色打量着他，忽然发现，这似乎是一位仙君，且是一位厉害的仙君。且他不敛气泽，灵元充沛，根本没有想过掩饰自己身份似的。

倏地，我看见他断裂的右手尾指，不自觉便眉头一紧……

天界里，只有一位神仙，他的手指处是断裂的。

这位神仙，当初我还在天界的时候，恰巧见过一面，只是那时候他看着消沉，和现在半点儿不像。

我也曾听说过他的许多英雄事迹，天界里谁都知道，他是神魔之战里边的大英雄，后来假死在某座山墟。许多年前，我见他那一面的时候，他模样颓唐，有仙聊八卦，说他会这样，是因为他丢了一把剑。

也不知是不是碰巧，那把剑我也是认识的。

宋昱。

"不知这小小村落，怎能劳南酉仙君大驾，亲自来此。"我装着糊涂问他。

南酉掸一掸衣袖："你猜。"

我顿了一顿，决定还是直接问开："所以仙君是替天界……"

"可以说是，也可以说不是。"他打断我，话意轻巧，却是让我好一会儿都反应不过来。

他说："你师父要我给你带一句话，原话是'凡世里走了两遭，是不是就不记得师父了？亏得我当初散了大半仙元护你菩提台灵魄不碎，搅得老子白白睡了千余年没吃酒肉，真是没良心的泼崽子'。"

原先的防备全被这一句话击碎，我一时反应不过来，只能怔怔望他。

"师父，他还好吗……"

"当然好。现下天界大乱，最好的便是他。"南酉应得干脆，"六界中，前几日消失了第四块大泽，现在的星河已经散乱不堪，流火乱撞不归其位。司命星君闭关许久，最后只算了句'六泽消寂，三光将灭'，现在天界里的神仙都在挖坟等死。"

他说着，想起什么似的，笑了笑。

"唯独你师父，每天吃吃喝喝，好得不能再好。"

我被这句话噎了一下，师父，也是心很大的……

"可那不过表象，事实上，你师父大概是想为你最后担个责任。他说你还年轻，担不起这六界存亡，只能由他代你。如此，也不枉承了你喊他万年师父，让你为他跑了万年的腿。"

顺着南酉这番话，我一下子想起跳下菩提台之前的事情。

那是我印象里最后一次见到师父。

彼时我以为自己要死了，想着师父养大了我，也真的是整个天界对我最好的人，决定在死之前再去见他一次，也好道个别，安心散成灰。

没想到，我还没走近师父殿门，便闻见饭菜香味飘出来。我不过轻轻将门推开，就看到在桌前布菜的师父。他回头，递一双筷子给我。

——知道你要来，特意准备了一些饭菜。眼睛怎么红了？来，别哭，坐着多吃些肉。

自有记忆以来，师父便一直是不会说话的。我从未见过这样师父那般和蔼亲切的模样，一时竟说不出话，只一个劲把菜往嘴里塞。

——多吃点吧，再多吃点，以后就吃不到了。我掐指一算，你像是明天就要死了，今日且过得开心些。

本来感动，却在听见这番话之后，当时的我被狠狠呛了一口，最后悲愤跑了出去，并不知道，原来自己跳下菩提台却还能以碎魄获轮回，是有师父的仙元相护……

那时候，我还以为，他是真的懒得管我。

4.

从过往的回忆里转了一圈出来，我忽然觉得头有些疼。

"其实你不是来替师父传话给我的吧？你是不是天帝派来的，来给我打感情牌？"

我忽然想到这一桩，于是开口问他，而南酉不语。

"其实我能猜到你想表达的意思，是，我从前的确可以感知天地万物，可后来我与人交换，需要分裂魂魄并且收为己用，那阵子耗损太大，这份能力也便随之消失了。"我顿了顿，"其实我只是想救他，从未想过会有这样的后果……"

"哦?"

南酉应了一声,不再言语。

有些失了耐心,我上前几步问他:"你来这儿到底是为了什么?我不信你真的只是帮师父传话给我。"

我回头,对上他的眼睛,然后听见他说:"你其实从一开始就猜对了,我的确是奉了天帝的旨才来的,只是我觉得,你师父要我带的话更重要一些。"

"天帝叫你来取我的命?"

南酉摇头:"华魄既生,可替日月。六泽消寂,三光将灭。"他轻轻开口,"其实这才是司命的全句。"

话音落下,他抬手间,有灵力化作点点荧光钻入我的筋骨,融在血液里,一脉一脉,最终顺着汇入我的灵台,充盈了我残缺的那一块感识。

"这是……"

"我的灵元。"南酉微微笑,"你不是说自己的能力消失了一部分吗?我不晓得有什么办法能够将你的能力补回来,除非是一个仙君全部的灵元。"

闻言,愣在原地,我好一阵子说不出来,只能怔怔听他言语。

"我一向寡言,临死之前,却忽然想说话,你想不想听一听?"南酉低着眼睛,情绪不明,"在成为仙君之前,我立志做一个剑客,当时我有一把剑,它是我铸出来的。为了铸它,我在铁水里融了一截手指以补其精。可惜,后来丢了,我找回来,他也不认我,最后甚至长腿跑了,也有能耐反抗我。"

脸色逐渐变得苍白,南酉始终握着那个空剑鞘。

"其实我有些后悔,神魔一战几乎碎了我灵台,若非如此,我也不会丢了那柄剑。可要再选一次,我还是会去参战,你知道为什么吗?"他的眼神逐渐变得虚浮,"去了,我可能会死。可若没有人去,这天地之轮一旦塌陷,谁都会死。"

不晓得是不是因为灵元散尽导致神识松散,南酉好像想到哪里便说到哪里,絮絮叨叨许久,总是前言不搭后语。

"每个人都会有自己想保护的人,我其实当不起那声英雄,因为我去参战并非是为苍生,我是一个很自私的人……那一战,我没有带剑,怕他断。也还好我没有带。"

可即便如此,我也能听出他想表达的意思。

然后,他笑了笑:"阮笙,当年和现在,都是我的选择。而你呢?据我所知,你为了救他回来,花了很大力气。可如今六界都要覆灭了,没有人能活下来,包括他……这样,你会不会觉得有点不值当?"

光色渐弱,眼前之人的形体也在逐步变得透明。

"倘若可以选择,其实我不想当这什么英雄,可很多事情都没得选。"南酉说,"你呢?"

心脏仿佛被冰冻住,一点点往下沉,而我站在原地看着,始终无法伸手动作,只能任它沉下去。跟着他喃喃出声,我听见自己的嗓子低哑:"倘若可以选择……"

这个世界上,真的有人心怀苍生,愿意为之付出性命相护,也真的有人宁被天下相负,亦不愿失信于自己。我知道他们是存在的,也由衷的敬佩他们。

可我就是一个自私的人,如果可以由我来选,我只想和自己心上的人长长久久,什么都不理、什么都不管。

萤火点点散去。

在消失的最后一刻，南酉问我："你相信这世上真的有那种爱剑如痴，觉得手上不握着它，就活不下去的神仙吗？"

我还没来得及说相信，他便飘下几句话，说："这剑鞘和我一样，一直便是空的，若不是原先有着一把剑，早被发现这里空了……你不知道啊，我承着天界重负，又不好去死，如今最后担一次责任，我终于……对了，其实我想问你来着，阮笙，你是不是认识……"认识什么的，南酉最终没有说出口来。

在那之前，他便化灰散去，风一吹便再没有了声音。

而我站在原地，顿了很久。

天边流火伴着雷电直直落下，却不晓得又落到了何方，也不知道它落在的那个地方，又要有多少人经历死亡和别离。

夜火流下丝丝血色，借着南酉的灵魄补全了我原先的缺失，再次获得对六界的感知，我却慌乱得整个人都无措起来，觉得还不如没有这份感知来得好。

在这之前，"六界覆灭"这四个字，即便我听过许多次，但也并没有什么严重的感觉。

可如今。我能感觉到宇宙之内万物之间，所有联系在一点点消退散去，我能看见这个世界的生气在逐渐消失，我甚至知道，这天地大限的最后一日和具体时辰……

蹲下身子，我抱住膝盖，忽然有些冷。

可是，身后却没有人给我递酒了。

【第十九卷】

满眼水色，不洒别离

1.

月辉极淡，如同将灭的灯烛，映出地上花影模糊，一下一下随风轻摇。

我掩上门，将那月光和花影都关在了屋外，反身握住他的手。

"虽说这盖头有些透，你不揭开我也看得清楚，但好歹我都等了这么久了，就算只是做个形式，你也该揭了它吧？"

"你可想好了？这一揭，你便真要成为我的妻子，往后再嫁不得别人。"

这大抵是因敛最磨叽的一个晚上，我却没有不耐烦，只是心急。

"既然你也晓得这样一桩，那还不赶紧给我揭开？你不是说了喜欢我吗？你想啊，揭开之后，我便要成为你的妻子，此生此世都再嫁不了旁人。"

"想好了？"

"不然我为何要嫁给你？！"

我的话音还没有落下，因敛便揭下那红巾，霎时间视线变得清明。绛蜡凤冠合卺酒，烛光里，我看见眼前一个鲜红衣裳的他。

只是，还没来得及多看几眼，因敛忽然拥住我。接着，有一瓣温软贴上我的眼睛，那吻顺着面颊滑下，停在唇边，接着，他动作温柔撬开我的唇齿。我不过刚刚来得及轻呼一声，便被他扣住后脑，接着身子一软，便什么动作也不能做了。

紧紧环住他，我闭上眼睛，心底终于安了一些。

不知道人家筹备婚礼要多久，但我们这场婚礼，筹备的日期是七天。

其实我嫌七天太久，什么都不想准备，便要嫁给他的。

我真的等不及了，便如七日之前，午后微凉，我认真地拽着他的袖子，问道："虽然没有备齐东西，但你先娶我好不好？这个世上，真的有太多意外，我很害怕，不知道哪一天就要遇上……所以，你先娶我好不好？"

当时因敛反应不及似的，我却迫不及待想要知道他的答案，于是又拽着他的袖子摇了摇。

"你现在就娶我如何？我不要什么婚典了，什么也不要了，我现在就要嫁给你。"

但是向来顺着我的因敛，这一次却没有应我。我不晓得为什么在这种无足轻重的事情上，他会这样固执，可偏生我又没有办法讲出一件立马就要嫁他的理由。

无奈之下，生生等了这样久的时间。

可是，现在坐在这红绸之中，看见身着殷色的他，想起我们一同置办东西时候的事情，又觉得好像也还不错。不得不承认，我还是想要个婚礼的。

也不能否认，在他望着我的眼睛说出那句"即便条件不允，但我不想那样委屈了你"的时候，心底真的有鼓槌在敲，一动一动，让人欢欣。

良久分开，我看见他向来白皙的脸颊微微泛红，想必此时的自己也是如此。

这时候，灯花在边上迸出"噼啪"一声轻响，而灯烛旁侧，是爷爷奶奶的牌位。

我的眼睛酸了一酸，却是敛下情绪，轻轻捶他："爷爷和奶奶还在看着。"

"已经拜过高堂了，你已经是他们正宗的孙媳妇儿。倘若二老在天有灵，看见我们恩爱，也会觉得欣慰。"他没有放开我，说到"在天有灵"的时候，声音却是低了几分。

我见状，低眉，再抬起眼睛的时候，已是换了莞尔对他："听说灯芯迸出双花，就是好事要来了，你相信吗？"

倚在因敛的肩膀上，我笑得满足："我其实不大信这些东西，但这一次，我觉得是真的。你看，我这样貌美又聪颖的姑娘，什么也没有就嫁给了你，你觉不觉得这是一桩好事？"

"相信，只要是你说的，我都相信。"他的笑意带着膛音，直直震到我的心底，"更何况今日你嫁给我，这样大一桩好事，好得不能再好，我怎能不信呢？"

顺着这句话音落下，滴漏又流出一滴，我转开眼睛，尽量忽略掉时间的流逝，不去想我们还有几刻。我不希望，最后的时间，说要给自己留下些欢愉,却是在难过里度过的。

"说起来,你是不是从没有直截了当同我表白过的?"我在他的脖颈处蹭了蹭,"要那种很感人,很深刻,叫人一听就觉得再忘不了,哪怕下一刻就要分开,听到这一番话也不会遗憾了的那种表白。"

他顿了顿,笑着摸摸我的头,只拣到话里的一小点回我:"不会分开。"

这一时间,也不晓得是怎的,我差点儿被这四个字戳出眼泪。

"我要听的可不是这个……"

然而因敛却避而不答,只是蹭过来了些:"你的身上有一种特殊的味道……"

我一顿,不知道为什么他会忽然转了话题,只是顺着他的话想了想。

"啊,我刚刚吃了烧鹅。"

话音落下,因敛明显一僵,旋即笑着弹了我的额头。

"你啊,有时候我都不知道你是成心的,还是真的无意。"

"什么?"我有些懵。

"没什么,我是说,我也想吃烧鹅。"

从之前隐隐的担忧里回过神来,我的第一反应便是,在这样好的时候,他竟然饿了?!

我有些郁闷,却还是告诉他:"厨房里还有半只……"

人影渐近,下一刻,我的话音又被他吞了进去,许久才放开。

在他放开之后,我瘫在他的怀里,听他说道:"嗯,味道不错。只是没有吃够。"

被亲得晕晕乎乎,我还没从这个吻里回过神来,身子忽然便是一轻。是他抱起我,在往房里走,我惊得伸手环住他的脖子,生怕被摔下来。

而他低头勾唇,低声一笑,下一刻,我便被放在了软榻之上,接着,他俯身凑在我的耳边啄了一下,声音低低:"那么,接下来,我要好好吃个够了。"

脸上不受控制地微微发烫,心底却是甜的,我压了压嘴角:"流氓……"

而他解落纱帐,撑起手臂在枕边,歪着头问我:"你不喜欢?"

余光瞥及滴漏,我收回全部的注意力放在他的身上,最终轻轻回应——

"喜欢。"

2.

夜半,子时。

我轻轻起身,却被牵得腰上一痛,忍住呼声揉了揉,见着枕侧之人就要醒来似的,我飞快捏出个昏睡诀向他而去。在看见他一瞬之后又睡过去,这才放心下榻,燃了灯烛拿到枕侧,细细端详着他。

想到他近日又长高了不少,我伸手,沿着他的发迹,从眉梢抚到下颌,如今,他终于要从少年变回我熟悉的那个因敛。可惜,我大概看不到了。

灵台深处像是存着水钟,一点一点,以倒计时的形式,告诉我天地大限将至。

定了心神,扬手间灯烛骤然熄灭。

深吸口气,我祭出昆仑镜,飞速念诀掐术,屋外霎时卷起了狂风大作，莽光自月魄出生出，撕破天际。在这期间，我携着因敛飞快闪入光镜之中，而等到周围一切恢复平静，我同他已是停在了霜华殿里。

不过一瞬的工夫，已是天上人间，再下一刻，也便要相别，就此不见。

将他安置在软榻上，为他掖好被角，我蹲下身子，动作极缓地伸手，覆在他的面门上边，打算抽出他的记忆。

可就是这个时候，我忽然有些不忍动作。

指尖轻微发颤，怎么也无法聚起灵力。

明明，明明是早就打算好的，也知道时间不多了，为什么还要不忍，还要磨蹭……

闭了闭眼，我的手最终落了下去。

从前，我总是为了一桩事情郁闷，我想不通，为何他不喜欢我。时至如今，我终于不用再为这个难过，却又觉得，早知如此，还不如不要他喜欢我。

否则便如现在，这叫我怎么安心去死？

脑海中的滴漏速度越来越快，没有时间了。

轻一咬牙，我沉住口气，出手覆上他的额间，快速取出他的记忆。待得动作完毕，我看着掌心上那团蒙蒙然的白雾，怔忪片刻，合掌碎去，却又不自觉想将那些个碎片灰烬捞回来。

最终还是忍住了。

"其实我最害怕的就是你会忘了我。"

蹲在他的面前，我顿了顿，尽量轻松地开口，就像平日里的每一句话一样。

"因敛，这一次是真的再见了。还好最后的时间里，我真的如愿嫁给了你，也不亏。"眼泪这种东西，一旦蔓出来，就很难收回去，可这一次我却忍得不错。

"只是，你还记得吗？我曾说，想与你生前岁岁相伴，死后共葬荒丘。"我在他眉心处点了点，笑开，"那其实是骗你的。如果生死真能自己选择，我更希望你能好生活着，那什么荒丘啊、坟冢啊，我一个人躺着就行，还宽敞。"

算了算时间，我站起身来。

"上一次也是这样走的，每一次都这样，真没意思。"我叹口气，抓紧最后的时间想多看看他，"但这一次我可不是去做蠢事，而是去做一件天大的事情！是……呃，好吧，其实我是赎罪。"

一步一顿走到门口，我回头和他挥手，榻上的人安安静静躺在那儿，意识不明。

我笑得欢畅，好像他能听见似的："你好好睡哇，早点儿醒，我去死一死就回来了！"说完，笑意一点点淡下。我终究还是没能撑着假装到最后。

"就算我没死好，回不来，没机会叫你，你也记得要醒。"

我活过的这些年，喜乐是因他而生，悲苦是因他而生，作为一只瓶子，我被他造出来，而今，也该为他而离开。这样的一辈子，想一想，从某些方面来看，也还挺完满的。

醒来之后，你依然是那个活在众多仙聊口中的尊者，风华无双，也不必再为识魄困扰。倘若有机会能够再见……

低头，我的鼻尖一酸。

没有谁能比我更清楚，不会再有这个机会了。

3.

走出霜华殿，我放眼望去，天界依稀是熟悉的模样。

脚底浮着薄雾皑皑，院内繁花常年不谢，远方却没有了星子闪烁，取而代之的是流火阵阵，一颗颗砸落下来，带着极强的毁灭性。

南酉对我说，天界近日不太平，我也看见人界近日不太平，说起来，天盘即将崩塌，这六界之中，哪个角落，都是不太平的。

深深呼吸，我眸光一定，提步便往星河深处掠去——

我从前总觉得奇怪，既生魄之能纵然奇异，但我不觉得自己会用它做什么，怎么就是错了？现在却想通了些。有些东西，不是不用就不错的，如果它的存在不合理，异于这世间任何东西，不该出现却出现了……

那么，这本身就是错的，因它打破了天地之间的规律，破坏了万物联系，自然要弄得六界不平、甚至生灵涂炭。

更别提，在我没有意识到的时候，还搅出这么多事。

停下脚步，站在繁星之中，我只觉灼热逼人，一个个火球从我身边擦过，避开它们容易，要使其归位却难。可现如今，没有别的办法了。

若说什么"华魄既生，三光将灭"，那么，不晓得用这份能量补了日月星，能否让万物回归最初呢？

闪身躲过飞来流火，我轻旋落地，再抬眼，已是站在了六道轮回的入口。此时入口处满是黑气，一个个漩涡像是能将人吸入进去，危险而可怖。

这是最后的半个时辰，可现如今星轨混乱，时间轴颠倒，天时不同以往，我不晓得这半个时辰走得是快是慢，也来不及再想他一遍。

心下一定，我起势，指尖划出流光，在心口前边化作长剑，接着手腕轻旋将它变作根根细针，张开双臂任其进入我的血脉游至心肺——

"啊——"

既生魄早和我的魂魄混在一起，如今我要将它抽离，那便是要连同着这条命作祭。莽光自我的心窍处生出来，直直涌上，光柱如长剑，像是要贯穿天地，最终却爆炸似的蔓延开来，笼罩住了天地万物。

这一瞬间，除了疼，我没有什么其他感觉。

时间很短，不过须臾，我却已经疼到麻木，胃里一阵反复，喉头涌上腥甜，却没有力气做出反应，甚至不能吐一吐。也忽然后悔，早知是这般感觉，应当提前哭一哭的。

这样难受却哭不出来，真是憋得慌。

可即便如此，我也还需要再解决一些别的事情，譬如移星改轨，譬如稳定山川，譬如这因异动而浮上天界的恶灵⋯⋯

一桩桩一件件，我不知道自己是怎么撑过来的，只晓得这个过程有些长，长得叫我发困。而等到事情结束，我也终于再熬不住，感觉着眼皮一点点变沉变重，我挣扎着不想合上，却实在没有办法控制住自己。

合眼，自虚无中，我好像脱离了这具身躯，飘拂出来。

路过玄云低压，穿过山川寒雾，我顺着风时散时聚，最终行至北天。

在这里，我看见重生的山吹，看见沈戈。我听不清他们在说什么，只是隐约有种不好的预感。也许是要化灰散去，此时的我对死亡格外敏感，我想上去拦一拦，想对山吹说，我费心将你送来这里、让你重生，不是为了再给你死一遍的机会。

可是手才刚刚伸出,我便被风吹散了,才发现自己已经变成尘埃,唯一的好处,只在于还存着一分神思,能控制自己不散。

意识到这一点,我懵了好一会儿,脑海中生出个影像,我看见因敛。

因敛……

这一瞬间,我忽然很想再见他一次。

我想,就算我注定要化成飞灰,但若能看着他,直到离开这个世界的最后一秒,我能一直看见他,那该有多好。

刚刚想到这里,下一刻,我便回到了霜华殿。

有风送我进来殿内,我伏在他的身前,原本麻木的心窍忽地生出几丝暖意。

"喏,我依言回来叫你起床了,你要不要醒一醒?"

我轻轻开口,声音却从四面八方传来,虚渺得发空。

"喂,真的不醒吗?再不醒,可就真的连最后一面都见不到了啊……"

我不自觉弯了眼睛,想去掐他,却是在刚刚触及的时候便看见自己的手指成烟灰散去,落下许多屑子。

"呀,把你的衣服给弄脏了……"

这句话之后,我瞧见那烟灰一路蔓到我的胸腔,接着便是意识一碎,再不晓得什么。

【尾声】

年岁几番，相遇未晚

天幕明澈如洗，日光灿烂若烧。

转眼间，距离六界颠覆的那场浩劫，便已过了千余年。

天界多了许多新生的小神仙，不晓得天轨异动是个什么情况，人界也再没有谁记得，九州大陆上曾经的那片火海。可是，哪一界里，都多了些传说。

那个故事轰轰烈烈的，特别激荡，孩子最是爱听。

传言，北天妖君有一件神器，名唤四绪灯，可以烧情燃魂。在四绪灯坏的时候，曾经有魅灵自其中生出，她本事很大，甚至能够凭空破开幽冥海界而不死，可在灵窍将散之际复又重生，这世上，没有人奈何得了她。

传言，这世上有那样一种光华能量，名叫"既生魄"，它的威力极大，却是不容于世。自上古直至如今，只有一个人能够将它完全吸收利用，那个人也就是凭此逆改生死轮回、移了星轨、颠倒天盘，致使六界近乎覆灭。

传言，这两个人是六界之劫。可千年之前六界大劫、天地混沌，众天官束手无策，最后挽大劫不至的，也是她们。

那只魅灵燃身为烛，补了四绪灯，使六界之情重有归处，散尽灵识补了幽冥海结界，将那里的厉鬼冤魂再度封印。
可彼时天道崩塌，哪里是魂和情安顿好了，就能够解决的？
这个时候，既生魄便闪亮登场了，它当真不愧是天地异能哪。
携有既生魄能量的那个人，在六界覆灭的最后一日，飞升至银河深处，祭出魂识——
散魂以补日，解魄以补月，灵识以为星，重聚三光。破混沌浊气，稳山川不倾，战六界恶灵，挽河海不覆。终使苍生免遭大劫，可她自己却化作飞灰，散了个干净。

茶楼里，正在众人唏嘘不已的时候，我听着听着，有些不对劲，于是一拍桌子："其实这些事情本也是她搅出来的，自己做的事情自己承担，再理所当然不过，为什么没有人再提这一桩，反而净说起她的好来？"
刚刚说完便引来一大片目光，师父见状立马塞了个馒头进我的嘴里。
我被噎得一愣，顺口咬了一块，边嚼边问："师父你做什么？"
"听故事就听故事，再这么多嘴，以后再不带你来茶楼。"师父板着脸，难得的严肃正经，怪吓人的。
见师父像是真生气了，我于是吐吐舌头，虽然觉得莫名其妙，却也不敢多话了，只低下头，眼观鼻鼻观心，认真吃菜。

周遭人见状，收回望我的目光，转向那说书人："那后来呢？"
"后来啊。"
说书人不知有意无意，往这边望了一眼。
"后来有位尊者，大抵是慈悲心重，寻回了她碎去的原身骨瓷瓶子，耗尽心力将它拼得完整，却始终少一块。就在所有人都以为他已经束手无策的时候，他削骨制瓷，给瓶子补好了残缺。可那时候既生魄已经耗尽，骨瓷瓶子没有了灵性，于是尊者便日日夜夜将它捧在怀里，灌输灵力，就这么捧了千余年……"

这句话如同惊雷在我脑子里炸响，生生炸出一片影像来——
"你怎么不捧着我了？"
恍惚间，我看见竹林，看见莽光，看见万千流火朝我袭来，看见一个男子，他拾起我的碎片，满手的血，对我说了许多许多的话。
比如："被你养大的那个时候，我是不是讲过，曾经梦到临死的自己要我带一句话给你？阮笙，那句话我没来得及说，现在你能听见吗……"
再比如："也许，早在万年之前，霜华殿里，你喊着要我做一支箫，而我的第一反应不是'这个人真烦'而是'糟糕，我不会做'的时候，就已经注定了，我入不了佛门……佛祖没有说错，我入不了佛门……"
最后是："怎么会有你这样的人，什么都自己做决定，甚至于我的记忆……还好，还好霜华殿有佛障，散不出半分灵识，便是散了，最终也会重归我的灵台之内。若非如此，你是不是真的就准备自己离开了？"

一切的一切仿佛巨大的轮回，兜兜转转，我看见许多东西，有许多景象是重复发生的,比如瓷瓶,比如他,比如霜华殿。脑子一紧,我疼得满身冷汗,半点儿声音都发不出。

倘若现在我可以出声,要唤的第一句,一定是"师父,我头很疼"。

而第二句,必然是要问"师父,你可认得一个叫因敛的人"。

喉头发紧,我在唇间尝到一阵铁锈的味道。这时,师父在我额间轻轻一覆,凉意便顺着眉心流淌进我血脉筋骨,那阵疼痛也瞬间散去。

我缓了缓:"师父,我那个老毛病好像又犯了,最近总是这样,头疼得厉害。"

却不料师父只是晃一晃酒壶,喃喃自语不答我。

他说:"老夫这一生只收过两次徒弟,以为有人跑腿儿会方便些。然而……唉,蠢货,不论什么时候,都不叫我省心。"

我的眉尾抽了抽,刚想反驳,可还不等我说话,师父便将酒壶递给我。

"去对面街上再打一壶,都空了。"

于是那些反驳的话尽数被咽了下去,我乖乖接过酒壶,起身离开。

只是不晓得,分明只是去打个酒,为什么师父会用那样的眼神目送着我离开……想一想,突然慈爱起来的师父也是怪渗人的。

天光浅浅,晒得人有些暖。

甩着酒壶走在街上,一阵困意袭来,我打出个呵欠,想着赶紧买个酒回去睡一觉,却不想刚刚放下手,迎面就撞上一个人。

揉着被撞疼的肩膀,我抬头看他,还没等道歉的话说出口,我便愣在原地,接着,一句话不经大脑就自己蹦了出来——

"公子,我们是不是在哪儿见过的?"

说完之后，我莫名就有些尴尬，怎么想怎么觉得那句话像是在刻意搭讪。毕竟虽然觉得熟悉，但我其实知道，我们是没有见过的。

　　眼前男子长身玉立，眉眼清和，生得极是好看，仿佛笼了天地华光在身上，叫人一看便移不开眼睛。可我看着看着，却有些分神，不知怎的，竟被他系在腰间的玉箫吸引住了目光。

　　而他走近几步，低眸望我，眼底携了万千星子，也带着春水暖意。

　　"我等你很久了。"

　　我一愣："你说什么？"

　　"没什么。"他笑着摇摇头，忽又挑了眉，"公子？你以前不是这么唤我的？"

　　哦？什么叫不是这样唤的？我有些奇怪，毕竟从前我连见他都没有过，想必他是认错人了。可是……唔，这个人长得这样好看，我不介意逗他一番。

　　"那我以前是怎么唤你的？"

　　男子解下那玉箫形状的小饰品，握住我的手，把它放在我的手上。

　　我一怔，还没来得及反应，便听见他含着笑意的声音。

　　那声音，便如同繁花时节里，我踏着微风细雨，走过树下，有花叶纷飞落在我的肩上面上，恰时鸟儿飞过，莫名让人觉得心动——

　　"你以前，是唤我夫君的。"

【全文完】

【番外一】

仙灵前缘

1.

树下坪上,有风蔓起薄凉烟气,而我被这冷意激出个哆嗦,自一场梦境中醒来。

脑子一片混沌,不知怎么,恍惚间,我以为自己该是一小只的,习惯了日日被人捧在怀里,觉得这样才正常。

于是,当因敛停在我身前的时候,我下意识望向他的手。

"你怎么不捧着我了?"

年轻的尊者明显地一顿。

"若你执意要求,我倒可以试着把你化作小兽,捧上一捧。"

他的声音如寒风入耳,我被这话吓得一个激灵,灵台瞬间清明。倒吸了口冷气,我一个拱手礼做出来:"不敢劳烦尊者……"

可是这拱手礼的腰还没弯下去,我便感觉自己凌空而起,白光划过之后,我落在了他的脚边。这时,轻烟漫漫,而我再往前看,便只能看到因敛的素白衣袍和云纹布带。

然后因敛低下身子，拾起不晓得化成了什么样的我："你方才说什么？"

抬起两只爪子颤颤指向他，我便是无论如何也没想到，一个尊者，竟然能这样无聊。我的佛祖啊，您看到了吗？！

想着，我不平，愤愤开口却只带出奶气的一声——

"喵呜！"

彼时，窝在他的手心里，我整个仙都石化了，眼里满满的屈辱。许是觉得有趣，于是我看见向来木着一张脸的因敛弯了弯眉眼，很是满意似的，就这么捧着我出了门。

"也是难为你，在树下睡完了一整场法会，那样多的人从你身边来来去去，你都没醒，也不怕被人踩着。这便算是给你个教训，你且记住，以后再想睡也要回家睡……"

听不进他说的话，我只觉得恼，扬起爪子就要往他脸上挠去，却不想这个意图被他识破了似的，因敛抬手，由指尖飞出个诀术进入我的眉心。

再然后，我便发现自己失去了动手的能力……

不对啊，我爪子呢？！

额头上被他一弹，随着这一弹，我听见清脆的一声响。

他低头："想挠我？既然不愿意做猫儿，这次便将你化成瓷瓶，你且老实些，不要乱动。否则，若要摔着、碎了便不好了。"

瓷瓶？我一怔，霎时便慌了起来，竟是真的忘记动弹，就这样被他捧回了霜华殿……

这样的感觉，是因为那个梦吗？

倒不是我神智寡薄,连做个梦都要被影响。

实在,实在是这个梦,我自有灵识起,到现在,每夜每夜,就这么做了万年之久。梦中如实,梦醒难忘,却偏偏没有办法解释那一桩桩梦中事宜。

而其中最让我匪夷所思的,便是我总梦见,自己是个被人捧着的瓷瓶。

2.

回到霜华殿,我不知他是何时将我恢复的原状,只是陡然抬眼时候,对上他的表情,看见他望着我的样子像是在关心一个智障。

若是以往,我一定和他抬杠,可此时的我却管不了那么许多。心慌如银针入骨,经我筋脉蹿过,直刺往我心脏而去。于是一把扯住他的袖子,我急忙问:"因敛,你知不知道我是什么仙?你知不知道,我的元身是什么?"

因敛很明显地愣了一愣,半响才开口:"你自己不知道吗?"

我摇头,然后便看见他皱眉思索起来。

"虽然我也不大清楚,但你是画仙弟子,或许该是画具化成的……"

我抬头望着他,不自觉紧张起来,连手都在抖。

然后,便听他继续说道:"而要说对瓷感觉熟悉的话,我记得,他原来似乎有一口洗笔的缸。"

当是时,我只感觉到自己的面皮抽了几抽,一声咆哮噎在了喉咙里,上不去下不来的,几乎要被憋死。倘若可以,我真想指着他把那一声放出来——

你才像口缸呢！你看得见吗！就敢说我是缸！

可事实上，我只是干笑几声，松开他的袖子："尊者真是风趣，风趣。"

"哦？"因敛抚了抚被我扯皱的衣袖，"我怎么好像听见磨牙的声音？"

我面无表情："可能是耗子。"

"这天界，哪有耗子？"

"尊者灵识极高，五感通透，自能穿越三界，辨远而近。"我一本正经地胡说八道，"兴许您听见的是凡界的耗子。"

"哦？"他似在思索，"可我现在怎么又听不到了？"

我咬牙对他："您就那么想听吗？"

因敛陡然正了容色。

"近日凡界灾患苦多，累得人都吃不饱，也无怪乎那鼠儿磨牙的声音都传到了天界。我被称一声尊者，却也实在无力照拂万人之全，知而不能为，实感惭愧。"

听着，我默默点头。你惭愧就对了，担着个尊者的名头，却整日闲闲以度，这样多不好，你就惭愧吧惭愧吧，最好惭愧完了反省一遭认识到自己的错误……

"所以，我决定自今夜开始撰抄六祖坛经，为凡界祈福，而你虽不是佛门弟子，好歹如今也算我霜华殿中人。如此，便同我一起吧，不需太多，贵在心诚，撰上那么两千遍，也便差不多了。"

我原本微微点着的头差点就这么栽下去……

他，他说什么？

撰抄经书？两千遍？！

他微微笑笑，合十对天一礼，烛光照在他的面上，明明暗暗，勾出淡金色的轮廓来，颇有几分况味，倒是符合仙聊们口中的那个无双尊者。

然而，这样一个人，说出来的话却是半点不可爱。

只见他回身对我说："这几日还需撰经，你的心气又浮躁，今夜还是早些休息吧。"

语罢，他转身离开，衣袂随风微扬，正正被吹到我的脚边。我顺着那抹衣角看去，而后，便见木门掩上，极轻的一声，他消失在我的视线里。

与此同时，我在桌面上一搥，郁悒而痛心。

方才那么好的机会，我竟没有在他衣角处踩上一脚！说不定我一踩他就摔了呢！说不定那一摔就摔傻了呢！越想越气，这样好的时机，我竟错过了，着实可惜。

被这么一打岔，我因梦生出的那几份无措就此散去，再未兴起作乱。

3.
我同因敛的相处模式并不是一开始就是这样的。

在最初的时候，他其实对我有些没有缘由的疏远，叫曾经的我好长时间摸不着头脑。

后来才知道，有仙天生相合，自会有仙生来相斥。而他对我，恰巧便是后者吧。若早些知道，我或许也会知情识趣，就此离开，也好不惹他人清静、不增自己烦恼。

可那时候太小，什么都不晓得，一时气性，赖着都要留下来。而他虽然无聊，天性却也温和，做不出赶我离开的事情，慢慢也就接受了。

初见那日，霜华殿只他一个人，我推开门便看见殿中捻珠静坐的因敛。大概是被这突兀的一声惊着了，他抬头，往我这边转来，而当时的我倒吸一口冷气——

在仙界这么许久，不夸张地说，这位尊者真是我见过最好看的一位男神仙。

然后便是几声傻笑："是因敛尊者吗？我叫阮笙，初次见面……"

"并非初次，我认识你的气泽。"他这样说，却是说着说着又有些迟疑，"我像是听过这把声音，我大抵见过你。"

这尊神说，他见过我，我于是愣在原地……

我的佛祖啊，他不是瞎的吗？

刚刚这么想着，我还没说什么，他便皱了眉头一挥手，像是就那么挥去了之前自己说过的所有的话。

然后，他对我道："你走吧，我喜清静，这霜华殿我一人正好，莫要扰我。"

而当初的我只是缓了缓神，念着啊，纵是神仙，但他独处久了，便也难免不正常，不论是魔怔还是痴呆，都可以理解。

那时我这么认为，不自觉就对他生出几分同情，如此，脑子一快便开口道。

"因敛尊者，你这儿太冷清了，霜华殿又这么大，自己待着，久了难免心理变态，还是多一个人比较好。"

兴许……

我躺在床上，从过往的记忆里回过神来。

兴许，我们的梁子，便是从我讲他心理变态的时候，结下的吧？

虽然我也知道，他不是一个小气的神仙，但毕竟他本就不喜我，为这一句话而更讨厌我些，也不是一件不可能的事情。

不是吗？

4.
法会结束之后，霜华殿便热闹起来，来来往往许多仙聊过来寻因敛谈道论法。我不喜欢有人扰了这儿清静，像是有人闯入了自己的地盘，叫人心烦。

而因敛心思细，大抵察出了我的不喜。

于是昨日辰时，因敛站在我所撰抄的几纸经书前面，对我道："我也不是不通情理，也知道你不善与人交道，既是如此……"

我当时望着他那张清雅面容，满心期待，以为他终于开始考虑我的想法，准备就此闭门，不再让人过来。

却不曾想，他接下来便笑了笑："既是如此，你便去院后为大家准备斋菜吧。"

远处传来细微声响，是相于经法的讨论声，那些声音里边，我晓得，一定有一个是因敛。

而我……

呵呵，站在水池前边，我面无表情地在洗菜。

水声响在耳边，我看着那些绿油油的叶子，在脑袋里把择菜炒菜装盘什么的过了一遍。说起来，等给他们端过去之后，我还该再做些什么呢?

思索一阵,我忽然停下手中动作,觉得有些不对劲。

对啊!不论大小,好歹我也是个独立的神仙,怎么就成使唤丫头了?

我手上的力道狠了几分,愤怒地想了一堆,然后开始摘菜,准备下锅。

下午,我被遣来打扫阁楼,而因敛却离开了。

我闷闷扫着书架上的落灰,回忆起这近万年来,恍然发现,他竟是从未需要过我。因敛虽说目不能视,但许多事情做得却比我还好些。似乎能不能看见,对他而言,根本没有影响。

没由来地一阵堵,我一挥衣袖,无意带上了门,而后便听见门外扫帚倒落的声音。

我一愣,往门口走去,却不想那外边的门闩竟被扫帚带落,将我锁在了里边。没了打扫的心情,我顿了一会儿,气闷着走到窗边,一把推开就要跳下去。

总归是个神仙,我虽不会术法,但这些年来,仗着自己死不了,也跳过许多次楼。

可这次有些差错。是在离开窗台、落地之前,我看见下边一个粉雕玉琢般精致的少年,模样怯怯的,正往阁楼走着。

我被惊得几乎失语,在空中好一阵扑腾,却终于还是掉了下去。

然而还好,那一阵扑腾是有用的,我没有砸在他身上,而是跌在了他的身后。

当他被那阵声响惊得回过头来的时候,我已经站了起来,一边在心底喜极而泣终于保住了自己的面子，一边在面上冷淡疏轻问他来此何事。

而少年，他不过愣了愣，便亮着眸子握了拳："不愧是霜华殿啊，连一个杂扫的丫头都这般厉害！移形换影瞬间出现什么的，太棒了！"

我沉默一阵之后呵呵笑出来。

"那是那是，这些都小意思嘛，不是问题，不是问题！"我摆着手，热情道，"这位仙聊是来找因敛尊者的吧？他现下不在，不如仙聊进去坐一会儿？"

少年红了脸："好，好的，谢谢。对了，我唤陆离，你可以这般叫我。"

"陆离？真是个好名字。"

谁管你叫什么？我干吗要叫你？敢说我是杂扫丫头你就要敢于承担后果好吗！

我站在陆离身后，看着他走进门内，扬起手就准备敲下去……

"你还没告诉我你叫什么哪！"

我对他那个回身不及防，一下退后几步，绊着门槛脚下一歪，然后便听见骨头脆响——

"啊！"

一声惨叫惊飞了阁楼上相亲的鸟儿，再后来，便成了这般模样。

我坐在木椅上，那个陆离在后边帮我揉着脖子，一脸的关心无措，不住问我有没有好些、还疼不疼了，问得我有些脸红。也不好说，我之所以会成这样，是想打他来着。

于是开始有一搭没一搭同他说话。

说起来……啧啧，像这样的少年，真是好糊弄啊。

就是这样,我和陆离认识了,当时的他还只是个初生小神仙,对一切都好奇,而最为好奇的,就那位传说中"风华无双"的因敛尊者。

可不晓得是不是没有缘分,这阵子因敛谈道论法非常忙。往往,他来的时候,因敛已经走了,到了他不得不离开霜华殿的时间,再过一会儿,因敛才会回来。

这样的日子,就这样往复了数十个。

他始终没见得到因敛。

5.

这天,因敛回来得早,可那气泽在门外一闪便过去了,我带着陆离去找他,他也闭门不见。站在他的寝门外边,陆离委屈望我:"尊者真的回来了吗?你不是在驴我吧?"

我一愣,不知因敛是怎么回事。难为人家等他这么久,咳,还被我无聊逗了这么久。一下子失了心思,我糊弄几句,将陆离招呼走了,随后上了台阶准备敲门。

不料,我的手还没有碰上木门,里边的人便将门打开,走了出来。

月下,那张熟悉的面容被覆上一层银霜,看起来有些冷。

"何事?"

我顿了顿:"这阵子有个神仙天天过来找你,你不在,他等了你很久,好不容易才等到你回来。可你刚刚分明都到阁楼处了,怎么一下子又走了?"

因敛明显一愣,随即笑笑:"本想去拿些东西,忽然发现不需要,便回来了。"

他说话时候与平时并无不同,可看在我眼里,却像有些差异。

"你是不是有什么不开心的事情？"我歪歪头，"今儿个怎么了吗？"

那从不曾出现情绪的面上闪过几分情绪，只是我还没来得及捉住，它便不见了。

因敛沉默片刻："天界之人，也会有劫，你可知道？"

我点头，想起他看不见，又接上："知道的，那又怎么了？"

他的眼睛停在我身上，虽无焦点，却叫我生出一种他在看着我的错觉。

随后，他问我："阮笙，你有没有想过，回去你师父那里？"

不过是个轻浅的问句，他的声音也低也淡，可是，我听着，却恍惚以为自己的灵台被炸了一炸，整个人都蒙起来。

好半响我才能再度开口："你说，要我回去？"

他不语，只那么对着我。

我再问："因敛，你又想赶我回去了？"

眼前的人一顿，刚要开口，我慌忙伸手一摆："尊者近日劳心，看着便觉得疲乏，还是多休息吧，多休息。"说罢落荒而逃，直到回去自己房间、窝在了床上，才稍稍放松了些。

这么多年，我清楚自己既没本事又不做事，却还能在这儿处下来，实是幸运，便总是欢欢喜喜，过得满足。而难得有发愁不安的时候，似乎便都是因为那一尊神，那个名字。

大抵是因他见过我最幼稚的模样，我才会在他面前既无所忌惮又心存卑怯吧。

6.

酒水清亮，香气四溢。

躲了因敛好些日子，这一夜，和陆离聊得有些晚，我揣着顺来的桂花酿，准备偷摸着回去房间。我一直对酒这种东西无比向往，却碍于因敛，从不敢喝。可今日实在烦闷得厉害，实在忍不住，就偷喝了些。

却没想到，向来喜欢待在自己房间的因敛，此时，竟是站在我的门外。他像是在等我。

我更没有想到，他第一次等我，为的，竟只是问我是否想通、何时回去。

我的脾气不算很好，却也从未对谁发出来过。可今夜我不知怎的，陌生的情绪从心底涌上来，直直灌到天灵。

然后，我同他吵了起来。又或者说，因敛只是静静在那儿站着，看着我与他吵。

夜下风烟起，抚过他衣角，起至他眉梢。而他始终只是站着。

于是，我吵着吵着，便停住了，心底的委屈却更甚。

这个神仙，他到底会不会与旁人相处？怎么连吵架也不会吵！不知道他不说话站在那儿会让我很尴尬吗？！

最后恼羞成怒，我将那酒壶往怀里一揣，反身就跑。

"你不就是想让我走吗？我便如你的意！"

那时候说的不过是一句气话，而气话多不是心里话。

我那样烦因敛，我其实不想让他如意。我其实，不想走的。

7.

长街之上灯色灼灼，我却没什么心思去看。

那个晚上，一气离开时，恰好遇到陆离，我们就着酒聊了会儿，激动之下说走就走地来了凡界。

这些日子，我不需受谁的气、不需为了谁的哪句话而心底纠结，什么也都不需做，算是过得相当快活。只是，快活之余，也总会觉得好像少了些什么东西。

可是少了什么呢？总不能是因敛，毕竟他也不是东西。

我抬起手，想捶一捶脑袋，看能不能让自己清明几分，却不想抬手的动作太快，连带着无意给了身边的人一拳。便是这样，那人与我拉扯起来。

这条街本就喧闹，现下时候又早，来来往往的人很多，不一会儿这里就聚了一圈，甚至隐约这一圈人还有扩大的趋势。

也是这时候，我才知道，原来无聊好八卦的并不止天上的神仙。

来凡界的日子里，我不知怎的，总燥得慌。于是，作为一个神仙，我特别掉份儿的同那人吵得面红耳赤，其间，我扯着嗓子冲那人喊——

"你有本事来骂街，你有本事打我啊！"

话音落下便看见那人抬起手来，本想还手的，可就在这时候，我想起人界不能使术法，于是生生又收了回来，就这么睁着眼睛，看着那一掌落在脸上。

其实很疼，但我还没来得及去感觉疼和生气，便愣住了。

这个忽然站出来挡在我身前、像是带着怒气的，是因敛吧？我同他处了那样久，不会看错的吧？可若真没有看错，我又怎么会看见因敛的怒意呢？他这木头从来没有情绪的。

那一瞬，我空了许久的脑子陡然被塞进一大把东西，每样都满得叫人不能忽视，它们争着在占位，扰得我不好思考，只能愣愣站着……

我就那样看着他，听不见也辨不得任何其他东西，我甚至都没注意他是怎么帮我解决的麻烦、陆离又是何时离开的。

原来，这些日子，我那种缺了什么的感觉，真是因为不在他的身边。

而后，他带我来到河岸边上，摆脱了嘈杂人群，他的声音便显得格外清楚。

——怎么净惹事，在天上惹了不够，还要来凡间惹。

虽然你是在抱怨我，虽然我向来讨厌听你念叨，但这一次，我却觉得真好。你在我身边，真好，好得不能更好了。因敛。

——你总是爱逞强，心性又浮，若不磨一磨，便难免要吃亏。

我知道，自己是爱逞强，心性也浮……但每次吃亏不都还有你吗？所以你说，我们是不是挺配的？

——现下是在凡界吧？我也想知道凡界是什么样子。可仔细想想，我连天界都没看过。

这天上凡间，其实没有什么好看的，不论是万家灯火还是繁星燃燃，都比不过你。但如果因真的好奇，我可以把我看见的一切都讲给你听……只要，只要你不赶我走。

8.
从凡界回到天界的这一路上，我满心满眼都是他，以至于忽略了许多事情。

比如陆离什么时候走的、因敛的脸色又是为什么会这样苍白，还有，之前他莫名其妙问我天界劫难，又到底是为了什么？

没想到，就是因为彼时的我什么都没有想，才直接导致后来的我连死都没个准备。

　　刚刚回到房里，我累极了，准备睡。

　　可就是这个时候，陡然间大殿处传来一阵声响，我眼皮一跳，立刻往外跑去。夜风刮得脸上生疼，然后，我看见倒在地上的因敛。

　　时间在这一刻被无限拉长，过得极慢，慢得让人心慌。

　　可是，没多久，我便知道了，这样感觉上的慢其实不值得慌，值得慌的，还在后边。

　　因敛的识魄曾经受损，是以不能下界、不能有过于激烈的情绪起伏，这一点我是知道的，只是竟一直没有想到过。可我没有想到，他却不该想不到。

　　既是如此，他那时为何要去寻我？

　　这件事很快传开，而我们私下凡界的事情，不多时，也被抖出来。按天律来说，这是重罪。却还好，那些传言里边，没有牵扯进来陆离。

　　日复一日，因敛这一睡便是千年，偏生看着他这模样，还只像是小憩而已。

　　我守在他的榻边，想到那些流言，心情有些复杂。

　　"好好一个神仙，非要给自己找麻烦，那个时候谁让你管我了……但还好，你也出息，晓得醒来便需领罚了，这一觉睡得还挺久的。"

　　抚过他的眉眼，这一瞬间，我想到陆离的话。

　　那是前几日，他无意对我提及，命格簿子上，我和因敛之间的缘劫，而我问了他断却的方法，他告诉我，要隔断它，唯有菩提台一条路。

　　那台子连通着天地人三界，而台下浮着的那分层的幽兰色河水，是从冥界无妄川引来的。若是落下去，便要被溶去所有感情和记忆，碎了魂魄，非死难生。

听说，下去了的人，没一个回得来。

彼时的我没有想过，有朝一日，我会成为从菩提台跳下去还得以回来的第一人。

——虽说斩断这劫法唯有菩提台，阮笙啊，你可千万不要想不通，虽然这样对你会有牵累，可弑神之罪亦是不小……你可千万别一时冲动，把因敛尊者推下去啊！

"所以，你问我劫难一事，是因为我们司命笔下的劫难吗？如果不是陆离看见了命格簿子告诉我，不晓得你还要瞒我多久……不过你放心吧，我不会让你死的。"

我轻叹一声，补上一句："还有，因敛，我喜欢你，很久很久了。"

9.

我许是情魄发育得不乐观，是以，性子比较乐观，哪怕就要死了，也没什么悲喜不舍。

此时，我只想着，明日这一去，怕是再回不来，前尘尽散、永无后事。既然如此，总该去与师父见上最后一面。

而当我走到师父殿门前边，首先不是见到人，而是闻到饭菜香气。

"知道你要来，特意准备了一些饭菜。"师父递给我一双筷子，"坐下吧。"

接过筷子，我望了眼那桌饭菜，鼻子一酸。

"眼睛怎么红了？来，坐着吃菜。"

我从未见过这样师父这样和蔼亲切的模样，一时竟说不出话来，只一个劲把菜往嘴里塞。

"多吃点吧,再多吃点,以后就吃不到了。"师父轻抚我的头,慈爱道,"我掐指一算,你像是明天就要死了,今日且过得开心些。"

我一口菜合着眼泪就那么呛在嗓子眼里,咽不下去咳不出来,憋出一包泪。

我怎么忘了呢?这天界许多事情,都瞒不过师父。毕竟,他虽封号画仙,却实在不止会画画,他实是一位厉害的神仙。

扔下筷子,我悲愤地扑到师父身上,一把鼻涕一把菜油地蹭着。

"师父,倘若我明个儿真要死了,您会想我吗?"

随后,我便看见师父用两个指头尖尖捏起被我揩上鼻涕的衣服,面露纠结:"会,自然是会的……笙儿啊,到底以后是再不能见了,你最后再帮师父洗一次衣服吧。"

怎么会有这样的神仙,在这时候还在乎衣服的事情,真是叫我死都死不安生。

我佯装没有听见,起身往外跑,边跑边道:"师父您慢慢吃,徒儿出去消一消食。"

抹着眼泪,我没有看见,一道光色自师父指尖飞进我的身体,随后,于我周身散出淡淡水色光晕,顷刻而逝。

我也没有看见,在光色消失的那一刻,师父的脸色瞬间白了几分,模样也认真起来。

10.

次日,我来到菩提台。

过了万年的平静日子,而今平和散去,我站在菩提台上,无妄河水反出的幽兰颜色打在我衣角的时候，我不期然便想起他来。

我大抵早就喜欢上了这个神仙，只一直不敢承认。

不敢认，自初见之时，他便如同那燃燃辰星，撞进了我的眼眸。许是初遇太美，那颗星子便这样在我的脑海里燃上了近万年，燃得我心里眼里都带上了他。

轻叹一声，以别前尘。

随后便是纵身跃下，无妄河水浸透我的五识，而我就在这刺骨冷意中渐渐下沉。分明同他过了近万年，可脑海中最后一个清晰的画面，也不过就是人界那一夜。

那夜，他问我在看什么，我说不过在看万家灯火，春风可亲。强自咽下了最后一句话。那时候，我其实想说，万家灯火，春风可亲，衬你刚好。

至此，记忆模糊，画面消散。

我大抵马上便要成为一个没有过去的人，也不晓得，未来会是如何，他会如何。

【番外二】

尊者大人的追妻事件录

1.

自那日街上遇见个叫"秦萧"的人之后,我的身后便多了一条尾巴。这段时间,我走到哪儿他便跟到哪儿,而且奇奇怪怪的,一直说自己是我的夫君。

我承认,自己不反感他,甚至心底有那么一丝丝的欢喜。可就算这样,也不代表我就真的要这么应下他、嫁过去吧?!话本里不是这样写的!人家在一起都该有个过程啊!

这个秦萧,真是半点儿不懂女孩子的心思。

于是在某一天,我含蓄地这么和他说,他却一副没听懂的样子,换得我一掌把他拍出胸背共鸣的声音——

"我……我的意思,就是要你追我,追我你懂吗?!"

"我懂了。"他认真点头,"你跑啊。"

闻言我就石化了,而在我僵硬之后,他告诉我,他是在逗我。

呵呵,逗你大爷,你是不是觉得自己很风趣?

不过也是有用，那日之后，他确实偶尔会端一盆肉片、揣几包糕点、扛一架子糖葫芦……来找我。而我每每啃着那些零嘴儿，再摸摸自己肚子上的肉，都会悲愤异常——

哪有人追女孩子是这么追的？这真的不是喂猪吗？！

悲愤完毕，我继续啃零嘴儿。

可今儿个，不知是什么日子，他终于开窍了似的，不再是送吃的，而是约我出来走。

河里浮着花灯盏盏，有些像天界的流萤绕星，很是好看。却敌不过他眼底的流华闪烁。

只是不知道为什么，月下灯边的人，像是有些紧张。

"阮笙，你要不要去放盏花灯？"

我虽觉得它们好看，但其实对这些玩意儿不感兴趣，只是，看他这般模样，我不好拒绝，便应下了。却不想，那个人一时激动，几乎提回来一个摊子的花灯。

"秦萧啊，你觉不觉得这灯有些多？"

"多么？可那河里有那么多呢！"

我大惊："你不是以为那里边都是一个人放的吧？"

他闻言，抿了嘴唇，悻悻不说话了。

"罢了，反正我们也有时间，放得完，放得完……"

2.

事实证明，我们真的放得完。

然而放个花灯把自己放得腰酸背疼、还被人拿异样眼光看着的，怕也只有我们两个了。

"对了。"我点着灯,转向秦萧,"你今日为什么约我出来放花灯?"

他歪歪头:"花灯节会,不就是应当约心上人出来放灯许愿的吗?"

秦萧回得理所应当,我的心却因为这句话狠狠动了一下。

顿了一会儿,他再次开口打破沉默,声音里带着几分况味和深远。

"天地亘久以来,过了无数个日夜,虽然天界偶时不甚分明,但凡界却是一日一日,规律得很。然而,任是这度过的日日夜夜便如恒河沙数,我能记清楚的,却是寥若晨星。阮笙,你相信吗?活过了常人的好几辈子,我记住的,却只一个你而已。"说完,他歪歪头,望向我,为我挽起耳边碎发,语带笑意。

"但这也够了。"

这一瞬间,我的脸上腾地一烧,心跳如擂鼓。

不,不是不会说情话吗?这下子说起来,不挺顺溜的?

"这话讲得这么顺,给多少人说过?"

"这是第一次,你是第一个,哪有什么别人。毕竟这样的话只能说给心上人听。"他的声音很是温柔,"其实我没有追过人,不知道怎么让心上人满意。也不晓得,我的心上人还要多久才会同意嫁给我。"

哼!我别过头,弯了嘴角。算你过关了。

【番外·完】

【官方QQ群:555047509】

每周丰富多彩的群活动,好礼不停送!
作者编辑齐驾到,访谈八卦聊不停!

扫一扫看更多图书番外、作者专访

我们秉承万物皆可撩的宗旨，
为迷茫的少女们指引方向，带着满分诚意等你常驻！

文艺少女
话题馆

【扫一扫，马上开撩】

在这里有逗比可爱的话题馆馆长鱼跳跳每天不定时在线陪聊！
(真的不是机器人哦)

在这里还有各种或甜或虐或蠢萌搞笑的戳心话题跟你分享！
(大都是黄金狗粮啦)

在这里只要你参与话题并上了微信头条就有机会领取福利！
(啊，就是这么任性)

在这里你还可以遇见心中的男神/女神，开撩八卦，游戏互动！
(嘻，反正随时有惊喜)

在这里还有最全最新的大鱼书单，最独家的作者专访、最前沿的扒剧扒书，
良心安利，内容有保障，总有一款是你的菜！

如果你觉得还挺有趣儿，不妨找我我聊个二十块的 \(^o^)/

图书在版编目（CIP）数据

妖骨 / 晚乔著. —— 贵阳：贵州人民出版社，
2016.10（2020.1重印）
ISBN 978-7-221-13631-2

Ⅰ.①妖… Ⅱ.①晚… Ⅲ.①长篇小说 – 中国 – 当代
Ⅳ.① I247.5

中国版本图书馆 CIP 数据核字 (2016) 第 245129号

妖骨

晚乔 著

出版统筹	陈继光
选题策划	大鱼文化
责任编辑	蒋 莉 岳琳琳
流程编辑	潘 媛
特约编辑	菜秧子
装帧设计	刘 艳 逸 一
封面绘制	酥 糖
出版发行	贵州人民出版社（贵阳市观山湖区会展东路SOHO办公区A座 邮编550081）
印 刷	三河市华东印刷有限公司
开 本	32开（880mm×1230mm）
字 数	220千字
印 张	9.125
版 次	2016年12月第1版
印 次	2016年12月第1次印刷 2020年1月第2次印刷
书 号	ISBN 978-7-221-13631-2
定 价	35.00元

版权所有，盗版必究。举报电话：0851-86828640
本书如有印装问题，请与印刷厂联系调换。联系电话：0731-82755298